Die verloren waren

Rieke Husmann

Die verloren waren

Ein Jella-Jensen-Krimi

PAHLBERG

Lizenzausgabe des Pahlberg Verlags,
ein Imprint des Belle Époque Verlags,
Inh. G. Pahlberg, Wiesenstr. 7, 72135 Dettenhausen,
mit freundlicher Genehmigung der Autorin.

Lektorat: Lara Tunnat
Korrektorat: Jasmin Kraft
Innenlayout und Schriftsatz: Hans-Jürgen Maurer
Covergestaltung: Pahlberg Verlag
Bildnachweis: ©Istock.com/iStock 108313588

Herstellung: Custom Printing, Wał Miedzeszyński 217/1,
04-987 Warszawa, Pole

ISBN: 978-3-98845-052-4

1

Kriminalhauptkommissarin Jella Jensen öffnete die Tür ihres Büros im Flensburger Kommissariat, warf ihre Umhängetasche auf den Schreibtisch und ging direkt zum Fenster, um die abgestandene Luft des Wochenendes herauszulassen. Die Sonne schien ihr ins Gesicht und sie blieb stehen, bis ihr Telefon klingelte.

Zurück am Schreibtisch griff sie nach dem Hörer und meldete sich.

»Guten Morgen, Frau Jensen«, begrüßte sie Kriminaloberrat Sörensen. »Ich falle mal gleich mit der Tür ins Haus. Auf Amrum ist ein Toter am Strand gefunden worden. Es ist noch nicht klar, was passiert ist.«

Seit einigen Monaten leitete Jella von Flensburg aus eine kleine mobile Einheit mit zwei Kolleginnen. Die drei Frauen saßen in unterschiedlichen nordfriesischen Kommissariaten und kamen zusammen zum Einsatz, um auf den Inseln oder in den ländlichen Gebieten schnelle Unterstützung für die Kollegen vor Ort zu leisten.

»Wann ist er gefunden worden?«

»Vor etwa einer halben Stunde«, sagte Sörensen. »Sind Sie in der Lage, gleich …« Der Kriminaloberrat ließ den restlichen Satz unausgesprochen.

»Ja, ich informiere sofort meine Kolleginnen. Können Sie mir die Kontaktdaten der Kollegen vor Ort schicken?«

Jellas nächster Anruf galt Bala Demir in Husum. Nach

einem kurzen Gespräch rief sie Kim Gerst in Schleswig an. Die beiden jungen Kommissarinnen würden sich direkt auf den Weg machen, um sie in knapp zwei Stunden an der Fähre in Dagebüll zu treffen, die sie auf die Insel Amrum bringen würde.

Jella öffnete den kleinen Tresor in ihrem Büro, griff nach ihrer Waffe und dem Holster und verließ die Polizeidirektion. Nach wenigen Minuten erreichte sie ihr kleines Haus in der Fußgängerzone, das in einem der für Flensburg typischen Hinterhöfe lag.

Mit gepackter Reisetasche lief sie zurück zum Parkplatz des Kommissariats, warf die Tasche in den Kofferraum und setzte sich hinters Steuer. Sie atmete einmal kurz durch, sah auf die Uhr und ging in Gedanken durch, ob sie auch nichts vergessen hatte.

»Michael Möller!«

Die Stimme des Inselpolizisten klang angespannt.

»Jella Jensen, Kriminaloberrat Sörensen hat mir Ihre Kontaktdaten gegeben. Ich bin zusammen mit zwei Kolleginnen auf dem Weg nach Amrum.«

»Sie wurden mir bereits angekündigt. Nehmen Sie die Fähre um zehn Uhr dreißig?«

»Ja, um zwölf sollten wir in Wittdün sein. Wie ist die Lage vor Ort?«

»Wir haben den Strandbereich um den Toten großflächig abgesperrt und Sichtwände aufgestellt. Die Kollegen der Kriminaltechnik kommen mit derselben Fähre wie Sie.«

»Ist die Identität des Toten schon geklärt?«

»Ja, mir ist der Mann persönlich bekannt. Er ist einer der ehrenamtlichen Rettungsschwimmer auf Amrum. Thomas Böhme.«

»Rettungsschwimmer. Klingt, als wäre der Mann noch jung.«

»Vierunddreißig. Er hatte vor Kurzem erst sein fünfzehnjähriges Jubiläum und ist dafür ausgezeichnet worden. Es stand auch in den AmrumNews.«

»War er im Dienst?«

»Er ist ganz normal gekleidet, also nicht in den roten Sachen der Rettungsschwimmer.«

»Ist ein Arzt gerufen worden?«

»Ja, natürlich. Er war schnell vor Ort.«

»Konnte er etwas zu Todesart und -zeitpunkt sagen?«

»Die Kleidung des Toten sah nicht danach aus, als ob er im Wasser gelegen hätte. Der Arzt meinte, dass er irgendwann in der Nacht gestorben sei. Seine Schätzung ist zwischen dreiundzwanzig und drei Uhr. Er hat die Temperatur gemessen und noch ein paar andere kleine Tests gemacht. Ich habe ihn gebeten, die Informationen an die Rechtsmedizin weiterzuleiten.«

»Sehr gut, Kollege Möller. Gibt es Hinweise auf Fremdeinwirkung?«

»Ja. Seine Jacke ist eingeschnitten und in dem Bereich war etwas Blut zu sehen. Ich vermute, dass Thomas Böhme erstochen wurde. Aber er wird ja wahrscheinlich obduziert, oder?«

»Ja, davon gehe ich sicher aus.« Jella hielt kurz inne. »Also ehrenamtlicher Rettungsschwimmer. Dann wird er vermutlich keine Angehörigen auf der Insel haben?«

»Doch. Eine Großmutter. Antje Peters. Bei der ist er auch aufgewachsen. Er lebt aber schon seit Langem in Flensburg.« Michael Möller hielt einen Moment inne. »Soll ich die Angehörige schon informieren oder wollen Sie das machen?«

Seine Stimme klang, als würde er die Aufgabe gerne abgeben.

»Kann Thomas Böhmes Großmutter bereits von dem Tod ihres Enkels erfahren haben?«

»Ich glaube nicht. Sie lebt in Norddorf, und soweit ich weiß, wohnt er auch nicht bei ihr, sondern in der Unterkunft der Rettungsschwimmer.«

»Ich spreche dann gleich mit ihr, sobald ich auf Amrum bin«, sagte Jella und verabschiedete sich von Michael Möller.

Als Jella auf den großen Parkplatz des Fährhafens fuhr, sah sie bereits von Weitem Kim und Bala, die neben ihren Fahrzeugen standen. Sie parkte neben ihnen und stieg aus. Bala kam lächelnd auf sie zu und reichte ihr die Hand, während Kim kurz darauf eine Umarmung andeutete. Seit ihrem ersten Einsatz auf der Insel Föhr waren sie bereits zwei weitere Male zu einem Fall hinzugezogen worden und waren inzwischen ein eingespieltes Team.

»Wer fährt?«, fragte Kim. »Ich kann mein Auto auch hier stehen lassen.«

»Wir sollten alle mobil sein. Nehmt ihr beide doch Kims Wagen«, schlug Jella vor und zeigte auf die Autoschlange vor der Fähre. »Dann können wir uns gleich einordnen.«

Zwanzig Minuten später saß Jella mit ihren Kolleginnen im Zwischendeck der Fähre, jede einen Becher Kaffee vor sich. Jella hatte zuvor Klaas Mathiesen, den Leiter der Flensburger Kriminaltechnik, begrüßt und kurz mit ihm gesprochen. Leise berichtete sie jetzt von den ersten Informationen, die sie von dem Inselpolizisten bekommen hatte.

»Wir müssen die Diskussion auf später verschieben. Hier hören zu viele Ohren mit«, sagte sie dann und warf Bala einen Blick zu. »Wer betreut jetzt eigentlich deine Mutter?«

Balas Mutter hatte vor drei Wochen einen Bandscheibenvorfall erlitten. Bala, die noch bei ihren Eltern wohnte, hatte sich daraufhin Urlaub genommen und Jella Bescheid gegeben, dass sie nicht einsatzfähig sei.

»Einer meiner Brüder ist bei ihr.«

»Gut, wir werden mindestens zwei Tage auf Amrum verbringen. Wart ihr schon einmal auf der Insel?«

Beide Kommissarinnen schüttelten den Kopf.

»Sie ist etwas kleiner als Föhr, hat einen gigantisch breiten Sandstrand, der eigentlich eine vorgelagerte Sandbank ist. Es gibt fünf Dörfer. Wittdün, wo wir gleich im Hafen anlegen, Nebel in der Mitte der Insel, Norddorf an der Nordspitze und noch die beiden kleineren Dörfer Süddorf und Steenodde. Auf die etwa zweitausenddreihundert Einwohner kommen zwischen hunderttausend und hundertfünfzigtausend Gäste im Jahr.«

Kim grinste. »Bist du im zweiten Beruf Reisebegleiterin?«

»Eher nicht, aber ich habe schon mehrere Urlaube auf Amrum verbracht. Ich fahre immer wieder gerne für ein paar Tage auf die Insel.« Jellas Gedanken schweiften kurz zu David ab, der sich gerade auf Föhr in seinem Ferienhaus aufhielt. Sie hatten sich dort bei Jellas erstem Fall kennengelernt. Er hatte lange unter Verdacht gestanden und war nur um Haaresbreite der Untersuchungshaft entgangen. Später hatten sie sich einige Male getroffen, er hatte bei ihr übernachtet, sie einmal bei ihm. Ihr Beziehungsstatus war aber letztlich immer noch ungeklärt.

Jellas Handy machte sich bemerkbar. Sie warf einen Blick aufs Display. Niklas. Sie stand auf, zeigte auf den Ausgang. »Der Staatsanwalt. Ich suche mir mal einen ruhigen Platz, wo niemand mithören kann.«

Im Gehen nahm sie das Gespräch an. »Wir sind gerade auf der Fähre. Ich gehe kurz nach draußen.«

Sie lief die eiserne Treppe nach oben, öffnete die Tür, ging auf die Reling zu und fand einen Platz, wo sie ungestört sprechen konnte.

»Du weißt, worum es geht?«, fragte Jella.

»Ja, Sörensen hat mich informiert.« Er hielt inne. »Wie geht es dir?«

Dr. Niklas Oehler hatte sich erst vor wenigen Monaten nach Flensburg versetzen lassen. Fast zwei Jahre lang hatte Jella mit ihm eine geheime Beziehung gehabt, bis sie vor einem halbjährigen Auslandseinsatz bei *Scotland Yard* in London die Reißleine gezogen hatte. Inzwischen lebte Niklas von seiner Frau und Kind getrennt.

»Mir geht es gut, Niklas.« Sie stöhnte leise. »Ich hatte dich doch gebeten, dass wir Dienstliches und Privates strikt trennen.«

»Ich weiß«, sagte er. »Aber du gehst mir aus dem Weg. Oder bist du wirklich so beschäftigt, dass du nur meine dienstlichen Anrufe entgegennehmen kannst?«

»Können wir das ein anderes Mal besprechen, Niklas?«

»Wann?«

»Wenn ich von Amrum zurück bin. Versprochen.« Jella drückte sich seit Wochen vor einem klärenden Gespräch. Sie wusste, dass sie es Niklas schuldig war, zögerte es aber aus einem ihr selbst nicht verständlichen Grund hinaus. War das ihr zweiter ungeklärter Beziehungsstatus? Jella schüttelte sich leicht und zwang sich, sich auf den Fall zu konzentrieren. »Ich habe nur kurz mit dem Kollegen auf Amrum telefoniert. Die Kriminaltechniker sind mit uns auf der Fähre. In etwa einer Stunde sollten wir in Wittdün anlegen. Ich melde mich spätestens heute Abend bei dir.«

»Ich bin erreichbar.« Seine Stimme klang enttäuscht.

Jella schluckte. Sie hätte sich nicht so lange um ein Gespräch drücken dürfen. Im selben Augenblick ärgerte sie sich, dass sie wieder in die alte Rolle zurückfiel. Niklas in Schutz nehmen, nur seine Bedürfnisse in den Vordergrund schieben und auf ihn zu warten. Die Zeiten waren lange vorbei. Oder war da noch mehr? Sie hatte ihn geliebt, hatte sich auf das ewige Versteckspiel eingelassen und nicht protestiert. Vermied sie das Gespräch mit ihm, weil sie Angst hatte? Angst vor sich selbst, vor ihrer Entscheidung. Niklas hatte sich von seiner Frau getrennt. War es nicht die ganzen vielen Monate ihrer Beziehung genau darum gegangen?

»Bis heute Abend, Niklas.« Jella wartete, bis er einen Abschiedsgruß gemurmelt hatte, bevor sie auflegte. Langsam trat sie an die Reling vor und ließ sich den Wind durch die Haare wehen. Auf der rechten Seite lag Föhr und auf der linken Langeneß, die langgestreckte Hallig. Sie schloss die Augen und sog tief die salzige Nordseeluft ein.

Zurück im Zwischendeck setzte sich Jella wieder zu ihren Kolleginnen an den Tisch. »Ich telefoniere später mit dem Staatsanwalt. Er wusste auch noch nicht mehr.«

Aus den Augenwinkeln sah sie, dass Kim kurz die Augenbrauen zusammenzog. Vermutlich hatten sie und Bala in den letzten Monaten schon bemerkt, dass sie Niklas besser kannte, als sie vorgab. Es bestand aber kein Grund, die Kolleginnen einzuweihen. Ihre Beziehung war beendet und würde auch nicht wieder aufleben.

2

Michael Möller wartete auf dem Parkplatz am Fährhafen auf sie. Jella ließ sich die Adresse der Großmutter geben und verabschiedete sich von Kim und Bala, die zusammen mit Möller und dem VW-Bus der Kriminaltechniker zum Fundort der Leiche fahren würden.

Die knapp acht Kilometer quer über die Insel legte Jella in einer Viertelstunde zurück. Auf der Fahrt wanderten ihre Gedanken zu ihrem Großvater. Vor vielen Jahren hatte sie mit ihm, auf einer ihrer seltenen Segeltörns in der Nordsee, im kleinen Jachthafen von Steenodde geankert. Da ihre Großeltern auf der Halbinsel Holnis lebten, war die Ostsee ihr eigentliches Terrain. Ihr längster Törn war entlang der schwedischen Küste hochgegangen. Dort hatten sie eine Woche auf einer einsamen Schäreninsel gewohnt. Seit ihr Großvater gestorben war, hatte Jella kein Segelboot mehr betreten. Ihre Großmutter wohnte weiter in dem großen Haus, in dem Jella nach dem Unfalltod ihrer Eltern aufgewachsen war.

Das eineinhalbstöckige Haus von Frau Peters stand in einer ruhigen Nebenstraße. Jella stellte ihr Fahrzeug ab und ging langsam auf das Haus zu. Nachrichten über den Tod von Angehörigen zu überbringen, empfand Jella als eine ihrer schwierigsten Aufgaben. Wenn es sich auch noch um Kinder oder wie in diesem Fall um den Enkel handelte, fiel es ihr umso schwerer.

Sie öffnete die Gartenpforte und ging auf die Haustür zu, die, wie die Fenster, einen dringenden Anstrich benötigte. Die Tür ging auf, bevor Jella sie erreichte. Eine grauhaarige Frau, die Jella auf Mitte achtzig schätzte, lächelte sie an.

»Frau Peters?«, fragte Jella.

Die Frau nickte.

Jella zeigte ihr ihren Polizeiausweis und stellte sich vor. »Könnte ich mit Ihnen im Haus sprechen?«

Antje Peters sah sie erschrocken an. »Ist etwas mit Thomas?«

»Könnte ich vielleicht reinkommen, Frau Peters?«, wiederholte Jella mit ruhiger Stimme ihre Frage.

Die alte Dame trat zur Seite und zeigte auf die erste Tür, die vom kleinen Flur abging. Jella betrat die Küche, die sie, obwohl erheblich kleiner, an die ihrer Großmutter erinnerte. Antje Peters bot ihr mit verängstigter Miene Platz am alten Küchentisch an und setzte sich erst nach Jellas zweiter Aufforderung zu ihr.

»Es tut mir schrecklich leid, Ihnen mitteilen zu müssen, dass Ihr Enkel Thomas heute Morgen tot am Strand in der Nähe von Wittdün aufgefunden wurde. Ich möchte Ihnen mein herzliches Beileid aussprechen.«

Die alte Dame sah sie mit weit offenem Mund und aufgerissenen Augen an. »Thomas? Aber …« Weiter kam sie nicht. Sie senkte den Kopf, atmete schwer und schien mit den Tränen zu kämpfen. Nach einer gefühlten Ewigkeit sah sie auf. »Entschuldigung. Ich habe Ihnen gar nichts zu trinken angeboten. Möchten Sie einen Tee?«

Jella stand auf. »Darf ich Wasser für Tee aufsetzen?«

Als Antje Peters nickte, trat Jella an die Küchenzeile, füllte Wasser in den Kessel und zündete die Gasflamme an. Anschließend suchte sie nach einer Kanne, füllte Teeblätter ein, stellte zwei Tassen auf den Tisch und setzte sich wieder zu der alten Dame.

»Ihr Enkel hat als Kind und Jugendlicher bei Ihnen gelebt?«, fragte Jella mit zurückhaltender Stimme.

Antje Peters sah Jella an, als wenn sie die Frage nicht verstanden hätte. Schließlich nickte sie. »Ja. Meine Tochter konnte nicht für ihn sorgen. Und Thomas' Vater ist unbekannt.«

»Wo kann ich Ihre Tochter erreichen?«

Antje Peters schüttelte den Kopf. »Sie ist in der Psychiatrie. Schon seit vielen Jahren.«

»Wo?«

»In Flensburg. Ich besuche sie hin und wieder, aber …« Eine Träne rollte über Antje Peters' Wange. »Sie ist so abwesend. Manchmal weiß ich nicht einmal, ob sie mich erkennt.«

»Hat Ihr Enkel sie auch besucht?«

»Ja, anfangs schon. In den letzten Jahren nicht mehr. Obwohl er es doch nicht so weit hat. Thomas wohnt ja in …« Sie brach ab und schien bemerkt zu haben, dass sie im Präsens von ihrem Enkel gesprochen hatte. Sie sah auf. »Was ist Thomas passiert? Ist er ertrunken?«

»Das wissen wir noch nicht genau«, wich Jella ihr aus. »Vermutlich ist es in der Nacht passiert. Ob er ertrunken ist, müssen wir noch untersuchen. Im Moment sieht es nicht danach aus.«

»Aber Thomas war nicht krank. Wieso …« Sie schlug sich die Hand vor den Mund. »Ist er ermordet worden?«

»Auch das wissen wir noch nicht.« Jella stand auf, da das Wasser kochte, goss den Tee auf und stellte die Kanne aufs Stövchen.

Eine Weile saßen sie schweigend da, bis Jella sich leise

räusperte und die alte Dame ansah. »Darf ich Ihnen ein paar Fragen stellen, Frau Peters? Wenn Sie möchten, dass ich später wiederkomme, ist das selbstverständlich auch in Ordnung.«

»Nein, Sie können ruhig fragen.«

»Haben Sie regelmäßig Kontakt zu Ihrem Enkel gehabt?«

»Thomas war vorletzte Woche Mittwoch bei mir. An dem Tag hatte er frei und musste nicht zum Strand.«

»Wie lange war er denn schon auf Amrum?«

»Welchen Tag haben wir denn heute?«

»Heute ist Montag, der 18. Juli.« Jella schenkte der alten Dame Tee ein und reichte ihr den Kluntje und die Sahne.

»Dann ist Thomas schon drei Wochen auf Amrum. Er ist Ende Juni an einem Samstag gekommen. Das macht Thomas doch jedes Jahr. Schon seit er ein junger Mann ist.«

»Was hat Ihr Enkel beruflich gemacht?«

»Makler für Häuser und Wohnungen. Das hat er hier auf Amrum gelernt. Bei Jan Boysen in Wittdün. Aber dann wollte er plötzlich nicht mehr auf Amrum bleiben.« Antje Peters seufzte. »Er hat nie gesagt, warum.«

»Plötzlich? Seine Ausbildung hatte er aber schon abgeschlossen?«

»Ja, er war schon ein paar Jahre fertig. Geld hat er auch viel verdient. Er musste nicht mal mehr bei mir wohnen, sondern hat sich eine große Wohnung in Wittdün genommen. Die war wirklich schön. Ich weiß gar nicht, warum der Junge unbedingt wegwollte. Er liebte doch die Insel so sehr.«

»War denn dieses Jahr irgendetwas anders? Hat Thomas Ihnen etwas davon erzählt, dass er Probleme hatte oder er bedroht wurde?«

Antje Peters schüttelte den Kopf. Erst jetzt schien sie zu

bemerken, dass Jella ihr Tee eingegossen hatte. Sie griff nach der Tasse, stellte sie aber gleich wieder ab. Jella stand auf, um den nicht mehr heißen Tee in die Spüle zu kippen. Sie schenkte der alten Dame nach und reichte ihr die Tasse.

»War in der letzten Zeit alles vollkommen normal bei Ihrem Enkel?«, fragte Jella ein weiteres Mal.

»Das war es bei Thomas doch nie«, antwortete Antje Peters leise.

Jella wartete, ob die alte Dame weitersprechen würde, schenkte sich selbst Tee nach und trank einen Schluck.

»Thomas war kein einfaches Kind«, fuhr Antje Peters fort. »Ich habe getan, was ich konnte, aber es hat wohl nicht gereicht, um Mutter und Vater zu ersetzen.«

Jella nickte und musste an Deetje, ihre Großmutter, denken. Hatte sie sich auch solche Vorwürfe gemacht, wenn Jella als Jugendliche über die Stränge geschlagen hatte? Ihre Großmutter war allerdings nicht alleine gewesen und hatte sich zusätzlich Unterstützung von außen geholt, wenn es notwendig erschien. Es musste Frau Peters unglaubliche Kraft gekostet haben, das Enkelkind großzuziehen und sich gleichzeitig um ihre Tochter zu kümmern.

»Ich bin bei meinen Großeltern aufgewachsen«, sagte Jella. »Ich kann mir vorstellen, wie schwierig es für Sie war.«

Antje Peters sah auf. »Was ist mit Ihrer Mutter passiert?«

»Meine Eltern sind bei einem Unfall ums Leben gekommen.«

»Beide?«, fragte die alte Dame. »Das tut mir leid.«

Jella lächelte. »Danke.« Normalerweise vermied sie es, in Befragungen zu persönlich zu werden. Aber Frau Peters war ihr sofort sympathisch gewesen und tat ihr unendlich leid.

»Thomas konnte sich nie anpassen. Weder in der Schule noch später. Deshalb war ich ja auch so froh, als er zu den

Rettungsschwimmern gegangen ist. Das hat ihm gutgetan. Er ist richtig aufgeblüht und konnte den Sommer immer kaum abwarten. In den Jahren, als er hier noch auf der Insel gelebt hat, hat er im Sommer nur halbe Tage gearbeitet. Die andere Zeit war er am Strand. Den ganzen Sommer über.«

»Sie sagten vorhin, dass Ihr Enkel recht plötzlich Amrum verlassen hat. Wie alt war er da?«

»Vierundzwanzig. Ich weiß das noch so genau, weil es ein paar Tage nach seinem Geburtstag war. Das ist jetzt fast genau zehn Jahre her.«

»Und er hat Ihnen nie gesagt, warum er die Insel verlassen hat?«

»Großstadtluft schnuppern, hat er gemeint. Dabei ist Flensburg doch keine Großstadt, oder?«

»Nein. Mit neunzigtausend Einwohnern ist es dafür noch nicht groß genug.«

»Wo sind Sie aufgewachsen?«, fragte Antje Peters.

»Auf der Halbinsel Holnis. Das ist ganz in der Nähe von Flensburg.«

»Ja, das kenne ich.« Sie lächelte Jella an. »Sie kümmern sich sicher gut um Ihre Großeltern.«

»Mein Opa ist leider vor einigen Jahren gestorben, aber meiner Großmutter geht es gut. Ich besuche sie jede Woche.«

»Das ist gut«, flüsterte Antje Peters, beugte sich vor und strich Jella über den Arm. »Sie hat Glück, Ihre Großmutter.«

»Thomas hat Sie nur im Sommer besucht?«

Antje Peters nickte nach einer Weile.

»Aber Sie haben mit ihm telefoniert?«

»Ich habe ihn alle zwei Wochen angerufen.« Sie zeigte auf den Küchenschrank. »Ich habe mir extra einen Kalender besorgt und mir die Tage aufgeschrieben. Alle zwei Wochen.«

»Waren die Gespräche in den letzten Monaten anders als zuvor?«

»Ich glaube schon. Thomas war niedergeschlagen. Ich hatte schon Angst, dass er seine Arbeit verloren hat. Er hat mir aber gesagt, dass alles in Ordnung sei. Da musste ich ihm ja glauben.« Die alte Dame warf Jella einen flehenden Blick zu. »Es war doch alles in Ordnung, oder?«

3

Kim stellte ihren Mini Cooper auf dem von der Inselpolizei abgesperrten Bereich des Parkplatzes ab. Als sie gerade aussteigen wollte, vibrierte ihr Handy. Sie ließ sich zurück in den Sitz fallen und las die Nachricht von Greta. Seit Kim ihre grundsätzliche Skepsis gegenüber einem gemeinsamen Kind aufgegeben hatte, war Greta auf der Suche nach einem geeigneten Vater. Seitdem klammerte ihre Frau noch intensiver als zuvor. Die erste Nachricht war gekommen, als sie gerade Dagebüll erreicht hatte. Greta hatte gefragt, ob sie gut angekommen sei, die zweite Nachricht kam auf der Fähre: Ob sie schon wisse, wie lange sie auf der Insel bleiben müsse. Und jetzt die dritte Nachricht. Kim schrieb zurück, dass sie gerade angekommen seien und jetzt zum Tatort gehen würden.

»Deine Frau?«, fragte Bala, als Kim aus dem Auto gestiegen war.

»Sieht man mir das an?«, murmelte Kim.

»Mag sein«, sagte Bala. »Du wirkst dann angespannter.«

Kim blieb stehen. »Sag ruhig ›genervt‹. Das trifft es besser.«

»Habt ihr Streit?«

Kim deutete mit dem Kopf in Michael Möllers Richtung. »Wir müssen. Der Kollege wartet.«

Im Gehen warf Kim einen verstohlenen Blick zu Bala. Sie schien es ihr nicht übel genommen zu haben, dass sie ihrer Frage ausgewichen war. Bei ihrem ersten großen Fall auf Föhr hatten sie sich zusammengerauft und waren in den folgenden Wochen fast so etwas wie Freundinnen geworden. Balas Eltern waren als verfolgte Kurden aus der Türkei geflohen, Bala in Deutschland geboren. Manchmal kam es Kim so vor, als sei Bala deutscher als die meisten anderen Deutschen, aber sie hatte nach und nach verstanden, dass zwei Seelen in ihrer Brust schlugen.

»Alles gut«, sagte Bala lächelnd, der Kims Blick wieder einmal nicht entgangen war.

Kim stöhnte leise. »Greta nervt im Moment halt fürchterlich.«

»Lass uns da später drüber sprechen. Jetzt konzentrieren wir uns auf den Tatort, ja?«

Kim nickte und atmete tief durch.

»Wir sind hier am Ortsrand von Wittdün«, erklärte Michael Möller, als sie neben ihm den Dünenübergang passierten. »Die Station der Rettungsschwimmer, in der Böhme ehrenamtlich gearbeitet hat, liegt auf der Höhe von Nebel. Das ist von hier aus mindestens noch vier Kilometer am Strand entlang.«

Kims Blick schweifte über die Wattlandschaft. »Himmel, wo ist denn die Nordsee?«

Michael Möller schmunzelte. »Kommt wieder. Das Wasser läuft gerade auf. Der eigentliche Strand fängt erst in etwa einem Kilometer an.« Er zeigte nach links. »Wir müssen da lang.«

Sie liefen über einen Bohlenweg auf den Tatort zu. Schon von Weitem sah Kim das rot-weiße Polizeiband im Wind flattern. In der Mitte des abgesperrten Bereichs stand ein weißer Zeltpavillon, auf den Mathiesen und seine beiden Kollegen gerade zugingen.

»Und wie weit ist es von hier bis nach Wittdün?«, fragte Kim.

»In den Ort etwa einen Kilometer. Bis zur Strandbar sind es höchstens vierhundert Meter. Dort beginnt auch die Wittdüner Promenade. Vermutlich ist er aus der Richtung gekommen. In einer der Straßen in der Nähe der Bar haben wir auch sein Auto entdeckt.«

»Wer hat Thomas Böhme gefunden?«, fragte Bala.

»Ein Spaziergänger, gegen sieben Uhr. Er hat uns direkt angerufen. Ich war zum Glück schon in der Polizeistation und konnte schnell vor Ort sein.«

»Hat der Spaziergänger angegeben, ob er Herrn Böhme kennt?«

»Ich kann Ihnen das Protokoll später schicken. Herr Scholz ist zweiundsiebzig und zum ersten Mal auf Amrum und war auch zum ersten Mal an diesem Strandabschnitt. Ihm war der Tote nicht bekannt.«

Sie hatten inzwischen die Absperrung erreicht. Bala schoss einige Fotos von der Umgebung und verstaute die Kamera wieder.

»Das muss hier am Strand doch in der Nacht absolut dunkel sein, oder?«, fragte Kim.

»In aller Regel schon. Aber gestern hatten wir Vollmond und einen wolkenlosen Himmel. Da kann man sich auch mitten in der Nacht noch orientieren.«

»Wie lange ist denn abends hier Betrieb?«

»Genau hier werden Touristen in der Nacht nur selten oder gar nicht vorbeilaufen. Ab der Promenade ist das schon etwas anderes. Selbst gegen Mitternacht waren es ja noch fast zwanzig Grad. Dort treffen sich häufig junge Leute, schauen sich den Sonnenuntergang an und bleiben noch eine Weile. Manchmal wird auch ein Lagerfeuer gemacht. Dann kann es schon mal länger gehen.«

»Und gestern?«

Der Inselpolizist zuckte mit den Schultern. »Wir müssen Zeugen suchen. Ich habe mir schon überlegt, dass ich heute Abend mit einem Kollegen vorbeischaue und die Gäste befrage. Es wird sich sicher jemand finden, der auch gestern am Strand war.«

Kim warf Bala einen Blick zu. Sie nickte. »Wir kommen mit. Zu fünft geht es schneller.«

Michael Möller nickte.

»Wo steht das Haus, in dem die Rettungsschwimmer wohnen?«, fragte Bala.

»Die Gemeinde hat ein Haus in Nebel, ganz in der Nähe der Polizeistation angemietet.«

Bala schrieb die Adresse auf. »Haben Sie den Abtransport der Leiche bereits organisiert?«

Der Inselpolizist schaute auf die Uhr. »In etwa einer halben Stunde wird der Leichenwagen hier sein. Der Leichnam sollte dann noch heute in der Rechtsmedizin in Kiel ankommen.« Möller zeigte auf das Zelt. »Wollen Sie die Leiche noch sehen?«

Bala schüttelte den Kopf. »Nein, wir würden nur weitere Spuren vernichten. Es sind schon jetzt zu viele Personen am Tatort herumgelaufen. Unsere Kollegen werden Fotos machen.« Sie reichte dem Inselpolizisten die Hand. »Danke, Kollege. Wir sprechen dann als Nächstes mit den Rettungsschwimmern.«

Kim und Bala gingen zum Auto zurück und ließen sich vom Navi zum Dorf Nebel leiten. Im Ort fuhren sie den Hinweisschildern nach und standen kurze Zeit später auf einem großen Parkplatz in Strandnähe. Kim lief neben Bala her, der das Gehen über den weichen Sand nichts auszumachen schien.

»Was hat Böhme mitten in der Nacht auf dem Bohlenweg bei Wittdün gemacht? Sich mit jemandem getroffen? Aber warum? Im Ort hätte es doch sicher praktischere Orte für ein Treffen gegeben.«

»Gute Frage«, sagte Bala. »Ich habe ehrlich gesagt nicht die leiseste Vermutung. Vielleicht ist er dort hingebracht worden, als er schon tot war? Aber bitte wie? Und warum? Außerdem stand ja sein Auto in der Nähe der Strandbar. Wenn er nicht hätte entdeckt werden sollen, wäre doch irgendein Versteck oder sogar ein Grab in den Dünen die bessere Variante gewesen.«

»Sehe ich auch so.«

Den Rest des Weges schwiegen sie. Bei der Rettungsstation angekommen, kletterten sie die Leiter hoch, um auf die Aussichtsplattform zu gelangen.

Ein Mann Mitte zwanzig wandte sich um, als sie auf ihn zutraten. »Das ist hier oben nur fürs Personal. Können Sie nicht lesen?«

Kim stellte sich vor und zeigte ihm ihren Polizeiausweis.

Der junge Mann nickte. »Sorry, ich wollte Sie nicht anmaulen. Aber manchmal …« Er hielt kurz inne. »Sie kommen wegen Thomas?«

»Ja, können wir hier kurz mit Ihnen sprechen oder sollen wir das später machen?«

»Solange einer von uns den Strand im Auge behalten kann, ist das kein Problem.« Eine junge Frau sah kurz zu ihnen, richtete ihren Blick aber gleich wieder auf den Strand.

Kim und Bala setzten sich auf die Bank, Bala fragte nach den Personalien und erhielt die Namen der beiden Rettungsschwimmer.

»Sie kannten Thomas Böhme?«, stellte Bala die erste Frage.

»Ja, natürlich«, sagte Lukas Klett. »Wir sind nur zu sechst an diesem Strandabschnitt und wohnen alle im gleichen Haus.«

»Ist das Ihr erstes Jahr mit Herrn Böhme?«

»Ja, ich war sonst in Norddorf eingesetzt. Das ist jetzt mein drittes Jahr auf Amrum.«

»Wann schließen Sie nachmittags die Station?«, fragte Bala.

»Meistens um achtzehn Uhr. Dann gehen wir zum Haus und essen später gemeinsam. In der Regel so gegen zwanzig Uhr.«

»War Thomas Böhme gestern beim Essen dabei?«

»Ja, er war da, aber nicht so lange wie sonst. So gegen einundzwanzig Uhr hat er sich verabschiedet. Ich dachte, er ist müde, aber Paula meint«, er sah zu seiner Kollegin, die das Strandgeschehen beobachtete, »dass er wohl noch weggefahren ist. Ich habe davon allerdings nichts mitbekommen und bin irgendwann gegen elf schlafen gegangen.«

»Und heute Morgen?«

Der Rettungsschwimmer zuckte mit den Schultern. »Da Thomas erst am Nachmittag Dienst gehabt hätte, war ich nicht verwundert, als ich ihn nicht beim Frühstück gesehen habe. Und dann kam ja der Anruf von der Polizei.«

»Herr Böhme hat ein Einzelzimmer?«, fragte Bala.

»Ja, er ist der Leiter der Station. Wir anderen teilen uns ein Zimmer.«

Kim deutete mit dem Kopf auf die Rettungsschwimmerin. Bala nickte ihr unauffällig zu und wandte sich wieder an Lukas Klett.

Kim ging auf die junge Frau zu. »Hallo, Frau Balke. Können wir beide uns kurz unten unterhalten?«

Paula Balke warf einen Blick zu ihrem Kollegen, der

Kims Frage mitbekommen hatte. Lukas Klett zögerte kurz, nickte aber schließlich. »Ich behalte den Strand im Auge.«

Kim ließ der jungen Frau den Vortritt. Unten angekommen wies sie auf den Strand. »Gehen wir etwas?«

»Aber nicht zu weit. Ich muss im Notfall noch eingreifen können.«

Kim nickte. »Schon klar. Ich bin übrigens Kim. Meinetwegen können wir uns auch duzen.«

»Ja, warum nicht. Ich heiße Paula.«

»Dein wievielter Einsatz ist das auf Amrum?«

»Ich bin zum ersten Mal hier.«

»Gefällt es dir?«

»Ja, im Prinzip schon. Ich dachte zwar, es passiert mehr, aber gut, wir sind hier nicht im Film, und es ist natürlich auch positiv, wenn alles seinen Gang geht.«

»Respekt für die ehrenamtliche Arbeit. Wasser ist nicht so mein Ding«, sagte Kim und schaute nach oben. »Sonne schon.«

»Ja, die haben wir diesen Sommer reichlich.«

»Hattest du viel mit Thomas Böhme zu tun?«

»Normal. Ich habe einige Male mit ihm Dienst gehabt, und am Abend sehen wir uns ja auch fast immer.« Sie stutzte. »Sahen, muss ich jetzt wohl sagen.«

»Wie war Thomas so?«

Paula Balke zuckte mit den Schultern. »Keine Ahnung.«

»Du mochtest ihn nicht so?«, fragte Kim, die es eigentlich vermied, Zeugen etwas in den Mund zu legen. In diesem Fall schien es ihr vertretbar, um ins Gespräch zu kommen.

»Er war nicht so mein Fall.«

Kim ließ ihr Zeit und hoffte, sie würde weitersprechen. Paula Balke blieb stehen und schaute über den Strand. »Über Tote soll man ja nichts Schlechtes sagen.«

»Es kommt darauf an. Wenn es uns hilft, ist es schon wichtig.«

»Er hat mich angebaggert. Das ist ja nichts Ungewöhnliches, aber wenn ich klar sage, dass ich kein Interesse habe, sollte es vorbei sein.«

»Das war es nicht?«

»Nee, auf dem Ohr war er wohl taub. Und das törnt mich dann noch mehr ab.« Sie warf Kim einen erschrockenen Blick zu. »Nicht, dass du jetzt denkst, ich habe Thomas ermordet. So schlimm war es nun auch wieder nicht. Ich weiß mich schon zur Wehr zu setzen.«

»Lass mich raten. Kampfsport?«

Paula Balke nickte. »Sieht man mir das an?«

»Ein wenig.«

»Kickboxen. Schon seit vielen Jahren. Da braucht man keine Angst mehr vor aufdringlichen Typen zu haben.«

»Typen wie Thomas?«

»Ja. Ich habe vor ein paar Tagen beim Essen etwas lauter von meinem Sport erzählt. Danach hat er sich zurückgehalten.«

»Wie weit ist er gegangen oder wäre er gegangen?«

»Weiß man das immer vorher? Typen, die ein Nein nicht akzeptieren, gehen auch schnell mal weiter. Ich will Thomas nichts unterstellen, aber es scheint da Gerüchte zu geben. Sprich: Ich war wohl nicht die Erste, bei der er versucht hat, zu landen. Keine Ahnung, ob sich andere Frauen sogar geschmeichelt fühlen, wenn so einer sie anbaggert.«

»Du hast noch eine Kollegin hier in Nebel?«

»Ja, Sophie.«

»Hat sie Ähnliches über Thomas erzählt?«

»Mir nicht. Ich komme allerdings auch nicht so gut mit ihr aus. Sie ist mehr so der ruhige Typ und ich quatsche den ganzen Tag. Ich habe ihr auch nichts davon gesagt, was da mit Thomas gelaufen ist. Das gibt nur blöde Gerüchte und schnell schlechte Stimmung. Wer braucht das schon.«

»Niemand«, sagte Kim.

»Hat Klett noch etwas Wichtiges gesagt?«, fragte Kim, als sie mit Bala zurück zum Parkplatz ging. Zuvor hatten sie kurz mit Mathiesen telefoniert und ihm mitgeteilt, dass sie in die Polizeistation fahren würden.

»Nein. Mehr so das Schweigen im Wald. Alles war gut. Thomas ein echter Kumpel, der von allen gemocht wurde.«

»Nicht von allen«, sagte Kim und berichtete von ihrer Befragung.

»Sieh an. Es ging Böhme also nicht nur ums Lebenretten.«

»Ob das jetzt ein Einzelfall war, müssen wir sehen. Paula hat Gerüchte gehört, dass das wohl häufiger vorgekommen ist.«

Bala blieb stehen. »Das klingt nach einem Anhaltspunkt. Wie häufig hat er hier schon Dienst gemacht?«

»Das ist sein fünfzehntes Jahr gewesen, hat der Kollege gesagt.«

»Klasse. Selbst wenn nur jeweils zwei Frauen pro Saison mit ihm Dienst hatten, sind es schon dreißig, die wir überprüfen und befragen müssen. Wahrscheinlich sind es noch mehr. Hinzu kommt, dass sie wahrscheinlich in ganz Deutschland verstreut leben.«

»Vielleicht können wir das ja abkürzen, wenn er zum Beispiel von einer Frau angezeigt wurde«, warf Kim ein. »Ich sehe das nicht ganz so pessimistisch.«

4

Jella hielt vor der Polizeistation in Nebel, als Kim und Bala gerade aus ihrem Auto stiegen. Sie ging auf die beiden zu.

»Kollege Möller kommt auch sofort«, sagte Kim.

»Wie sieht es am Tatort aus?«

»Wir sind nur bis zur Absperrung gegangen«, sagte Bala. »Da waren ohnehin schon zu viele am Tatort. Mathiesen und seine Kollegen werden es schwer haben, da etwas zu finden.«

»Dachte ich mir schon. Gibt es Anhaltspunkte, wie Thomas Böhme gestorben ist?«

»Mathiesen sagt, dass seine Jacke einen Riss aufweist. Auch der Inselarzt hat von einer Stichverletzung in der Herzgegend gesprochen.«

»Blut?«

»War nur wenig zu sehen, sagt Mathiesen. Ein Messer ist bisher auch nicht gefunden worden.«

Ein Streifenwagen fuhr auf den Hof. Michael Möller stieg aus und trat zu ihnen. »Gehen wir rein?«

Sie setzten sich in der Teeküche der Polizeistation zusammen. Möller startete die Kaffeemaschine und stellte Becher auf den Tisch.

»Ich habe drei Zimmer in einer Pension in Wittdün gefunden. In Nebel war alles ausgebucht.« Möller nannte ihnen den Namen der Pension und erklärte, wo sie am besten parken konnten.

Jella bedankte sich. »Ich habe von Thomas Böhmes

Großmutter einen Namen genannt bekommen. Patrick Witt. Mit dem Mann soll ihr Enkel gut befreundet gewesen sein. Könnten Sie mir die Adresse heraussuchen?« Jella reichte ihm einen Zettel.

Möller nickte, stand auf, holte die volle Kaffeekanne und schenkte ein, bevor er sich in sein Büro verabschiedete.

»Dann wollen wir mal. Wer fängt an?«, fragte Jella.

Bala und Kim berichteten von den Befragungen am Strand und Jella von dem Gespräch mit der Großmutter.

»Ich schlage vor, ihr beide macht euch auf den Weg ins Rettungsschwimmer-Haus, und ich versuche, jemand bei der Firma zu erreichen, in der Böhme seine Ausbildung gemacht und jahrelang gearbeitet hat. Wir treffen uns dann später in Wittdün, essen kurz etwas und gehen anschließend zusammen zum Strand, um die Kollegen dort zu unterstützen.«

»Wie kommen wir an die Daten der ehemaligen Rettungsschwimmerinnen?«, fragte Bala.

»Darum soll Kollege Möller sich kümmern. Er hat sicher gute Kontakte.«

Jella stellte ihren Dienstwagen auf einem öffentlichen Parkplatz in der Nähe des Fährhafens ab und ging zu Fuß in den Ort hinein. Nach kurzer Suche hatte sie das Immobilienbüro gefunden. Der schlichte Backsteinbau wirkte mit seinen weißen Holzfenstern und der breiten Eingangstür einladend. Anstatt eines großen Firmenschildes oder Werbung in den Fenstern hing nur ein diskretes Schild neben der Eingangstür. Jella betrat das Gebäude und meldete sich im Eingangsbereich an. Kurz darauf saß sie im Büro des Geschäftsführers. Jan Boysen hatte sie freundlich begrüßt, ihr etwas zu trinken angeboten und gefragt, worum es gehe.

»Heute Morgen ist Thomas Böhme tot am Strand aufgefunden worden. Wie seine Großmutter mir sagte, hat er seinerzeit hier bei Ihnen seine Ausbildung gemacht und war auch anschließend hier beschäftigt.«

»Thomas?« Jan Boysen sah sie mit großen Augen an. »Sind Sie sicher? Am Strand? Er ist Rettungsschwimmer.«

»Wir müssen leider von einem Fremdverschulden ausgehen.«

Jan Boysen schluckte schwer. Schließlich atmete er tief durch und stöhnte leise.

»Sie hatten noch Kontakt zu Herrn Böhme?«

Der Immobilienmakler nickte. »Ja, er hat noch vor zwei bis drei Wochen kurz bei mir vorbeigeschaut. Also hier im Büro. Wir haben einen Kaffee getrunken und …« Es schien ihm die Stimme zu versagen.

»Hat Herr Böhme anders als sonst auf Sie gewirkt?«

Boysen runzelte die Stirn. »Da fragen Sie was. Wir haben nur so allgemein geplaudert. Und es ist sicher ein halbes, wenn nicht ein ganzes Jahr her, dass ich ihn davor gesehen habe. Wie soll ich das da beurteilen?«

»Es gab also keinen besonderen Anlass, weshalb Herr Böhme bei Ihnen vorbeigeschaut hat?«

»Nein. Das war nur aus alter Verbundenheit.« Jan Boysen warf Jella einen fragenden Blick zu. »Fremdverschulden? Das heißt, er ist ermordet worden?«

»Ob es Mord oder Totschlag war, entscheiden letztlich die Gerichte. Suizid schließen wir im Moment aus.«

Boysen nickte nachdenklich. »Das könnte ich mir bei Thomas auch schlecht vorstellen.«

»Herr Böhme war bei seinem Besuch hier also nicht niedergeschlagen oder hat von größeren Problemen erzählt?«

»Nein, überhaupt nicht. Er hatte einen freien Nachmittag und hat hier in Wittdün etwas gekauft. Er hat mir auch gesagt, was es war, aber«, er zuckte mit den Schultern, »mir fällt es gerade nicht mehr ein.«

»Herr Böhmes Großmutter hat mir erzählt, dass ihr Enkel seinerzeit sehr plötzlich die Insel verlassen hat. Kennen Sie den Grund?«

»Vielleicht der Inselkoller – ich weiß es wirklich nicht so genau. Der überfällt uns hin und wieder. Nun gut, ich glaube, Thomas wollte auch weg von der Insel und das Stadtleben genießen. Was sollte ich machen? Jeder Mitarbeiter ist nun mal frei in seiner Entscheidung, wo er arbeiten und leben will. Ich habe ihn dann auch ziehen lassen.«

»Das klingt jetzt, als wenn Sie ihn gerne weiter beschäftigt hätten.«

Jan Boysen nickte. »Auf jeden Fall. Er war ein Glücksgriff. Redegewandt, nicht dumm, hier von der Insel. Er konnte mit den Insulanern und auch mit Kunden, die auf Amrum investieren wollten.«

»Ich vermute mal, dass bei Ihnen Provisionen bezahlt werden.«

»Ja, das ist in unserer Branche so üblich.«

»Dann war Herrn Böhmes Gehalt entsprechend hoch?«, fragte Jella.

»In aller Regel ja. Wenn er im Sommer halbtags bei den Rettungsschwimmern ausgeholfen hat, gab es natürlich nur das Grundgehalt. Aber das hat Thomas nicht weiter gekümmert.«

»Inselkoller. Mir ist schon bekannt, was das bedeutet, aber ich kann mir gerade nicht vorstellen, dass jemand deshalb Amrum verlässt. Schon gar, wenn er hier aufgewachsen und – so habe ich Sie verstanden – verwurzelt ist.«

Jan Boysen zögerte und ließ den Blick durchs Büro wandern, als suche er etwas. Schließlich stand er auf, stellte eines der Fenster auf Kipp und kam zurück zum Tisch.

»Sie suchen in seiner Vergangenheit nach einem Motiv? Aber es ist lange her, dass er hier bei mir gearbeitet hat.« Er fuhr sich mit der Hand durch die Haare. »Es müssen inzwischen zehn Jahre sein.«

Jella hatte Boysen nicht aus den Augen gelassen. Seine Reaktion wies darauf hin, dass er wusste oder zumindest eine Vermutung hatte, weshalb Thomas Böhme so plötzlich die Insel verlassen hatte.

»Nun gut«, fuhr Boysen fort. »Es war wohl eine seiner Frauengeschichten.«

»Was ist passiert?«

»Ich habe gehört, dass Thomas vorgeworfen wurde, übergriffig gegenüber einer Frau geworden zu sein. Das war sicher eine Kurzschlussreaktion, denn es gab nie eine Anzeige und auch keine Ermittlungen der Polizei.«

»Mehr wissen Sie nicht?«

»Da war nichts. Das hatte Thomas gar nicht nötig. Gut, er war nicht so der Typ für längere Beziehungen. Warum auch, hat er mir mal gesagt. Die Frauen flogen auf ihn. Fragen Sie mich nicht, warum. Okay, er sah gut aus, trainierte regelmäßig im Fitnessstudio, konnte sich benehmen und sogar ziemlich gut kochen.« Jan Boysen hielt inne. »Er hat meine Frau und mich hin und wieder zum Essen eingeladen. Meine Frau sagt immer, Thomas könnte auch als Koch arbeiten.«

»Herr Böhme hatte also häufig wechselnde Beziehungen?«

»Ja. Und bevor Sie fragen, sie gingen nicht immer alle gut aus. Was soll ich sagen? Manchmal ist es mir schon auf den Wecker gegangen, wenn wieder mal sein Handy ständig klingelte und dann auch noch unsere Leitung hier belegt wurde. Nun gut, jedem Tierchen sein Pläsierchen. Heißt es nicht so?«

»Wie genau muss ich mir diese Probleme vorstellen?«, fragte Jella.

»Habe ich von Problemen gesprochen? Thomas hat das nicht so gesehen. Er meinte dann: Was kann ich dafür, dass die Frauen immer mehr wollen, als ich bereit bin zu geben?«

»Das klingt, als habe Herr Böhme seine Freundinnen regelrecht abserviert«, warf Jella provozierend ein.

»Wenn Sie so wollen. Schluss gemacht hat er. Wohl von heute auf morgen, ohne dass die Frauen damit gerechnet hatten. Manchmal nur per SMS. Klar, nicht sehr nett gegenüber den Frauen, aber sollte ich mich da einmischen? Wohl eher nicht. Wir haben uns gut verstanden, aber Freunde im eigentlichen Sinne waren wir nicht.«

»Haben Sie Namen für mich?«

»Namen? Von Frauen, mit denen Thomas …« Er zupfte sich mehrfach an der Nasenspitze. »Das kann ich jetzt aber nicht machen. Die sind doch heute alle glücklich verheiratet. Ich will da niemanden irgendwo reinziehen.«

»Tun Sie nicht. Und die Frauen erfahren selbstverständlich nicht, woher wir die Informationen haben.«

»Trotzdem. Das ist mir unangenehm.«

Jella schwieg und wartete.

»Also gut«, sagte Jan Boysen nach einer Weile und nannte ihr zwei Namen von Frauen, die noch auf der Insel wohnten. »Die meisten waren wohl Urlauberinnen. Die kannte ich sowieso nicht oder nur mit dem Vornamen.«

»Sie sagten vorhin, dass Herr Böhme in seinem Beruf sehr gut aufgestellt und erfolgreich war.«

»Ja.«

»Gab es Probleme mit Verkäufern oder Käufern?«

»Probleme? Wie meinen Sie das?«

»Ich gehe mal davon aus, dass Sie einer Seite mehr verpflichtet sind als der anderen. Je nachdem, wer Sie beauftragt.«

»Nein. Wir sind sozusagen neutral. Mehr so wie Notare, die für beide Seiten da sind. Alle müssen am Ende zufrieden sein, ansonsten hält man sich nicht lange im Geschäft.«

»Es gab also nie größere Konflikte? Keine unzufriedenen Käufer oder Verkäufer?«

»Gut, hin und wieder ist jemand nicht vollkommen zufrieden. Das klärt sich aber meistens sehr schnell. Logischerweise will der Käufer so wenig wie möglich zahlen und eine fantastisch erhaltene Immobilie bekommen, während der Verkäufer alles daransetzt, die Probleme des Hauses oder der Wohnung kleinzureden. Und er will möglichst viel Geld dafür haben. Das ist doch normal. Wenn die Wünsche dann nicht voll in Erfüllung gehen, sind wir im ersten Augenblick natürlich der Buhmann. Aber wie gesagt, das lässt sich immer alles klären.«

5

Bala klingelte an der Tür des kleinen Backsteinhauses, das nur zwei Gehminuten von der Polizeistation entfernt lag.

Ein Mann Mitte zwanzig mit kurzen dunklen Haaren öffnete die Tür. »Sind Sie von der Polizei?«

Bala und Kim zeigten ihre Ausweise, wurden hereingebeten und saßen kurz darauf mit Sophie Holst, Finn Keller und Janus Beier zusammen. Lukas Klett hatte sie bereits vom Strand aus angekündigt.

»Wir würden gerne einzeln mit Ihnen sprechen«, sagte Bala. »Wir können das hier machen oder in der Polizeistation. Wie Sie es gerne möchten.«

Janus Beier, der ihnen die Tür geöffnet hatte, nickte. »Wer zuerst?«

»Frau Holst, bitte«, sagte Bala und wartete, bis die beiden Männer die Küche verlassen hatten.

Sophie Holst, die ihr Alter mit einundzwanzig angegeben hatte, senkte unsicher den Kopf und schien sich nicht wohl dabei zu fühlen, dass sie als Erste befragt wurde.

»Sind Sie schon häufiger auf Amrum im Einsatz gewesen?«, fragte Bala.

Die junge Frau sah kurz auf. »Das ist mein erstes Jahr.«

»Verstehen Sie sich gut mit Ihren Kollegen und Paula?«, fragte Bala weiter.

Sophie nickte.

»Können Sie sich daran erinnern, wann Thomas Böhme gestern Abend das Haus verlassen hat?«

»Ich bin mir da nicht so sicher. Wir haben wie immer am Abend etwas gekocht und waren zusammengesessen, aber Thomas war irgendwie nicht bei der Sache. Er hat sich nicht wie sonst am Kochen beteiligt, sondern ist erst gekommen, als wir ihn gerufen haben. Gegessen hat er auch nicht viel und – auch anders als sonst – kaum etwas gesagt.«

»Er wirkte also bedrückt?«, fragte Kim. »Kann man das so sagen?«

»Ja, durchaus. Aber ich kann mich natürlich auch irren. So gut kannte ich ihn ja auch wieder nicht.«

»Er hat aber nicht erwähnt, was mit ihm ist? Zum Beispiel Kopfschmerzen oder etwas Ähnliches?«

»Zumindest nicht mir gegenüber. Ich habe allerdings auch nicht gefragt.«

»Wann hat er die Küche verlassen?«

»Genau weiß ich auch das nicht. Vielleicht so um einundzwanzig Uhr. Ich habe kurze Zeit später die Haustür gehört. Ich dachte erst, er geht nur kurz raus, um zu rauchen, aber er ist nicht zurückgekommen.«

»Ist er mit dem Auto weggefahren?«

»Mag sein. Thomas hat immer an der Straße geparkt. Das hört man nur, wenn der Wind gerade in unsere Richtung weht.«

»War Ihr Kollege in den letzten Tagen schon so bedrückt?«, fragte Bala.

»Nein, jedenfalls habe ich es nicht bemerkt.«

Kim räusperte sich. »Wir haben noch eine sehr persönliche Frage.«

Sophie Holst erstarrte für einen Moment. »Ja?«, fragte sie leise.

»Ist Thomas Böhme Ihnen zu nahegekommen? Hat er mit Ihnen geflirtet oder Sie in irgendeiner Weise bedrängt?«

Sophie Holst schwieg.

Bala wartete eine Weile, beugte sich dann vor und legte ihre Hand auf den Arm der jungen Frau. »Frau Holst. Haben Sie die Frage meiner Kollegin verstanden?«

Sie nickte.

»Ist Herr Böhme Ihnen zu nahegetreten?«

»Nicht wirklich«, sagte die junge Frau leise.

»Aber er hat es versucht?«, fragte Bala.

Erneut nickte sie.

»Wann war das?«

»Als wir … also, wir haben zusammen Dienst gehabt. Erst war es ganz harmlos. Wir haben geredet und auch gelacht. Und dann … ja, zuerst hat er die Hand auf mein Knie gelegt, nur kurz. Aber dann hat er mich immer wieder berührt. Erst dachte ich, es wäre zufällig, wie das so ist, wenn man so nah zusammensitzt.«

»Aber es war nicht so?«, fragte Bala, als Sophie Holst schwieg.

»Nein. Die …«, sie malte Anführungszeichen in die Luft, »… zufälligen Berührungen hörten nicht auf.«

»Und dann?«

»Ich habe ihm irgendwann eine Ohrfeige verpasst und bin runter vom Hochsitz. Als er mir nachkam, habe ich meine Sachen genommen und bin zum Haus gelaufen.«

»War dort jemand?«, fragte Bala.

»Janus und Finn saßen im Garten. Ich habe ihnen gesagt, dass ich starke Kopfschmerzen habe und deshalb gegangen bin. Finn ist dann zum Strand, um Thomas zu unterstützen.«

»Gab es weitere Vorfälle?«

Sophie Holst zögerte. »Vorfälle? Es ist nicht wirklich was passiert. Vielleicht hätte ich deutlicher machen sollen, dass ich nicht an einem Flirt interessiert bin.«

Ganz sicher nicht, dachte Bala. Ein Nein sollte reichen,

damit der Mann sich zurückhält. »Hat Thomas sich noch einmal genähert?«

»Nein, ich glaube, er hat es verstanden. Ich habe trotzdem meine nächsten Dienste getauscht und mich auch am Abend von ihm ferngehalten.«

»Wie hat er darauf reagiert?«

»Keine Ahnung. Ich habe da nicht so drauf geachtet. Wichtig ist doch, dass nichts mehr passiert ist. Ich glaube, er hatte es dann auch verstanden.«

»Haben Sie mit jemandem über den Vorfall gesprochen?«, fragte Kim, der Bala ansah, wie angewidert sie von Thomas Böhmes Verhalten war.

»Nein.«

»Auch nicht mit Ihrem Freund zu Hause?«

Sophie Holst blickte sie erschrocken an. »Nein, natürlich nicht.«

Bala beendete die Befragung und bat Sophie Holst, nicht mit ihren Kollegen zu sprechen, bevor diese ebenfalls befragt worden waren.

»Und?«, sagte Kim, als Sophie Holst die Küche verlassen hatte. »Böhme wird mir gerade immer sympathischer.«

»Ich weiß. Mir geht es doch nicht anders. Trotzdem müssen wir objektiv bleiben und erst mal die Fakten sammeln. Ja, ein extrem unangenehmer Typ, der von sich eingenommen ist und auf jüngere Frauen steht. Der weder weiß, was ein Nein bedeutet noch versteht, was sein Verhalten bei anderen auslöst.«

»Nett formuliert«, sagte Kim und stand auf. »Wen soll ich holen?«

Finn Keller fand Thomas Böhme »voll okay« und »für sein Alter gut drauf«. Auch für Keller war es der erste Einsatz auf Amrum. In den Jahren zuvor war er auf Föhr eingesetzt gewesen und hatte eine Abwechslung gesucht. Davon, dass sein Kollege sich den beiden Frauen im Team genähert hatte, wollte er nichts mitbekommen haben und sah auch kein Problem darin, wenn es »etwas lockerer zuging«. Er selbst habe im letzten Jahr auch einen Urlaubsflirt mit einer der Kolleginnen gehabt.

»Wenn beide einverstanden sind, warum nicht?« Finn Keller sah zwischen Kim und Bala hin und her. »Oder geht es um den Altersunterschied zwischen Thomas und …« Er ließ den zweiten Namen ungenannt.

»Danke, Herr Keller. Wir sind dann so weit durch«, sagte Bala, stand auf und begleitete ihn in den Nebenraum, wo Janus Beier auf seine Befragung wartete.

»Kommen Sie mit mir, Herr Beier?«

Zurück in der Küche blieb Janus Beier unschlüssig stehen und setzte sich erst nach Balas Bitte zu ihnen an den Tisch.

»Sind Sie, wie Ihre Kollegen, auch das erste Mal hier in der Station in Nebel?«, fragte Kim.

»Nein, zum sechsten Mal. Warum?«

»Haben Sie jedes Mal mit Thomas Böhme zusammengearbeitet?«

»Ja.«

»Sie kannten ihn also schon länger.«

»Ja. Fünf Jahre.«

»War in diesem Jahr etwas anders? Hat sich Herr Böhme anders verhalten als früher?«

»Nein, eigentlich nicht.«

»Haben Sie auch in den letzten Tagen keine Veränderung festgestellt?«, fragte Kim weiter.

»Weiß nicht. Ich hatte keinen Dienst mit ihm zusammen. Mag sein, dass er etwas schlechter drauf war. Aber einen kleinen Durchhänger haben wir ja alle einmal.«

»Hat ihn jemand hier im Haus besucht?«

»Davon weiß ich nichts. Es kam schon mal vor – also in den letzten Jahren –, dass hier jemand aufgetaucht ist. Thomas ist ja auf Amrum aufgewachsen und hat hier auch bis vor zehn Jahren oder so gelebt.«

»In diesem Jahr ist das nicht vorgekommen?«

»Mag sein. Doch, eine Frau war, glaube ich, hier. Das war gleich am Anfang der Saison. Ich habe ihr gesagt, dass sie Thomas am Strand finden kann oder am Abend noch einmal wiederkommen müsste.«

»Ist sie am Abend dagewesen?«

»Nein, nicht, dass ich wüsste.«

»Können Sie sie beschreiben?«

»Sie war ungefähr so alt wie Thomas, vielleicht etwas jünger. Und sie war ziemlich groß für eine Frau. Vielleicht ein Meter achtzig. Blond, ich glaube, naturblond. Gibt es ja hier im hohen Norden häufiger mal. Und sie war nicht gerade hässlich.«

Bala sah Kim an, dass sie kurz davor war, auf die letzte Bemerkung zu reagieren. Schließlich lächelte sie. »Also attraktiv, meinen Sie?«

»Klar, habe ich doch gesagt.« Er warf ihr einen misstrauischen Blick zu. »Warum fragen Sie das alles?«

»Das ist die normale Vorgehensweise in diesen Fällen«, sagte Kim. »Wenn Sie Thomas Böhme schon so lange kennen, haben Sie sicher mitbekommen, dass er …«

»… auf jüngere Frauen stand?«, unterbrach Janus Beier sie. »Das ist weder ein Geheimnis noch strafbar.«

»Gab es in den letzten Jahren viele solcher Flirts?« Kim betonte das letzte Wort besonders.

»So genau habe ich das auch wieder nicht verfolgt.«

»Das klang aber gerade anders«, warf Bala ein.

»Ja, gut. Vor fünf Jahren hat sich Thomas wohl Hals über Kopf in Marie verliebt. Also, Marie war mit in unserem Team. Sie hingen immer zusammen und haben die Dienste auch so gelegt. Warum auch nicht?«

»Erinnern Sie sich an den Nachnamen von Marie?«

»Nicht wirklich. Ist das jetzt wichtig? Das war alles einvernehmlich. Das hätte man ja wohl mitgekriegt, wenn da was Schräges gelaufen wäre. Und den Nachnamen – fragen Sie doch einfach bei der Zentrale nach. Die müssen ihn doch haben.«

»Ist Marie in den letzten Jahren wieder auf Amrum gewesen?«

»Während ich hier war, nicht. War wohl nur eine einmalige Geschichte.« Janus Beier ließ offen, ob er den Einsatz als Rettungsschwimmerin meinte oder die kurze Beziehung mit Thomas Böhme.

6

Jella ging auf das Haus von Tomke Friedrichs zu. Sie war eine der Frauen, die Jan Boysen ihr genannt hatte. Der eineinhalbstöckige Backsteinbau stand neben vier weiteren Neubauten, die erst vor Kurzem fertiggestellt worden sein mussten.

Auf Jellas Klingeln öffnete eine Frau mit einem Kleinkind auf dem Arm. »Ja, bitte?«, fragte sie.

Jella stellte sich vor und zeigte ihren Ausweis. »Frau Friedrichs?«

»Ja, das bin ich. Polizei? Ist etwas passiert? Mit meinem Mann oder meinen Eltern?«

»Nein, es geht um eine Zeugenaussage. Können wir im Haus sprechen?«

Die Frau trat zur Seite und bat Jella herein. »Ich lege kurz meine Tochter schlafen und bin gleich bei Ihnen. Gehen Sie doch bitte schon ins Wohnzimmer. Die zweite Tür rechts.«

Fünf Minuten später kam Tomke Friedrichs zu Jella und zeigte auf die Sessel, die am Fenster standen. »Wollen wir uns setzen?«

Jella nickte und wartete, bis Frau Friedrichs sich gesetzt hatte, bevor sie selbst Platz nahm.

»Sie sind mit Thomas Böhme bekannt?«

»Ja, wir waren in früheren Zeiten ein Paar. Warum?«

»Er ist heute Morgen tot am Strand aufgefunden worden. Wir müssen im Moment von Fremdverschulden ausgehen.«

»Ermordet? Oder was heißt das?«

Jella wunderte sich darüber, wie gefasst Tomke Friedrichs die Nachricht entgegennahm.

»Er ist mutmaßlich getötet worden. Mehr darf ich Ihnen dazu nicht sagen.« Jella hielt kurz inne. »Wie lange waren Sie ein Paar?«

»Knapp zwei Jahre. Aber das ist schon ewig her. Ich weiß gar nicht, was Sie von mir wollen. Ich habe schon lange keinen Kontakt mehr zu ihm.« Sie schien zu überlegen. »Ist er nicht schon über zehn Jahre auf dem Festland?«

»Wir machen uns im Moment ein Bild von Thomas Böhme und werden viele befragen, die mit ihm bekannt oder befreundet waren.«

Tomke Friedrichs seufzte theatralisch. »Was möchten Sie denn wissen?«

»Wie ist Ihre Beziehung seinerzeit auseinandergegangen?«

»Es war einfach ein Irrtum. Wie das so ist, man ist jung und dumm und verliebt. Aber im Grunde genommen kennt man den anderen überhaupt nicht. Ich war stolz, einen solch gut aussehenden Mann als Freund zu haben und habe ihm zu lange zu viel verziehen.«

»Sie haben die Beziehung beendet?«

»Ja. Leicht ist mir das nicht gefallen, aber ich habe keinen anderen Ausweg mehr gesehen. Thomas war krankhaft eifersüchtig und hat mich auf Schritt und Tritt kontrolliert. Dabei waren mir zu der Zeit andere Männer vollkommen gleichgültig. Aber das hat ihn nicht interessiert. Wenn ich auch nur mit einem Mann gesprochen habe, hatte er ihn schon in Verdacht, etwas mit mir anfangen zu wollen. Vollkommen absurd. Da war Streit vorprogrammiert.«

»Hat Herr Böhme Ihre Entscheidung akzeptiert?«, fragte Jella.

»Schöne Formulierung. Akzeptiert.« Sie verzog das Gesicht. »Nein, natürlich nicht. Er hat mir über Wochen nachgestellt und mich immer wieder angesprochen. Das ging so weit, dass ich ihm mit der Polizei gedroht habe. Irgendwann hat er dann aufgehört.«

»Wie lange ist das jetzt her?«

»Thomas ist danach noch zwei oder drei Jahre auf Amrum geblieben. Ja, genau. Es sollte jetzt zwölf Jahre her sein.«

»War er Ihnen während der Zeit treu?«

»Das weiß ich nicht. Ich hatte tatsächlich häufiger das Gefühl, als wenn er mir etwas verheimlichen würde. Aber ich war damals viel zu naiv und verliebt, als dass ich daraus irgendeinen Schluss gezogen hätte. Und natürlich kommt man nicht darauf, wenn jemand so eifersüchtig wie Thomas ist, dass er für sich selbst andere Regeln haben könnte.«

»War er jemals gewalttätig?«

»Sie meinen, ob er mich geschlagen hat? Nein, das wäre für mich ein absolutes No-Go gewesen.«

»Und ansonsten?«, fragte Jella, die das Gefühl hatte, dass Tomke Friedrichs ihr etwas verheimlichte. Sie machte auf sie einen abgeklärten Eindruck. Hatte sie schon vor Jellas Besuch von dem Tod ihres Ex-Freundes gehört?

Tomke Friedrichs zuckte mit den Schultern. »Es war nicht immer leicht, sich gegen ihn durchzusetzen.«

Jella wartete, ob sie weitersprechen würde.

»Na ja, vergewaltigt hat er mich nicht, falls Sie darauf anspielen.«

»Das klingt etwas nach einem kleinen Aber.«

Tomke Friedrichs zögerte lange, bevor sie tief durchatmete und aufsah. »Ja, Thomas hat nicht immer Rücksicht genommen, wenn ich keine Lust hatte, mit ihm zu schlafen.

Er hat schon irgendwann mein Nein akzeptiert, aber erst, wenn ich sehr, sehr deutlich wurde. Damals war ich immer hin- und hergerissen, ob ich ihm nachgeben sollte. Heute weiß ich, dass er meine Bedürfnisse überhaupt nicht gesehen hat oder sehen wollte. Das ist mir erst später klar geworden.«

»Wann haben Sie das letzte Mal mit ihm gesprochen? Oder sind ihm begegnet?«

»Im Sommer meide ich den Strand bei Nebel. Wir haben hier ja in Wittdün auch einen schönen Strand, und manchmal fahren wir nach Norddorf. Da haben wir Freunde, die gerne jedes Jahr dort eine Strandhütte aufbauen. Das hat hier Tradition.«

»Ich habe davon gehört«, sagte Jella.

»Im Herbst helfen wir unseren Freunden, die Einzelteile der Hütte tief im Sand zu vergraben, und im Frühjahr wird dann alles wieder rausgeholt. Das sind alles Dinge – meistens aus Holz –, die die Nordsee angespült hat. Wenn Sie mal am Strand entlanglaufen, können Sie die verrücktesten Buden finden.«

»Ihr Ex-Freund hat sich also nicht sehr um Ihre Bedürfnisse geschert?«, versuchte Jella, das Gespräch wieder zurück auf Thomas Böhme zu bringen. Ihr war aufgefallen, dass Tomke Friedrichs ihre Frage nicht beantwortet hatte.

»Ja, für andere Menschen hatte er nicht so eine Antenne.«

»Wann sind Sie ihm das letzte Mal begegnet?«

»Die Insel ist klein. Ich glaube, ich habe ihn jeden Sommer zumindest von Weitem gesehen.«

»Er hat Sie nie angesprochen?«

»Doch schon. Wir haben das eine oder andere Wort miteinander gewechselt. Sie können sich sicher vorstellen, dass ich kein großes Interesse an einem Kontakt hatte. Es ist aber letztlich so viel Zeit vergangen, da kann man auch den alten Zeiten zuliebe einmal ein Auge zudrücken.«

»Ja, das verstehe ich. Schon gar, wo sie jetzt eine Familie haben.« Jella lächelte. »Wie alt ist Ihre Tochter?«

Tomke Friedrichs zog die Augenbrauen zusammen. »Meine Tochter? Warum fragen Sie das?« Sie zögerte und schien zum ersten Mal irritiert zu sein. »Sie ist vor Kurzem zwei Jahre alt geworden.«

»Niedlich.«

»Sie haben auch Kinder?«, fragte Tomke Friedrichs.

Jella schüttelte den Kopf. »Nein, bisher nicht.« Sie wunderte sich über ihre Antwort. Vor ein paar Monaten wäre sie noch anders ausgefallen.

»Es verändert das Leben total. Von Grund auf, sozusagen. Da bleibt kein Stein mehr auf dem anderen.«

»Ja, das kann ich mir vorstellen. Haben Sie noch mehr Kinder?«

»Nein, nur Mara.« Sie lächelte in sich hinein. »Aber wir möchten noch mehr. Vielleicht klappt es ja.«

Eine Viertelstunde später verließ Jella das Haus. Trotz erneuter Nachfrage hatte sie nicht herausbekommen, ob und wann Tomke Friedrichs mit ihrem Ex-Freund Kontakt gehabt hatte. War es ihr unangenehm, darüber zu sprechen, oder waren es tatsächlich nur flüchtige Begegnungen gewesen?

Jella rief Bala an und erfuhr, dass sie und Kim bereits im Auto saßen und nach Wittdün fuhren. Sie verabredete sich mit ihnen auf dem Parkplatz, den ihnen Michael Möller empfohlen hatte, und gab die Straße ins Navi ein.

Zehn Minuten später parkte Kims Mini Cooper neben Jellas Dienstwagen. Sie liefen gemeinsam zu der kleinen Pension, checkten ein und gingen anschließend Richtung

Strand. Auf dem Weg dorthin holten sie sich Fischbrötchen und Pommes frites und suchten sich einen ruhigen Platz auf einer Bank an der langen Uferpromenade.

»Wandelbahn?«, fragte Kim nach einem Blick auf ein Schild. »Weiß jemand, warum die Promenade so heißt?«

»So nannte man in den deutschen Seebädern die Flaniermeilen um die Jahrhundertwende«, sagte Bala und biss in ihr Fischbrötchen.

»Gut zu wissen«, murmelte Kim und blickte zu Jella. »Wie war es bei dir?«

Jella erzählte von den Gesprächen mit Jan Boysen und Tomke Friedrichs und ließ sich anschließend von den Rettungsschwimmern berichten.

»Was haben wir?«, fasste Jella zusammen. »Einen vierunddreißigjährigen Mann, Vater unbekannt, ehemals drogenabhängige Mutter, seit seiner Kindheit in der Psychiatrie. Er wächst auf Amrum bei seiner Großmutter auf, der Großvater ist zu dem Zeitpunkt bereits verstorben.«

»Was macht das mit einem Kind?«, überlegte Bala und sah Jella fragend an. »Du bist doch auch bei deinen Großeltern aufgewachsen. Wie alt warst du noch, als deine Eltern den Unfall hatten?« Sie stockte. »Oder …«

»Schon in Ordnung«, sagte Jella. »Ich war fünf. Ungefähr das Alter, in dem Thomas Böhme zu seiner Großmutter kam. Ja, was macht das mit einem? Jeder Mensch reagiert anders auf solche Schicksalsschläge. Ich habe mich für fast ein Jahr vollkommen in mich zurückgezogen. Meine Großeltern haben sich sehr viel Mühe gegeben und zusammen mit einer Therapeutin alles getan, um mich wieder ins Leben zurückzuholen. Die Trauer um den Verlust zermürbt – schon gar, wenn du noch ein kleines Kind bist. Ich habe nicht verstanden, was passiert ist. Wie auch. Auch wenn ich halbwegs gut durch die Zeit gekommen bin, die tiefen Narben bleiben. Wenn Thomas Böhme weniger oder keine professionelle Unterstützung hatte, ist es sehr wahrscheinlich, dass er alles mit sich allein ausgemacht hat. Ich fürchte, das gelingt nur wenigen Menschen – wenn überhaupt.«

»Im Moment sieht es ganz danach aus, als habe er große Probleme in Beziehungen zu anderen Menschen gehabt, vor allem zu Frauen«, sagte Bala.

»Krankhafte Eifersucht kann durchaus seine Ursache in Verlustängsten haben. Da könnte die Kindheit und Jugend von Thomas Böhme eine Rolle gespielt haben. Muss aber nicht. Jeder Mensch reagiert anders auf solche Erfahrungen.«

»Bringt uns das jetzt weiter bei der Suche nach seinem Mörder?«, warf Kim ein.

»Nein, im Moment nicht«, sagte Jella. Sie wischte ihre Hände an einer Serviette ab. »Das Ungewöhnliche an diesem Fall ist, dass Thomas Böhme auf Amrum getötet wurde. Er ist drei bis fünf Wochen im Jahr auf der Insel, den Rest der Zeit auf dem Festland, vorwiegend in Flensburg. Was bedeutet das?«

»Es ist eher unwahrscheinlich, dass jemand vom Festland auf die Insel kommt, um Böhme hier zu töten«, sagte Bala.

»Vielleicht wollte er oder sie ihn gar nicht umbringen«, gab Kim zu bedenken.

»Wir wissen noch nicht eindeutig, ob er erstochen wurde«, sagte Jella. »Ein Messer oder etwas Ähnliches ist ja nicht gefunden worden. Der Täter oder die Täterin muss die Waffe – sollte es eine geben – also wieder mitgenommen haben.«

»Und vor allem dabeigehabt haben«, sagte Bala. »Also hat die Person möglicherweise Angst vor einem Angriff gehabt und wollte sich verteidigen können. Oder sie hat geplant, Böhme zumindest zu verletzen oder außer Gefecht zu setzen.«

»Wie groß war die Gefahr, am Strand gesehen zu werden?«, fragte Kim.

»Das hängt von der Tatzeit ab. Die Schätzung vom Inselarzt liegt zwischen dreiundzwanzig Uhr und drei Uhr am Morgen. Sollte Böhme vor Mitternacht getötet worden sein, gibt es vielleicht eine Chance, dass ihn zumindest vorher jemand auf der Promenade gesehen hat.«

»Und wo ist Böhme nach dem Abendessen im Rettungsschwimmer-Haus hinfahren?«, fragte Kim. »War er die ganze Zeit am Strand?«

»Vielleicht war er in der Strandbar?« Bala fügte mit Blick auf Jella hinzu: »Das ist ein Restaurant mit Bar direkt am Strand. Wir sind ja gleich vor Ort und können da nachfragen.«

»Ich komme allerdings nicht mit«, sagte Jella. »Der langjährige Jugendfreund von Thomas Böhme hat nur heute Abend Zeit für mich. Ab morgen ist er für ein paar Wochen auf dem Festland. Ich komme aber später nach.«

»Keine Angst, wir schaffen das auch alleine«, sagte Bala.

7

Bala lächelte den Kellner zuckersüß an. »Ein kleiner Blick dauert doch nicht lange«, sagte Bala. »Oder?«

Sie hatte ihm gerade das Foto von Thomas Böhme zeigen wollen, als er sofort abwinkte und meinte, dass er keine Zeit habe.

»Zeig schon her«, murmelte der Mann, der nach Balas Schätzung in ihrem Alter sein musste.

Sie reichte ihm das Foto, das Michael Möller von Böhmes Firmenhomepage gezogen und ausgedruckt hatte. »Kennen Sie diesen Mann?«

»Klar, er ist häufiger mal hier. Worum geht es denn?« Er stutzte. »Das ist jetzt aber nicht der …« Den Rest des Satzes verschluckte er.

»Thomas Böhme wurde heute Morgen am Strand tot aufgefunden«, bestätigte Bala. »War er gestern hier?«

Der Kellner sah sich um. »Siehst du nicht, wie viele Gäste wir im Moment haben? Das war gestern und die Tage davor auch nicht anders. Wie soll ich mir da merken, wer genau wann da war?«

»Bitte, denk doch mal nach.« Bala war, nachdem der Kellner sie geduzt hatte, zum persönlicheren Du übergegangen.

»Ja, kann sein.«

»Hat er hier irgendwo an einem Tisch gesessen?«

Der Kellner nickte und musterte Bala mit einem Blick, den sie zur Genüge kannte. Er schätzte gerade ab, ob er bei einer wie ihr landen könnte, und ob es zu gefährlich war angesichts ihres Migrationshintergrundes. »Ich heiße übrigens Oliver.«

»Bala«, antwortete sie. »Und dein Nachname?«

Er sah sie verwundert an und schien kurz zu überlegen, warum sie ihn danach fragte. »Kruse. Oliver Kruse.«

»Okay, Oliver.« Bala hielt ihm noch einmal das Foto hin. »Hat dieser Mann hier gestern irgendwo an den Tischen gesessen?«

»Ich denke schon. Ich meine sogar, dass ich ihn bedient habe. Ein Bier hat er getrunken. Vielleicht auch zwei.«

»War jemand bei ihm?«

Oliver Kruse zuckte mit den Schultern. »Gute Frage. Als er bestellt hat, ganz bestimmt nicht. Aber ... doch, später saß da jemand. Der hat aber nichts bestellt. Als ich dann wieder am Tisch vorbeikam, hat der Typ – also der vom Foto – noch ein Bier bestellt. Lange kann der andere also nicht bei ihm gewesen sein.«

»Wie lange ungefähr?«

»Du stellst Fragen. Das können zehn Minuten gewesen sein, aber auch eine halbe Stunde. In der Hektik hier verliert man total das Zeitgefühl.«

»Kam später noch jemand an seinen Tisch?«

»Keine Ahnung. Das sind ja immer nur Momentaufnahmen für mich. Ich sause hier durch, bringe einem Tisch was, und da rufen einem schon tausend Leute etwas zu. Der eine will das, der andere dies. Und zwar immer sofort und gleich.«

»Du kannst dich also nicht an eine weitere Person erinnern?«, fragte Bala. Als Oliver Kruse den Kopf schüttelte und sich aufrichtete, um weiterzugehen, hob Bala die Hand. »Du musst dir leider noch ein paar Sekunden Zeit nehmen.«

Sie hielt kurz inne. »Wie sah der Mann aus? Wie alt war er? Haarfarbe? Kennst du ihn auch als Gast?«

»Himmel, das weiß ich nun wirklich nicht.«

Bala sah ihn auffordernd an, Oliver Kruse seufzte. »Kurze dunkle Haare. Groß, würde ich sagen. Wie alt? Schwer zu sagen. Zwischen dreißig und fünfzig. Aber nagele mich nicht darauf fest.«

»Würdest du ihn wiedererkennen?«

Er sah sich um. »Das glaube ich kaum – ich muss jetzt auch weiterarbeiten. Ist noch was?«

»War der Mann auf dem Foto in den Tagen zuvor auch da?«

»Denke schon. Aber wann …«

»Alleine?«

Oliver Kruse grinste. »Der doch nicht. Meistens war eine Frau dabei.« Er hielt inne. »Obwohl, in diesem Jahr ist er tatsächlich seltener hier gewesen. Aber zwei- oder dreimal meine ich ihn gesehen zu haben.«

»Erinnerst du dich an die Frauen?«

»Nein, und ich muss …« Er verstummte, als er Balas Blick bemerkte. »Okay, die sind fast immer jünger als er. Immer das Gleiche. Er schmachtet die Frauen an und isst und trinkt was mit ihnen, und dann geht es wer weiß wohin. Nur letzte Woche saß er hier auch mit einer Frau zusammen, die wohl ungefähr so alt war wie er.«

»Wie sah sie aus?«

»Lange blonde Haare, daran erinnere ich mich. Ich habe sie nur kurz von hinten gesehen. Es könnte aber sein, dass sie sonst auch schon mal hier ist. Aber beschwören kann ich …«

»… nichts«, fiel Bala ihm ins Wort. »Schon klar.« Sie drückte ihm eine Visitenkarte in die Hand. »Komm bitte morgen Nachmittag auf die Polizeiwache. Du musst da ein Protokoll unterschreiben.«

»Muss das sein?«, jammerte er, schaltete aber gleich um und lächelte Bala an. »Sehen wir uns da wieder?«

»Wie sieht es bei dir aus?«, fragte Bala, als sie am Strand mit Kim zusammentraf. Sie hatten seit fast zwei Stunden gemeinsam mit den drei Inselpolizisten nach Zeugen, denen Thomas Böhme am Sonntagabend am Strand oder auf der Promenade begegnet war, gesucht.

»Er ist gesehen worden, aber die meisten erinnern sich nicht daran, wann genau es war.«

»Mit einem Mann in seinem Alter?«, fragte Bala.

»So genau konnte das niemand bezeugen. Wenn jemand nur an Böhme vorbeigegangen ist, kann man auch schon fast nicht mehr erwarten.«

Michael Möller gesellte sich zu ihnen und berichtete von ähnlichen Zeugenaussagen wie Kim. »Nicht sehr ergiebig, ich weiß. Aber zumindest ist es sicher, dass Thomas Böhme gestern Abend erst in der Strandbar und dann hier gewesen ist.«

»Vielleicht sollten wir eine Pause einlegen und zu späterer Stunde weitermachen«, schlug Bala vor. »Vielleicht hat der eine oder andere Nachtschwärmer ja mehr für uns.«

»Gute Idee«, sagte Kim und wandte sich an den Inselkollegen. »Wie lange machen Sie noch?«

»Eine halbe Stunde, würde ich vorschlagen. Dann schicke ich meine Kollegen nach Hause.«

»Gut«, sagte Bala. »Schon einmal vielen Dank für Ihre Unterstützung. Wir sehen uns dann morgen früh bei Ihnen in der Polizeistation?«

»Ich bin ab acht Uhr vor Ort.« Michael Möller nickte ihnen zu und verabschiedete sich.

Bala zeigte auf einen Tisch im Außenbereich der Strandbar, der gerade frei wurde. Sie setzten sich und bestellten sich alkoholfreie Cocktails und eine Kleinigkeit zu essen. Bala schrieb Jella, wo sie auf sie warteten, und lehnte sich auf ihrem Stuhl zurück. »Langer Tag.«

»Wie geht es eigentlich deiner Mutter?«, fragte Kim. »Ich habe auf der Fähre gar nicht nach ihr gefragt.«

»Jeden Tag besser. Trotzdem kann ich nur hoffen, dass mein nutzloser Bruder dreimal am Tag nach ihr schaut. Wehe, wenn er das nicht macht.«

Kim grinste. »Ich glaube kaum, dass er das riskieren wird.«

»Die meinen alle, das wäre einzig und allein meine Aufgabe. Da haben sie sich aber geschnitten. Große Töne spucken und nichts dahinter. Von wegen *die heilige Familie*. Ich akzeptier das jetzt nicht mehr. Sonst ändert sich sowieso nichts.«

»Meine Stimme hast du.«

Ihre Getränke wurden serviert und kurz darauf stellte Oliver Kruse ihnen die beiden Teller auf den Tisch. »Oh, jetzt schon zwei Kommissarinnen.«

»Und beide mit Knarre«, sagte Kim mit gespielt finsterer Miene.

Oliver Kruse schreckte zurück. »Schon gut. Bin ja schon weg.«

Bala musste unwillkürlich grinsen. »Das kannst du eindeutig besser als ich. Guten Appetit.«

Eine halbe Stunde später schob Bala den leeren Teller zur Seite und sah Kim an. »Jetzt erzähl mal. Was ist bei dir zu Hause los?«

»Willst du das wirklich wissen?«

»So schlimm?«, fragte Bala.

»Was soll ich darauf antworten? Schlimmer? Vergiss es! Wird schon wieder.«

»Die Wahrheit vielleicht.«

»Und was ist die Wahrheit? Meine Wahrheit oder die von Greta?«

»Deine genügt mir«, sagte Bala.

Kim zögerte lange, saß schweigend da und trank einen Schluck von ihrem Cocktail. »Ich fürchte, ich halte das nicht mehr aus. Ich will eigentlich kein Kind – zumindest jetzt nicht. Und ich will auch keine Frau, die mich ständig bemuttert. Wir sind am Ende. Aus. Vorbei.«

Bala sah sie entsetzt an. »Machst du jetzt gerade einen Scherz oder was? … Jetzt sag schon!«

»Du wolltest die Wahrheit und hast sie bekommen. Jetzt beklag dich nicht.«

Bala war zu geschockt, um gleich zu reagieren. Kim schien es tatsächlich ernst zu sein. Sie wollte sich scheiden lassen, Greta verlassen? »Du hast nie etwas gesagt. Zumindest nicht so.«

»Das war gerade das erste Mal, dass ich es laut ausgesprochen habe. Ich drücke mich schon seit Monaten davor. Jetzt ist es passiert.«

»Greta weiß also gar nichts?«

»Nein, und ich habe keine Ahnung, wie ich ihr das beibringen soll und was dann passiert. Aber ich kann doch nicht nur aus Rücksicht das Spiel weiterspielen. Würdest du das machen?«

Da fragst du gerade die Falsche, hätte Bala am liebsten gesagt. Sie war nie so weit gekommen wie Kim und würde es wahrscheinlich auch nicht schaffen. Die einen sahen in ihr eine Türkin mit großer Familie und traditionellen Werten, und für die anderen war sie schon zu alt und zu aufsässig.

»Ich weiß nicht, was ich machen würde«, sagte Bala. »Ich war nie in der Situation.«

»Sei froh.«

Bin ich aber nicht, fuhr es Bala durch den Kopf. »Und wie geht es jetzt weiter? Wann willst du mit Greta sprechen?«, fragte sie.

»Keine Ahnung. Wahrscheinlich bin ich zu feige dazu und muss einfach so weitermachen wie bisher.«

Bala beugte sich vor. »Jetzt reiß dich zusammen. Dieses Selbstmitleid ist doch zum Kotzen. Du bist die taffste Frau, die ich kenne, und du scheiterst jetzt daran, mit Greta über eure Beziehung zu reden? Vielleicht ist auch noch nicht alles verloren. Es gibt immer einen Weg, an den man vorher nicht gedacht hat.«

»Und wie sollte der aussehen? Greta macht eine Rundumerneuerung ihrer Persönlichkeit und ist zur Glucke mutiert.«

»Ich erkenne dich nicht wieder«, sagte Bala kopfschüttelnd. »Greta hat ein Recht darauf, dass du mit ihr sprichst und ihr eine Chance gibst. Ihr habt euch etwas versprochen, und das sollte auch in schlechten Zeiten gelten.«

»Jaja«, murmelte Kim und senkte den Kopf. »Sorry, ich stehe gerade etwas neben mir und weiß echt nicht, wie ich damit umgehen soll. Ich habe eine verdammte Angst, dass ich das Falsche mache.«

»Hast du schon mal über eine Paartherapie nachgedacht?«

Kim zuckte mit den Schultern.

»Ja oder nein?«

Sie nickte.

»Hast du Adressen rausgesucht und dich informiert?«

Wieder nickte Kim.

»Wenn wir mit dem Fall durch sind, rufst du da an. Hast du mich verstanden?«

»Ja, vielleicht ist das wirklich die einzige Möglichkeit, um zu einer Entscheidung zu kommen. Egal, wie sie am Schluss aussieht.«

8

Patrick Witt empfing Jella in seiner Wohnung im Zentrum von Wittdün. Das Wohnzimmer war modern eingerichtet und großzügig geschnitten, zwei Sofas standen sich gegenüber. Jella nahm auf dem einen Platz, Patrick Witt auf dem anderen.

»Ich habe schon gehört, dass Thomas tot ist. Es geht ja wie ein Lauffeuer über die Insel. Ermordet, heißt es. Ist das richtig?«

»Die Obduktion steht noch aus, aber im Moment gehen wir von Fremdeinwirkung aus.«

Patrick Witt schenkte Jella und sich selbst Mineralwasser ein und trank sein Glas in einem Zug leer. »Das ist vollkommen verrückt. Hier auf Amrum? Ich war mir sicher, dass es ein Unfall ist.«

»Darf ich Ihnen ein paar Fragen stellen?«

Als Witt nickte, fuhr Jella fort. »Seit wann kennen Sie Herrn Böhme?«

»Schon lange. Wir sind zusammen in die Schule gegangen und haben gleichzeitig den Abschluss gemacht. Ich bin dann rüber nach Föhr, um da weiter aufs Gymnasium zu gehen. Trotzdem haben wir uns jedes Wochenende gesehen und auch was unternommen. Nach dem Abitur habe ich studiert. Wie das so ist, man verliert sich dann doch etwas aus den Augen. Aber Kontakt hatten wir weiter. Auch, als ich im Ausland war.«

»Für wie lange waren sie dort?«

»Ich bin Investmentbanker, habe nach dem Studium in Frankfurt bei der *Deutschen Bank* angefangen und bin dann nach London. Das war eine wilde Zeit, und ich habe so gut verdient, dass ich es seit zwei Jahren langsamer angehen lassen kann. Ich arbeite jetzt in Frankfurt.«

Jella sah sich um. »Das hier ist Ihre Zweitwohnung?«

Patrick Witt nickte. »Ja, ich verbringe einen Teil des Jahres auf Amrum, habe aber noch eine Wohnung in Frankfurt. Ich berate inzwischen Banken und Firmen. Das ist nicht ganz so zeitaufwendig wie der Job in London.«

»Wann haben Sie Thomas Böhme das letzte Mal gesehen?«

»Mitte der letzten Woche. Es ist also noch gar nicht so lange her. Thomas kam ganz spontan bei mir vorbei, also hier, in meiner Wohnung. So sah es für mich jedenfalls erst aus. Wir haben uns bei einem Bier über alles und jedes unterhalten. Und dann …« Patrick Witt versank für eine Weile in seinen Gedanken. »… ja, und dann fragte er mich, ob ich ihm Geld leihen könne.«

Jella war schlagartig hellwach. »Wie viel?«

»Hunderttausend Euro. Mit Vertrag und allem Drum und Dran, hat er vorgeschlagen. Wie auch sonst, das ist auch für mich kein Betrag, den ich mal so eben aus der Portokasse nehme und wieder vergesse. Thomas und ich kennen uns schon lange, aber er hatte mich noch nie um Geld gefragt. Das war einfach nicht seine Art.«

»Sie meinen, Herr Böhme muss ziemlich unter Druck gestanden haben, dass er Sie darum gebeten hat?«

Patrick Witt nickte. »Ja, so ist es. Ich habe mein Vermögen größtenteils angelegt, zum Teil langfristig. Zusätzlich ist meine Hausbank in Frankfurt. Ich habe telefonisch alles vorbereitet und wollte Thomas das Geld morgen überweisen.«

»Sie haben bereits einen Kreditvertrag gemacht?«, fragte Jella.

»Ja, den habe ich, als Thomas bei mir war, direkt aufgesetzt. Wollen Sie ihn sehen?«

»Das wäre gut.«

Patrick Witt stand auf, ging zu einem kleinen Sekretär und zog eine Schublade auf. Jella las den kurzen Vertrag durch, der eine Rückzahlung in Raten nach zwölf Monaten vorsah. Monatlich hätte Thomas Böhme dreitausend Euro zahlen müssen. Zinszahlungen waren in dem Vertrag nicht vorgesehen.

»Eigentlich nicht ganz korrekt. Das Finanzamt hätte mir sicher Schwierigkeiten gemacht, wenn es davon erfahren hätte. Aber das war mir egal. Thomas schien das Geld wirklich dringend zu brauchen.«

»Hat er gesagt, wofür?«

»Nein, und ich habe auch nicht nachgefragt. Ehrlich gesagt wollte ich es gar nicht wissen.«

Jella sah ihn fragend an.

»Es klang nicht nach einer normalen Geschäftssache, sondern eher nach privaten Problemen. Näheres weiß ich, wie gesagt, nicht.«

»Aber Sie haben eine Vermutung?«

Patrick Witt nickte nach einem kurzen Moment. »Früher hatte Thomas einen Hang zum Glücksspiel. Aber das ist lange her. Es ging auch nur um wenig Geld – im schlimmsten Fall um ein paar hundert Euro. Das war für uns damals viel Geld. Thomas hat es wohl in den Griff bekommen. Zumindest hat er mir das so gesagt.«

»Sie haben also nicht über die Verwendung des Geldes gesprochen?«

»Nein. Und das mit dem Glücksspiel ist ja auch nur eine

Vermutung. Es kann auch ganz anders sein. Hätte ich ihn doch nur gefragt …« Patrick Witt brach ab.

Jella zeigte auf den Vertrag. »Den müsste ich leider mitnehmen. Sie bekommen ihn nach Abschluss der Ermittlungen wieder.«

»Behalten Sie ihn. Er würde mich nur daran erinnern, dass ich genauer hätte nachfragen müssen. Das wäre meine Pflicht als alter Freund gewesen. Ich habe doch gesehen, dass ihm etwas auf dem Herzen lag. Aber …« Er wandte den Kopf ab und wischte sich mit der Hand über die Augen.

»Ich habe mit Jan Boysen über Ihren Freund gesprochen. Er meinte, dass Herr Böhme bei ihm sehr gut verdient habe.«

»Ja, das war hin und wieder ein Thema zwischen Thomas und mir. Wir waren da ganz offen. Er wusste, wie es bei mir stand, und ich, was bei ihm so lief. Thomas muss sehr gut verdient haben, nicht so viel wie ich, aber weit mehr als der Durchschnitt.«

Jella machte sich eine gedankliche Notiz. Sie würde Niklas darum bitten müssen, einen Beschluss für Böhmes Bank zu erwirken.

»Herr Boysen meinte auch, dass Ihr Freund Schwierigkeiten hatte, längere Beziehungen zu Frauen aufzubauen.«

»Ja, das war nicht so Thomas' Ding. Wir haben da oft drüber gesprochen, aber ich bin kein Psychologe und auch nicht so der Experte für Frauen.« Patrick Witt zögerte kurz, bevor er fortfuhr. »Ich stehe mehr auf Männer.«

»Sie kennen Tomke Friedrichs?« Jella wusste nicht genau, warum sie die Frage gestellt hatte. Die Jugendfreundin von Thomas Böhme ging ihr nicht aus dem Kopf. Sie schien die Einzige gewesen zu sein, die sich von Böhme getrennt hatte und nicht von ihm abserviert worden war.

»Tomke? Natürlich. Wir haben keinen Kontakt, aber als Thomas mit ihr zusammen war, haben wir auch oft etwas zusammen unternommen. Sie haben mit ihr gesprochen? Wie geht es ihr? Sie hat, glaube ich, jetzt ein Kind, oder?«

Jella nickte. »Ja, eine zweijährige Tochter.«

»Schön. Das freut mich. Tomke war damals schon sehr kinderlieb. Sie wollte eigentlich immer Erzieherin werden, hat aber keinen Platz an der Schule bekommen.«

»Wie war die Beziehung zwischen Thomas Böhme und Tomke Friedrichs?«

»Das ist lange her.« Er legte den Kopf in den Nacken und schloss die Augen. »Innig, würde ich sagen. Thomas war total in sie verschossen. Ich bin damals sogar davon ausgegangen, dass die beiden irgendwann heiraten und eine Familie gründen würden. Aber gut, dann ging es doch schief.«

»Wissen Sie, warum?«

Patrick Witt warf Jella einen irritierten Blick zu. »Was hat die alte Geschichte mit Thomas' Tod zu tun? Ich glaube nicht, dass die beiden noch Kontakt hatten. Das hätte Thomas bestimmt erwähnt.«

»Nein, hatten sie nicht. Aber für uns kommt es im Moment darauf an, möglichst viel über Ihren Freund zu erfahren. Da gehört auch die Vergangenheit dazu.«

»Wenn Sie meinen.« Patrick Witt schien von Jellas Argumenten nicht überzeugt zu sein. »Warum es nicht geklappt hat, haben Sie gefragt. Ich kenne ja nur die eine Seite. Thomas hat mir damals erzählt, dass Tomke einen anderen Mann kennengelernt hat.«

»Hatte sie?«, bohrte Jella nach.

»Das weiß ich nicht genau. Ich war schon ein wenig verwundert. Tomke war mindestens genauso verliebt wie Thomas. Aber gut, man steckt nicht in den Menschen drin. Vielleicht war es so. Ich kann Ihnen da wirklich nicht weiterhelfen.«

»Da seid ihr ja«, sagte Jella, als sie endlich den Tisch ihrer Kolleginnen gefunden hatte. Sie zog einen Stuhl vor und setzte sich. »Habt ihr schon was gegessen?«

»Ja«, sagte Bala und hob den Arm, als Oliver Kruse an ihrem Tisch vorbeihuschte. Er blieb stehen und lächelte. »Die Damen wünschen?«

»Meine Chefin würde gerne bestellen«, sagte Bala freundlich lächelnd. »Kannst du das etwas beschleunigen?«

»Für dich doch immer«, sagte Oliver und nahm Jellas Bestellung auf.

Jella sah ihm hinterher und musste unwillkürlich grinsen. »Wer war das denn?«

»Ach, ich habe den Herrn vorhin befragt. Nach meiner Nummer hat er noch nicht gefragt. Er traut sich wohl nicht.«

Kim lachte. »Selbst schuld.«

»Ich sehe schon, ihr habt euren Spaß«, warf Jella ein.

»Das auch. In erster Linie warten wir, bis es hier leerer wird, um dann noch mal eine Runde zu machen«, sagte Bala. »Im Moment ist hier noch kein Durchkommen.«

»Gute Idee. Ich habe einiges erfahren. Und bei euch?«

»Mager, aber ein paar Infos könnten uns weiterbringen«, sagte Kim mit Blick auf Bala.

»Besprechen wir das morgen«, schlug Jella vor und erhielt zustimmendes Nicken.

Sie saßen bis kurz vor Mitternacht zusammen und unterhielten sich, dann bezahlten sie bei Oliver Kruse und gaben ihm ein großzügiges Trinkgeld.

»Wie gehen wir vor?«, fragte Kim. »Am effektivsten wäre es, wenn jede alleine loszieht. Es sind immer noch eine Menge Leute unterwegs.«

»Dann mal los. Ich würde sagen, dass wir uns in spätestens einer Stunde auf den Weg in die Pension machen. Morgen wird wieder ein harter Tag.«

Jella sprach wenig später eine Frau in ihrem Alter an, wies sich aus und zeigte ihr das Foto von Thomas Böhme. Die Frau sah sich die Aufnahme interessiert an, schüttelte aber den Kopf. »Ich kann Ihnen leider nicht helfen. Ich war zwar fast jeden Abend hier am Strand, aber dieser Mann ist mir nicht aufgefallen.«

Jella bedankte sich und ging weiter. Beim zehnten Versuch, einer jungen Frau Anfang zwanzig, hatte sie ihren ersten Treffer.

»Ja, den habe ich gesehen. Ich war mit zwei Freundinnen in der Strandbar. Er saß zwei Tische weiter.«

»Alleine?«

»Erst ja, aber dann kam ein Mann an den Tisch. Ich habe ihn aber nur von hinten gesehen. Dunkle Haare, dunkle Kleidung. Aber das kann ich nicht beschwören.«

»Wie lange saß der zweite Mann an dem Tisch?«

»So genau habe ich da nicht drauf geachtet. Ich kann nicht mal sagen, ob er etwas bestellt hat. Vielleicht eine Viertelstunde oder so. Ewig lange auf keinen Fall.«

»Ist Ihnen noch etwas aufgefallen?«, fragte Jella.

»Noch etwas?« Sie zuckte mit den Schultern. »Der Mann, den ich nur von hinten gesehen habe, hat sich manchmal weit nach vorne gebeugt. Vielleicht hörte er schlecht oder so. Ist ja immer ein ordentlicher Trubel hier.«

»Die beiden haben sich also unterhalten?«

»Hören konnte ich nichts. Aber ich denke, ganz so friedlich ging es da nicht zu. Der Mann, der sich später an den Tisch gesetzt hat, hat einmal mit der Faust auf den Tisch geschlagen. Nicht sehr kräftig, aber die Geste war doch ziemlich eindeutig. Auch die ganze Körperhaltung wirkte eher aggressiv.«

»Ist der Mann auf dem Foto anschließend sitzen geblieben?«

»Ich denke schon. Zusammen sind sie auf jeden Fall nicht weggegangen.«

»Kam anschließend noch jemand an den Tisch?«, fragte Jella weiter.

»Weiß ich nicht. Ich war zwischendurch mal auf Toilette und musste lange in der Schlange warten. Da kann natürlich noch jemand dagewesen sein. Als ich wiederkam, war der Mann nicht mehr da.«

»Wissen Sie noch, von wann bis wann er dort am Tisch saß?«

»Nicht genau. Aber wenn ich jetzt schätzen sollte, war es von etwa halb elf bis kurz vor elf. Die letzte Zeit weiß ich so genau, weil ich auf die Uhr geschaut habe, als ich zur Toilette ging.«

Jella nahm die Personalien der Zeugin auf und bat sie, in den nächsten zwei Tagen ein Protokoll in der Polizeistation zu unterschreiben.

Nach acht weiteren Kurzbefragungen suchte Jella nach ihren Kolleginnen und ging mit ihnen Richtung Pension.

»Habt ihr noch etwas herausgefunden?«, fragte Jella, als niemand mehr in Hörweite war.

»Ein Zeuge hat Böhme kurz nach Mitternacht gesehen, wie er auf der Promenade Richtung Bohlenweg gegangen ist«, sagte Bala. »Da ist er ja auch heute Morgen gefunden worden.«

»War er alleine?«

»Laut Zeuge, ja.«

Jella wandte sich an Kim. »Und bei dir?«

»Nichts.«

»Okay, machen wir für heute Schluss. Ich bin hundemüde.«

Sie waren inzwischen an der Pension angekommen. Jella schloss die Haustür auf und verabschiedete sich von ihren Kolleginnen. »Morgen um neun Frühstück?«

»Perfekt«, antwortete Bala und Kim nickte zustimmend.

9

»Ich versuche mal eine erste Zusammenfassung«, sagte Jella, nachdem sie einander von den Befragungen berichtet hatten. »Thomas Böhme, Immobilienmakler in Flensburg, aufgewachsen auf Amrum, wird in der Nähe von Wittdün am Strand tot aufgefunden.«

Jellas Handy klingelte. Auf dem Display erschien der Name des Rechtsmediziners aus Kiel.

»Guten Tag, Dr. Hollmeier«, begrüßte Jella ihn.

»Moin, Frau Jensen. Ich dachte, ich informiere Sie kurz telefonisch vorab. Die Obduktion ist so weit durch. Der Mann starb durch einen einzigen Stich ins Herz. Unsere Messungen haben ergeben, dass es sich bei der Tatwaffe um ein Messer mit einer Klingenlänge von neun bis zehn Zentimetern und einer Breite von etwa einem Zentimeter handeln muss. Das Opfer wird innerhalb von fünf bis zehn Minuten verblutet sein. Der Stich ins Herz führte parallel zu einem Herzinfarkt, der den Tod entsprechend beschleunigt hat. Es gibt keine Abwehrverletzungen oder andere Anzeichen für einen Kampf. Die Analyse von Blut, Urin und Mageninhalt läuft noch. Seine letzte Mahlzeit wird der Mann drei bis vier Stunden vor seinem Tod eingenommen haben. Nach meiner Einschätzung sollte es eine Pizza oder Flammkuchen gewesen sein. Vermutlich mit Tomaten, Krabben, Zwiebeln. Fehlt noch der Todeszeitpunkt: Er liegt nach unseren Berechnungen zwischen dreiundzwanzig Uhr dreißig und drei Uhr dreißig in der Nacht von Sonntag auf Montag.

Alles Weitere, sobald die Ergebnisse der Analysen feststehen und natürlich im schriftlichen Bericht, der Ihnen in spätestens zwei Tagen vorliegen sollte. Noch Fragen?«

»Wie schwer ist ein gezielter Stich ins Herz?«

»Er kommt nur selten in dieser Form vor. Sprich: sehr schwer.«

»Ein Profi oder ein Zufallstreffer?«, fragte Jella.

»Das fällt in Ihren Aufgabenbereich, Frau Hauptkommissarin.«

»Da haben Sie recht. Vielen Dank für die Vorabinformation. Sie waren sehr hilfreich.« Jella verabschiedete sich von dem Rechtsmediziner und schrieb schnell eine Nachricht an Niklas Oehler. Anschließend berichtete sie ihren Kolleginnen von den Ergebnissen der Obduktion.

»Zumindest ist jetzt klar, dass es sich um ein Tötungsdelikt handelt«, sagte Kim. »Ob Mord oder Totschlag, wird sich dann zeigen.«

»Ein Profikiller? Auf Amrum?«, sagte Bala zweifelnd.

»Stellen wir das zurück. Ich fasse jetzt noch mal die bisherigen Recherchen zusammen und dann sehen wir weiter.« Jella sah auf ihre Notizen. »Thomas Böhme wurde in der Nacht zu Montag zwischen dreiundzwanzig Uhr dreißig und drei Uhr dreißig durch einen Messerstich ins Herz getötet. Gefunden wurde er etwa fünfhundert Meter entfernt von der Wittdüner Strandbar in der Nähe des Bohlenwegs. Es gibt keine Anzeichen für einen Kampf. Böhme kannte entweder den Täter oder die Täterin oder ist überrascht worden. Die erste Variante ist wahrscheinlicher. Der Fundort ist mit hoher Wahrscheinlichkeit auch der Tatort.«

»Es wird um diese Zeit trotz Vollmond dort dunkel gewesen sein«, warf Bala ein. »Wieso geht er da entlang? Nach

Nebel ist es am Strand entlang viel zu weit. Mir fällt da nur ein vereinbartes Treffen ein.«

Jella nickte. »Sein Handy ist nicht gefunden worden. Im Moment gehe ich davon aus, dass der Täter oder die Täterin es mitgenommen hat, um Spuren zu verwischen.«

»Spätestens wenn wir die Handydaten bekommen, haben wir die Verbindungen«, sagte Kim.

»Nicht, wenn er über einen Messenger-Dienst kontaktiert wurde«, erwiderte Bala. »Dann brauchen wir das Handy.«

»Leider«, bestätigte Jella. »Ich habe nach dem Anruf des Rechtsmediziners eine Nachricht an Niklas Oehler geschickt. Er wird uns die richterlichen Beschlüsse für die Handy- und Bankdaten besorgen und einen Durchsuchungsbeschluss für Böhmes Zimmer auf Amrum, seine Wohnung und das Büro in Flensburg. Eine Auswertung, welche Handys um die fragliche Zeit im Netz eingeloggt waren, bekommen wir auch. Aber ich vermute, es sind einerseits zu viele Handys und andererseits ist die Ortung hier auf der Insel zu ungenau wegen der wenigen Einwahlknoten.«

»Das wird eine Mammutaufgabe«, sagte Kim.

Jella nickte und fuhr mit ihrer Zusammenfassung der bisherigen Ermittlungsergebnisse fort. »Thomas Böhme ist auf Amrum fest verwurzelt und kam jedes Jahr im Sommer, um ehrenamtlich bei den Rettungsschwimmern zu arbeiten. Als Immobilienmakler soll er gut verdient haben. Es gibt Hinweise, dass er zumindest in jungen Jahren spielsüchtig war. Aktuell wollte er sich von seinem langjährigen Freund Patrick Witt hunderttausend Euro leihen. Wir werden herausfinden müssen, wofür, ob er Spielschulden hatte oder ob er zum Beispiel erpresst wurde oder es mit seinen geschäftlichen Angelegenheiten zu tun hatte. Wichtigster Anhaltspunkt ist im Moment der Verdacht, dass Thomas Böhme Probleme im Umgang mit Frauen hatte.«

»Nett formuliert«, schnaubte Bala. »Er war ein Chauvinist und egoistischer Frauenhasser, der kein Nein akzeptierte.«

»Es gibt Hinweise in diese Richtung«, sagte Jella. »Das müssen wir durch weitere Recherchen untermauern und nach eventuellen Vergewaltigungsopfern suchen.«

»Die finden wir«, sagte Bala. »Das ist nur eine Frage der Zeit.«

»Die bisherigen Ermittlungen haben ergeben, dass sich Böhme kurz vor seinem Tod mit einem Mann mit dunklen Haaren und im ähnlichen Alter wie er in der Wittdüner Strandbar getroffen hat. Wer ist dieser Mann? Warum hat er sich nur kurz mit ihm in der Bar getroffen? Gab es eine Auseinandersetzung? Lebt der Mann auf Amrum oder ist er für dieses Treffen auf die Insel gekommen?«

»Wir haben keine genaue Beschreibung von ihm. Ungefähres Alter und die Haarfarbe genügen nicht«, sagte Bala. »Ich habe nicht die geringste Ahnung, wie wir ihn finden sollen.«

Jella hob beide Hände. »Ich auch nicht. Aber wir sind ja noch am Anfang unserer Ermittlungen. Interessanter ist noch die Frau mit den langen blonden Haaren, die in Zeugenaussagen mehrfach aufgetaucht ist. In Nebel bei dem Haus der Rettungsschwimmer und in der Woche zuvor mit Böhme in der Strandbar.«

»Du denkst an Tomke Friedrichs?«, fragte Kim.

Jella nickte. »Sie hat schulterlange, naturblonde Haare und war die Jugendliebe von Thomas Böhme.«

»Und streitet ab, in den letzten Jahren Kontakt zu ihm

gehabt zu haben«, fügte Bala hinzu. »Haben wir ein Foto von ihr?«

Jella schüttelte den Kopf. »Im Internet konnte ich sie nicht finden, ihr Passfoto ist fast zehn Jahre alt. Dort trägt sie die Haare anders und sieht der heutigen Tomke Friedrichs nicht ähnlich genug. Wir brauchen ein aktuelles Foto von ihr.« Jella warf einen Blick zu Bala. »Hast du deine Ausrüstung mit?« Als Bala nickte, fuhr sie fort. »Dann solltest du versuchen, eine Aufnahme von ihr zu machen.«

»Observieren?«

»Ja. Es bleibt uns wohl nichts anderes übrig. Anschließend fahrt ihr zu den Rettungsschwimmern und klärt ab, ob sie es war. Der Kellner muss auch befragt werden.«

Kim grinste. »Er wird sich freuen, Bala wiederzusehen.«

Bala rollte mit den Augen. »Klar doch. Sehr sogar.«

»Wir schreiben jetzt erst die Berichte und Befragungsprotokolle. Während ihr das Foto macht, befrage ich die zweite Frau, die mir Böhmes ehemaliger Chef Boysen genannt hat. Sie wohnt in Steenodde.«

Jella fuhr von Nebel aus Richtung Wittdün und bog in Süddorf, einem kleinen Ort mit zahlreichen alten und neuen Reetdach-Häusern, nach links ab. Steenodde war ein Dorf mit nicht einmal hundert Einwohnern an der Ostseite der Insel. Ende des 19. Jahrhunderts stand hier die erste Amrumer Landungsbrücke für Fracht und Personen. Noch bis in die Achtzigerjahre hatte hier eine Autofähre angelegt.

Jella hatte Maike Carstens telefonisch erreicht und sich mit ihr verabredet. Das Navi führte sie zu einem kleinen Haus mit Reetdach, das abseits der Straße und mit Sicht auf das Wattenmeer lag.

Maike Carstens öffnete die Haustür, als Jella darauf zuging, und begrüßte sie mit Handschlag. Sie war einen Kopf kleiner als Jella, ihre kurzen roten Haare leuchteten regelrecht in der Sonne. »Kommen Sie doch rein. Ich habe uns eine Kanne Tee aufgesetzt. Sie trinken doch Tee?«

»Gerne«, sagte Jella und folgte ihr in die kleine Küche.

»Setzen Sie sich ruhig auf die Eckbank«, sagte Maike Carstens. »Ich nehme den Stuhl. Da sitze ich immer.« Sie lächelte. »Die Küche ist ja bei aller Emanzipation immer noch Frauensache.« Sie seufzte. »Leider.«

»Sie haben Kinder?«, fragte Jella, die sich bereits in der Polizeistation über Maike Carstens informiert hatte.

»Zwei Söhne. Einer ist in der dritten Klasse, der andere schon in der sechsten. Die Zeit vergeht vielleicht schnell.« Sie sah Jella an. »Haben Sie auch Kinder?«

»Nein. Mir fehlte bisher der richtige Vater dafür.«

Maike Carstens schmunzelte. »Stimmt. Da sollte man ganz genau hinschauen. Bevor die Kinder da sind, versprechen sie immer viel, aber dann heißt es plötzlich …« Sie winkte ab. »Egal, deshalb sind Sie sicher nicht gekommen.« Sie schenkte Jella und sich selbst Tee ein und reichte ihr den Kluntje und die Milch. »Sie sagten am Telefon, Sie wollen etwas über Thomas wissen?«

»Ja. Wann waren Sie mit ihm zusammen? Und wie lange?«

»Das ist viele Jahre her. Ich müsste erst mal nachrechnen. Wir kannten uns ja noch aus der Schulzeit. Erst war Thomas ja lange mit Tomke zusammen. Tomke Friedrichs. Sie lebt auch noch hier auf Amrum.«

Jella nickte. »Ich habe gestern mit ihr gesprochen.«

»Ach, dann wissen Sie ja schon einiges. Tomke und ich waren befreundet. Mit Betonung auf *waren*. Warum, können Sie sich sicher denken.«

»Sie sind nach der Trennung mit Thomas Böhme zusammen gewesen?«

»Bingo! Keine Ahnung, was mich da geritten hatte. Ich habe doch hautnah mitbekommen, wie das bei Tomke lief. Nach sechs Wochen hat er mich abserviert. Ehrlich gesagt habe ich Thomas keine Träne nachgeweint. Ich war froh, dass ich nicht selbst den Schritt gehen musste.«

»Warum war Tomke Friedrichs mit Ihrer Beziehung zu Thomas Böhme nicht einverstanden?«

»Da bin ich auch erst später dahintergekommen. Dabei war es im Grunde genommen ganz einfach. Sie liebte ihn immer noch. Eine andere Erklärung habe ich nie dafür gefunden.«

»Seitdem haben Sie keinen Kontakt mehr?«, fragte Jella weiter.

»Man sieht sich schon hier und da. Und es ist nicht so, dass wir verfeindet wären. Wir reden sogar manchmal ein paar Worte miteinander, aber das ist halt keine Freundschaft mehr. Vorher hingen wir quasi jeden Tag zusammen und haben uns alles und jedes erzählt. Dann kam Thomas dazwischen und es wurde schon weniger. Er scheint nicht nur eifersüchtig auf Männer gewesen zu sein, sondern sogar auf mich. Als wäre ich eine Gefahr für die beiden gewesen. Lachhaft. Aber gut, das alles ist so lange her. Wir waren jung und dumm. Ist halt so – das muss man irgendwann einfach akzeptieren und nach vorne schauen.«

»Warum sind Tomke und Thomas Böhme nicht wieder zusammengekommen?«

»Gute Frage. Vielleicht war ich der Auslöser, dass Tomke nicht mehr wollte. Sie ist immer schon sehr stur gewesen und wenig kompromissbereit.« Sie stutzte. »Nicht, dass Sie jetzt meinen, sie hätte über die Eifersuchtsanfälle von Thomas hinwegsehen sollen. Da hätte Tomke ihm viel früher die Rote Karte zeigen müssen. Vielleicht hätte das geholfen. Wer weiß. Das war schon ziemlich krankhaft, was Thomas damals gebracht hat.«

»In Ihrer Beziehung mit Herrn Böhme hat er anders reagiert?«

»Klar. Ich war nur ein Trostpflaster, das gerade zur Verfügung stand. Da war ich wohl nicht wichtig genug für ihn, als dass er mich auch so rumkommandiert hätte. Außerdem kannte Thomas mich und wusste, dass ich das nicht lange mitmachen würde.«

10

»Sie könnte jetzt mal rauskommen«, murmelte Kim. Sie saßen seit fast einer Stunde im Auto in der Nähe des Einfamilienhauses und beobachteten die Haustür. Wenn es nach Kim gegangen wäre, hätten sie Tomke Friedrichs einfach um ein Foto gebeten und, wenn sie es verweigert hätte, zu einer Gegenüberstellung vorgeladen.

»Wir warten noch.« Bala sah auf die Uhr. »Kann es sein, dass ihr Kind in der Kinderkrippe ist?«

»Mag sein«, sagte Kim. Im gleichen Moment wurde die Tür geöffnet. Bala reagierte sofort, riss ihre Kamera mit Teleobjektiv hoch und schoss die ersten Bilder.

»Hast du sie?«, fragte Kim ungeduldig.

»Noch nicht so richtig. Es ist einfach zu weit weg.« Bala öffnete die Autotür. »Wir müssen wohl hinterher. Du kannst aber auch hierbleiben.«

»Quatsch!« Kim stieg aus dem Auto und ging hinter ihrer Kollegin her. *Warum habe ich so schlechte Laune?*, fragte sie sich. *Weil ich Greta noch nicht zurückgerufen habe?* Sie hatte ihre Anrufe am Morgen mehrfach weggedrückt und geschrieben, dass sie beschäftigt sei und später zurückrufen würde.

»Wo geht sie hin?«, fragte Kim, nachdem sie Bala eingeholt hatte.

»Keine Ahnung. Da sie ihr Kind nicht dabeihat, holt sie es vielleicht tatsächlich irgendwo ab.«

Nach zehn Minuten blieb Tomke Friedrichs vor einem Haus stehen, schaute kurz durch eins der Fenster und betrat dann das Gebäude. Bala hob die Kamera. »Eine Kinderkrippe. Sie kommt bestimmt gleich wieder raus. Ich suche mir jetzt eine bessere Position, damit ich sie direkt von vorne fotografieren kann.«

Ohne auf Kims Reaktion zu warten, lief sie los. Kim zuckte mit den Schultern und suchte dann Schutz hinter einem der Häuser. Fünf Minuten später lief Tomke Friedrichs, mit der Tochter an der Hand, an ihr vorbei und kurz darauf erschien Bala wieder.

»Hast du es jetzt?«

»Ich glaube schon.« Bala zeigte ihr auf dem Display der Kamera mehrere Fotos, auf denen Tomke Friedrichs in Großaufnahme zu sehen war.

»Super«, murmelte Kim.

»Ich muss das noch kurz am Laptop zuschneiden, dann können wir nach Nebel zu den Rettungsschwimmern.«

»Gehen wir zu Fuß?«, fragte Bala, als sie Janus Beier nicht im Haus der Rettungsschwimmer angetroffen hatten.

»Wie weit ist es?«, fragte Kim, die keine große Lust auf einen Spaziergang in der Sonne hatte.

»Zehn Minuten, schätze ich. Los, gib dir einen Ruck. Ich brauche etwas Bewegung.«

»Wenn es unbedingt sein muss«, seufzte Kim.

Der erste Teil der asphaltierten Straße war an beiden Seiten bewaldet. Ein kleines Mittelstück verlief durch die bewachsenen Dünen, bevor es wieder durch den Wald ging.

»Ist doch schön hier«, sagte Bala, der der Spaziergang gutzutun schien. »Ich bin eine leidenschaftliche Wanderin. Hatte ich das überhaupt mal erzählt?«

»Nein«, antwortete Kim kurz angebunden.

»Das macht den Kopf frei. Vor zwei Jahren bin ich durch

ganz Baden-Württemberg gelaufen bis zum Bodensee. Hauptwanderweg 2. Eine schöne Strecke.«

»Das wär nichts für mich«, sagte Kim.

»Kannst du nicht wissen, wenn du es nicht ausprobiert hast. Es ist echt etwas anderes als Spazierengehen, wenn man zwanzig oder dreißig Kilometer am Tag läuft. Da fällt alles von dir ab und der Kopf wird klar.«

»Das sagtest du schon.«

Bala blieb stehen. »Deine Laune heute lässt zu wünschen übrig. Greta?«

»Was sonst. Sie erwartet meinen Rückruf.« Kim zeigte nach vorne. »Lass uns weitergehen. Dahinten scheint schon der Parkplatz zu sein.« Sie fluchte, als ihr am Strand der Sand in die Schuhe kam. »Ich hasse das.«

»Zieh doch Schuhe und Strümpfe aus«, sagte Bala. »Warm genug ist es allemal.« Sie bückte sich und folgte ihrem eigenen Vorschlag.

»Wir sind hier nicht zum Vergnügen«, brummte Kim. »Jetzt komm schon!«

»Zu Befehl«, murmelte Bala, stopfte die Strümpfe in die Schuhe und nahm sie in die Hand.

Janus Beier saß unter dem Hochsitz im Schatten und begrüßte sie mit einem Nicken. »Wollen Sie zu mir?«

»Ja«, sagte Bala, ließ ihre Schuhe in den Sand fallen und zog ihr Handy aus der Tasche. »Sie haben uns von einer blonden Frau erzählt, die zu Beginn Ihres Einsatzes Thomas Böhme gesucht hat.«

»Und?«

Bala trat einen Schritt vor und hielt ihm ihr Handy hin. »War es diese Frau?«

Janus Beier musterte das Foto. Schließlich nickte er. »Definitiv. Wer ist das?«

Bala zog ihr Handy zurück. »Das dürfen wir Ihnen nicht sagen. Denken Sie noch mal genau nach. Was hat die Frau gesagt, als sie zu Ihnen ins Haus kam?«

»Ist das jetzt wirklich so wichtig?«, maulte der junge Mann.

»Würde ich sonst fragen?«, entgegnete Bala scharf.

»Ist ja schon gut«, murmelte Janus Beier und fügte laut hinzu: »Sie hat geklingelt, und ich habe ihr die Tür geöffnet. Dann hat sie nach Thomas gefragt, und ich habe ihr halt gesagt, dass er im Moment nicht im Haus sei, aber am Abend sicher wieder da wäre.«

»Sonst nichts?«

»Keine Ahnung.« Er verzog das Gesicht. »Ja, kann sein, dass ich gefragt habe, worum es denn gehe.«

»Und, was hat sie geantwortet?«

»Ich glaube, dass es eine private Angelegenheit sei oder so ähnlich. Dann noch, dass sie am Abend wiederkommt.«

»Hat sie nicht nach der Handynummer gefragt?«

»Nee, die hätte ich ihr auch nicht gegeben.«

»Wie hat die Frau auf Sie gewirkt?«

»Normal, warum?«

»Sie war also weder aufgeregt noch wütend noch gestresst oder Ähnliches?«

»Darauf habe ich nicht geachtet. Ja, vielleicht ein wenig gestresst, weil Thomas nicht da war.«

»War sie mit ihm verabredet?«, fragte Bala weiter.

»Woher soll ich das wissen? Mir war die Tante doch egal. Ich wollte zurück zu meinem Kaffee, der gerade kalt wurde.«

Kim gab ihrer Kollegin mit einem leichten Kopfschütteln zu verstehen, dass es bei Beier nichts mehr zu holen gab.

»Sind die Männer heute alle so?«, fragte Kim auf dem Rückweg. »›Keine Ahnung. Ist mir egal. Was habe ich damit zu tun?‹«

»Frag mich nicht«, antwortete Bala.

»Hey, sein Freund und Kollege ist gerade brutal mit einem Messerstich ins Herz getötet worden, und diesem Typen ist es zu mühsam, uns ein paar Fragen zu beantworten.«

»Es ist, wie es ist«, sagte Bala und zog ihr Handy aus der Tasche. »Ich informiere mal Jella, dass wir erfolgreich waren.«

11

Jella schaute auf, als Kim und Bala das Büro betraten. »Habt ihr schon was gegessen?«

Ihre Kolleginnen schüttelten den Kopf.

»Es gibt in Wittdün an der Promenade eine kleine Pizzeria. Wie wär's? Oder wollen wir uns etwas bestellen? Ich glaube, die liefern auch.«

Eine Viertelstunde später hatten sie in der Inselhauptstadt einen Parkplatz gefunden und gingen auf die Promenade zu. Das Thermometer war inzwischen auf fünfundzwanzig Grad gestiegen, in der Sonne fühlte es sich wie dreißig an.

Als sie das Restaurant betraten, waren alle Tische innen wie auf der Terrasse besetzt. Ein Kellner kam auf sie zu und bat sie, noch ein paar Minuten zu warten, da seine Kollegin gerade an einem Tisch abkassieren würde. Kurz darauf saßen sie vor dem Lokal, bestellten und bekamen schnell ihre Getränke.

Ein Gespräch über die Ermittlungen war nicht möglich, da um sie herum die Tische besetzt waren. Jella hielt ihr Gesicht in die Sonne und schloss die Augen. »Ein paar Sekunden Urlaub.«

»Wir sollten vielleicht später bei der Strandbar vorbeischauen«, schlug Bala vor. »Ich müsste da kurz mit Oliver Kruse sprechen. Ihr wisst schon, warum.« Als Kim leise stöhnte, fügte sie schnell hinzu: »Ich kann auch alleine gehen.«

»Das machen wir schon gemeinsam«, erwiderte Jella. Sie

musste unwillkürlich an David denken, der, wie sie gestern Abend von ihm erfahren hatte, immer noch auf Föhr war. Er hatte vorgeschlagen, dass Jella auf der Rückfahrt bei ihm eine kurze Pause einlegen könnte. Einige Fähren von Amrum nach Dagebüll machten einen Zwischenstopp auf Föhr. Sie hatte ihm wenig Hoffnung gemacht, dass die Ermittlungen ihr erlauben würden, einen Tag Urlaub zu nehmen.

»Vermutlich fahren wir morgen Nachmittag zurück aufs Festland. Ihr solltet euch auf ein oder zwei Tage in Flensburg einrichten.«

»Kein Problem«, sagte Bala, während Kim nur nickte.

»Du wirst zu Hause erwartet?«, fragte Jella an Kim gerichtet. »Es reicht auch, wenn Bala mich begleitet.«

»Nein, alles gut. Wenn ich einen Abend in Schleswig pausieren kann, wird das schon gehen.«

Jella bemerkte, wie Bala Kim einen erschrockenen Blick zuwarf, und fragte sich, ob Kim schwerwiegende private Probleme hatte.

»Ihr könnt in der Wohnung der Polizeidirektion übernachten. Die steht im Moment leer.« Das Flensburger Kommissariat hatte für kurzfristige Unterbringungen von neuen Kollegen ein kleines Appartement gemietet. Es wurde auch genutzt, wenn Kollegen aus dem Ausland für einige Monate in Flensburg hospitierten.

»Kein Thema«, sagte Kim. »Wie viele Urlauber kommen eigentlich jährlich nach Amrum?«

»Es sind etwas über eine Million Übernachtungen«, sagte Bala. »Und Gäste waren es im letzten Jahr ungefähr hundertzwanzigtausend. Stand zumindest im Internet.«

Jella nickte. »Die Zahl hatte ich auch so im Kopf.« Sie deutete mit dem Kopf zur Eingangstür der Pizzeria. »Ich glaube, da kommt unser Essen.«

Auf dem Weg zur Strandbar berichtete Jella ihren Kolleginnen von dem Gespräch mit Maike Carstens.

»Wieso habe ich das Gefühl, dass Tomke Friedrichs uns anlügt?«, sagte Bala. »Und wenn es so ist, warum macht sie das?«

»Das werden wir morgen herausbekommen. Wir holen sie, wenn ihr Kind in der Kinderkrippe ist, zu uns in die Polizeistation und vernehmen sie.«

»Der Kontakt zu ihrer alten Liebe ist ihr peinlich«, schlug Kim vor. »Sie will nicht, dass ihr Mann davon erfährt.«

»Was daran soll schlimm sein?«, fragte Bala. »Sie wird ja wohl kaum ein Verhältnis mit Böhme gehabt haben.«

»Nachdem, was wir über ihn wissen, würde ich das auch eher ausschließen«, sagte Kim. »Wahrscheinlich präsentiert sie uns eine einfache Erklärung. Vielleicht wollte er auch bei ihr Geld schnorren.«

Als die Strandbar in Sicht kam, hatte Jella eine Idee. »Geht schon mal vor. Ich muss kurz was erledigen …« Sie zeigte auf eine Treppe, die zu den höherliegenden Häusern führte. »Ihr könnt mir schon einen Latte macchiato bestellen.«

Bala nickte ihr zu und ging mit Kim weiter. Jella stieg die Treppe hoch und lief in schnellen Schritten an den Häusern vorbei. Drei Minuten später stand sie in der Nähe von Tomke Friedrichs' Haus, startete die Stoppuhr auf dem Handy und lief die Straße hinunter Richtung Westen. Kurz darauf bog sie nach links ab und erreichte schnell das Ende der Wittdüner Promenade und den Anfang des Bohlenweges. Ohne zu zögern, lief sie den Holzweg entlang und hielt erst auf Höhe des Fundortes von Thomas Böhmes Leiche an.

»Und?«, fragte Jella, als sie sich zu Kim und Bala an den Tisch setzte.

»Oliver Kruse hat Tomke Friedrichs wiedererkannt«, antwortete Bala. »Er ist sich zu fünfundneunzig Prozent sicher.«

»Wo warst du?«, fragte Kim.

Jella hob ihr Handy. »Ich bin den Weg von Tomke Friedrichs' Haus zum Tatort abgelaufen. Ratet, wie lange ich gebraucht habe.«

»Lange kann es nicht gewesen sein«, sagte Bala. »Sonst wärst du noch nicht hier.«

Jella nickte. »Es waren genau fünf Minuten und zehn Sekunden. Allerdings bin ich ziemlich schnell gegangen.«

»So nah ist das?«, entfuhr es Kim. »Irre. Das war mir noch gar nicht aufgefallen.«

Jella trank einen Schluck Latte macchiato und setzte das Glas wieder ab. »Mir ist das auch erst auf dem Weg hierher klar geworden.«

»Und das Motiv?«, fragte Bala.

Jella zuckte mit den Schultern. »Ich habe keinen blassen Schimmer.«

Zurück in der Polizeistation schrieb Jella das Befragungsprotokoll von Maike Carstens zu Ende und recherchierte zu Tomke Friedrichs. Sie war vierunddreißig Jahre, hatte ihren Mann Sven vor sieben Jahren geheiratet. Nach dem Schulabschluss hatte sie eine Ausbildung als Medizinische Fachangestellte gemacht und anschließend in der Praxis der Wittdüner Hausärztin weitergearbeitet. Nach der Geburt ihrer Tochter war sie in Elternzeit gegangen und plante, so die telefonische Auskunft der Ärztin, in einem Jahr wieder zu arbeiten. Tomke war vor ihrer Schwangerschaft Mitglied in der Freiwilligen Feuerwehr gewesen und spielte, wie Jella im Internet fand, in einer gemischten Volleyball-Mannschaft mit. Ihre Eltern lebten in Norddorf, wo sie auch aufgewachsen war. Ihr Mann, auch ein gebürtiger Insulaner, war Verwalter von Ferienhäusern auf Amrum und Föhr. In seiner Firma arbeiteten drei Frauen und ein Mann. Weder Tomke Friedrichs noch ihr Mann waren jemals mit dem Gesetz in Konflikt gekommen.

Jella klappte den Laptop zu. Es war inzwischen siebzehn Uhr dreißig und Zeit, Feierabend zu machen. Sie stand auf und sah zu Bala und Kim, die noch am Arbeiten waren.

»Ich mache für heute Schluss. Wir sehen uns spätestens morgen zum Frühstück.«

Als Jella auf die Pension zuging, blieb sie abrupt stehen. David saß auf einer Holzbank vor dem Haus und schien auf sie zu warten. Als er sie sah, stand er auf und kam ihr entgegen.

»Was machst du hier?«, fragte Jella nach einer flüchtigen Umarmung.

»Dich besuchen. Ich hatte Sehnsucht nach dir.«

»Hast du denn eine Unterkunft?«

Er grinste. »Ist dein Bett so schmal?«

»Ja, ist es«, sagte Jella, die nicht wusste, wie sie mit der Situation umgehen sollte – sich freuen oder verärgert sein, dass David es nicht für nötig gehalten hatte, sie vorher zu fragen?

»Jetzt komm schon, Jella«, sagte David lächelnd. »Ein ganz klein wenig könntest du dich schon freuen.« Er griff nach ihrer Hand. »Hast du schon gegessen? Oder lass uns etwas trinken gehen. So viele von diesen warmen Abenden wird es nicht mehr geben in diesem Sommer.«

Jella seufzte. »Ich bringe nur kurz meine Tasche in die Pension. Dann können wir los.«

David hob sein Weinglas und stieß mit Jella an. Sie hatten sich ein kleines, ruhiges Lokal gesucht, das David von früheren Besuchen auf der Insel kannte.

»Bleibst du noch lange auf Amrum?«, fragte er.

»Morgen auf jeden Fall noch. Danach geht es wohl wieder nach Flensburg.«

»Ich habe gehört, dass der Tote in Flensburg lebte und arbeitete.«

»Macht das selbst auf Föhr schon die Runde?«, fragte Jella und trank einen kräftigen Schluck Weißwein.

»Natürlich. Du weißt doch, dass es viele Verbindungen zwischen den Inseln gibt.«

»Ich darf dir aber nichts über den Fall sagen. Das weißt du doch.«

»Ich wollte nicht fragen.« Er hielt inne. »Ich habe übrigens tatsächlich ein Hotelzimmer bekommen. Ich hatte Glück, da gerade eine Stunde vorher ein Gast abgesagt hat.«

»War das jetzt eine Einladung?«

David lächelte. »Ja, sozusagen. Du musst aber nicht. Ich weiß doch, wie anstrengend solche Ermittlungen sind, aber …« Er brach ab. »Ich musste dich einfach sehen. Beim letzten Mal – ich meine, in Flensburg – da hatte ich das Gefühl, dass die Stimmung zwischen uns …« David schien nach dem richtigen Wort zu suchen.

»Getrübt war?«, half Jella ihm aus.

»Ja. Oder habe ich das falsch interpretiert?«, fragte David.

»Ich weiß es nicht, David. Ich war bei unserem letzten Treffen nicht in bester Stimmung, das ist wohl wahr.«

»Drängele ich zu sehr?«, fragte David so leise, dass Jella ihn kaum verstand.

»Auch das weiß ich nicht. Ich würde jetzt gern sagen, dass du mir mehr Zeit lassen sollst. Aber das klingt so abgedroschen.«

»Ist es immer noch der Staatsanwalt?«, fragte David, nachdem sie eine Weile geschwiegen hatten.

Jella hatte David von ihrer geheimen Affäre mit dem verheirateten Niklas erzählt und auch, dass er sich von seiner Frau getrennt hatte und sie jetzt gezwungen war, mit ihm zusammenzuarbeiten.

»Du sollst ihn nicht so nennen«, sagte Jella. »Er heißt Niklas. Und ja, die Jahre mit ihm stecken noch in mir. Aber ob das was mit uns zu tun hat, weiß ich nicht.«

»Liebst du mich?«

Jella hatte die Frage erwartet, hielt aber trotzdem den Atem an, als David sie jetzt ausgesprochen hatte.

»Ich mag dich. Sehr sogar«, sagte sie. »Ob das Liebe ist, weiß ich nicht. Ich habe so lange in einem Traum oder, wie ich heute weiß, Albtraum gelebt und mir eingebildet, dass ich das alles aushalten würde, weil ich Niklas so sehr liebte. Dabei habe ich vielleicht vergessen, was Liebe wirklich ist. Und ich habe Angst davor. Angst vor der Liebe. Ist das nicht verrückt?«

»Nein, sicher nicht«, sagte David, dessen Augen feucht geworden waren. »Vielleicht war es falsch, dass ich einfach so auf die Insel gekommen bin. Aber sag ehrlich, was hättest du gesagt, wenn ich dich gefragt hätte?«

»Ich hätte nein gesagt«, gab Jella zu. Sie lächelte. »Aber manchmal ist so ein kleiner Schubs von außen gar nicht schlecht, wenn man sich nur noch verkriechen will.«

David nickte und schien nur mit Mühe die Tränen zurückhalten zu können. Jella reichte ihm ein Taschentuch. »Lass uns noch etwas am Strand spazieren gehen. Du hast recht, so viele dieser schönen Nächte wird es dieses Jahr nicht mehr geben.«

12

Kim steuerte auf Bala zu, die sich gerade einen Frühstückstisch ausgesucht hatte.

»Moin!«, begrüßte Bala ihre Kollegin. »Gut geschlafen?«

»Hält sich in Grenzen. Und du?«

»Wie ein Baby«, sagte Bala. »Hast du schon Kaffee bestellt?«

Kim nickte.

Bala stand auf. »Kommst du mit zum Frühstücksbüfett, was holen?«

Als sie vor dem Teller mit den verschiedenen Käsesorten standen, beugte Kim sich zu Bala hinüber. »Ich habe Jella heute Morgen gesehen.«

»Und?«

»Na ja, ich war laufen, und als ich zurückkam, ist Jella erst ins Hotel gekommen.«

Bala legte sich zwei Käsescheiben auf den Teller. »Dann war sie halt auch joggen.«

»Nein, sie hatte das Gleiche an wie gestern Abend.«

Bala schaute an sich hinunter. »Ich auch.«

»Willst du es nicht verstehen, oder was? Jella hat überhaupt nicht in der Pension geschlafen.«

»Geht uns das was an?«, fragte Bala, die Klatsch und Gerüchte hasste. Sie war verwundert über Kim. Es war einzig und allein Jellas Sache, wann sie wo mit wem übernachtete.

»Na ja, erinnerst du dich nicht an den Fall auf Föhr? Da …«

»Jetzt hör schon auf, Kim. Jella hat sich absolut vorschriftsmäßig verhalten. Das kann jedem von uns passieren. David Jasper ist zu Unrecht von uns verdächtigt worden.«

»Wenn du meinst«, murmelte Kim und nahm sich eine Portion Rührei.

»Guten Morgen!« Jella kam kurze Zeit später gut gelaunt in den Frühstücksraum, bediente sich am Büffet und setzte sich zu Bala und Kim. »Sorry, ich habe mich etwas verspätet.«

»Wir sind auch gerade erst gekommen«, sagte Bala.

Jella schaute sich im Raum um. »Eigentlich ganz nett hier, oder? Und das Frühstück lässt auch nichts zu wünschen übrig.«

»Ja, wirklich gut«, bestätigte Bala und reichte Jella die Kaffeemilch. »Wie gehen wir gleich vor?«

Jella neigte sich vor und sprach leise, damit die anderen Gäste sie nicht hören konnten. »Ich habe gestern noch den Staatsanwalt gebeten, eine Vorladung für Tomke Friedrichs auszustellen. Ich drucke sie gleich an der Rezeption aus. Ihr beide holt Frau Friedrichs dann ab. Sollte sie nicht mitkommen wollen, habt ihr die Vorladung.«

»Sollen wir sie nicht lieber gleich vorzeigen?«, fragte Bala. »Dann wird ihr der Ernst der Lage deutlich.«

Jella wiegte den Kopf hin und her. »Mir wäre es im ersten Schritt lieber, wenn sie noch nichts ahnt. Sagt einfach, wir hätten noch ein paar Fragen. Wenn sie sich dann weigert, kommt die Vorladung ins Spiel.«

Bala und Kim standen mit dem Auto auf dem gleichen Platz wie am Vortag. Tomke Friedrichs war vor zwei Minuten mit ihrer Tochter auf dem Arm aus dem Haus gekommen. Sobald das Mädchen in der Krippe war, würden sie Frau Friedrichs abholen.

»Jella wird sicher gleich fragen, wer von uns mit ihr in die Vernehmung geht«, sagte Kim. »Ich denke, du solltest es machen. Mir gehen zu viele andere Dinge durch den Kopf. Ich wäre ihr keine Hilfe.«

»Okay.« Bala warf ihr einen fragenden Blick zu. »Ich schicke Jella kurz eine Info, dass ich gerne dabei sein möchte.« Sie griff nach ihrem Handy, tippte die Nachricht und sah wieder auf. »Du hast mit Greta telefoniert?«

Kim nickte.

»Und?«, fragte Bala.

»Am Telefon kann ich das Thema wohl kaum anschneiden, oder?« Kim hatte lauter gesprochen als zuvor. Bala hörte ihr an, wie sehr sie der Konflikt mit ihrer Frau belastete.

»Nein, natürlich nicht. Sorry – blöde Frage.«

Kim schloss gedankenverloren die Augen und schwieg eine Weile. »Ich habe Greta gesagt, dass ich jetzt keinen Kopf habe, um über ein Kind nachzudenken.«

»Okay«, sagte Bala, die sich unsicher war, wie sie reagieren sollte.

»Sie fing gleich an zu heulen und hat mir vorgeworfen, dass ich sie nicht mehr lieben würde.« Kim stöhnte leise. »Als wenn das eine etwas mit dem anderen zu tun hätte.« Kim sah Bala fragend an. »Oder hat es das?«

Bala schüttelte den Kopf. »Nein, nicht zwingend. Wenn du dir nicht vorstellen kannst – zumindest im Moment –, ein Kind zu bekommen, dann kann das auch andere Gründe haben.«

»Genau! Man kann doch keine Beziehung kitten, indem man ein Kind bekommt. Ich weiß doch, was für eine Riesenanstrengung ein Kind über viele Jahre ist. Ach, über zwanzig und mehr Jahre. Da muss alles zwischen den Eltern stimmen. Wirklich alles.«

»Das wäre schon gut«, sagte Bala zurückhaltend.

»Wir müssen erst unsere Probleme klären, bevor wir über ein Kind nachdenken können.«

Bala nickte. »Hast du ihr das so gesagt?«

»Nicht direkt. Durch die Blume schon, aber das wollte Greta noch weniger hören. Sie meint doch, bei uns wäre alles in bester Ordnung. Ist es aber nicht. Sie merkt doch nicht einmal, wie genervt ich auf manche Dinge reagiere. Nichts merkt sie, dabei sagt sie immer, wie sensibel sie ist. Welche Schwingungen sie ständig spürt und …« Kim winkte ab. »Ich kann das alles nicht mehr, Bala. Verdammt, was soll ich nur machen?«

Bala zeigte nach vorne. »Sie kommt. Lassen wir sie erst ins Haus gehen, oder?«

»Ja«, sagte Kim leise und schwieg.

»Das hört sich bei euch alles nicht gut an«, sagte Bala in die entstandene Stille hinein.

»Nein, tut es nicht.«

»Liebst du sie noch?«

Kim zögerte. »Weiß ich nicht. Wenn ich an unsere ersten Monate, ach, auch das erste Jahr denke, fühlt es sich wie Liebe an. Wenn ich aber nach einem langen Arbeitstag nach Hause komme, kann ich Greta kaum noch ertragen. Sie merkt das natürlich, aber überspielt es. Oder will es einfach nicht wahrhaben. Sie bemuttert mich dann von vorne bis hinten, was es für mich noch schwieriger macht. Ja, Greta meint es gut, aber bei mir muss es auch so ankommen. Oder?«

»Klar. Das kann nicht nur einseitig sein.« Bala fühlte sich

mehr und mehr unwohl in ihrer Haut. Sie hatte Angst, etwas Falsches zu sagen. Sollte sie Kim in ihren Trennungsgedanken unterstützen oder ihr davon abraten, übereilt zu reagieren? Musste sie überhaupt Stellung beziehen oder sollte sie lieber neutral bleiben?

»Lass uns reingehen«, sagte Kim. »Jella wartet auf uns.«

Sie stiegen aus und gingen aufs Haus zu. Bala klingelte, die Tür wurde einen Spaltbreit geöffnet.

»Was möchten Sie?«, fragte Tomke Friedrichs.

»Bala Demir von der Kriminalpolizei Husum, und das ist meine Kollegin Kim Gerst.« Bala hielt Tomke Friedrichs den Ausweis hin. »Wir müssten mit Ihnen sprechen.«

Langsam ging die Tür weiter auf. »Ich habe Frau Jensen schon alles gesagt. Sie kommen doch wegen Thomas Böhme?«

»Ja. Es gibt noch ein paar Fragen, die wir gerne mit Ihnen klären möchten. Würden Sie uns bitte zur Polizeistation in Nebel begleiten?«

Tomke Friedrichs schüttelte vehement den Kopf. »Ich habe keine Zeit. Ich muss …« Sie brach ab. »Kommen Sie später noch mal wieder.«

»Das geht leider nicht«, sagte Bala mit fester Stimme und trat einen Schritt vor, damit Tomke Friedrichs ihnen die Tür nicht vor der Nase zuschlagen konnte. »Wir müssen jetzt mit Ihnen sprechen. Frau Jensen wartet in der Polizeistation auf Sie.«

»Ich habe aber keine Zeit«, sagte Tomke Friedrichs und wollte die Tür schließen.

»Tut mir leid, Frau Friedrichs«, sagte Bala und zog die Vorladung aus der Tasche. »Sie werden uns begleiten müssen.«

Tomke Friedrichs beugte sich leicht vor und las das Dokument. »Und wenn ich nicht mitgehe?«

»Dann würden wir Sie zwangsweise mitnehmen. Es tut mir leid, aber Sie müssen mitkommen.«

Tomke Friedrichs zögerte, nahm dann aber ihre Jacke von der Garderobe, steckte ihr Handy in die Tasche und schloss die Haustür hinter sich.

13

»Vielen Dank, dass Sie sich noch einmal für unsere Fragen Zeit nehmen«, sagte Jella, nachdem sie Tomke Friedrichs im Flur der Polizeistation empfangen hatte.

Tomke Friedrichs nickte mit verkniffenem Gesicht und folgte Jella in ihr provisorisches Büro.

»Möchten Sie etwas trinken?«, fragte Bala, die hinter Jella ins Büro getreten war.

»Wenn Sie ein Glas Wasser für mich haben«, antwortete Tomke Friedrichs.

Jella hatte für die Befragung mit Michael Möllers Hilfe die Schreibtische an die Wand geschoben und einen Tisch mit drei Stühlen in der Raummitte aufgestellt.

Bala reichte Tomke Friedrichs das volle Glas und setzte sich mit an den Tisch. Jella startete das Aufnahmegerät und sah Tomke Friedrichs direkt an. »Sie haben bei der ersten Befragung ausgesagt, dass Sie keinen unmittelbaren Kontakt mehr zu Thomas Böhme hätten. Es haben sich inzwischen mehrere Zeugen gefunden, die Sie mit Herrn Böhme zusammen gesehen haben.«

»Dann müssen sich die Zeugen geirrt haben«, sagte Tomke Friedrichs mit leiser Stimme und gesenktem Kopf.

»Vor etwa drei Wochen haben Sie im Haus der Rettungsschwimmer in Nebel nach Thomas Böhme gefragt. Der Zeuge hat Sie auf einem Foto wiedererkannt. Wir können aber gerne eine offizielle Gegenüberstellung durchführen, wenn Sie das wünschen.«

Tomke Friedrichs schwieg.

»Ich frage Sie jetzt noch einmal: Haben Sie in den letzten Monaten Kontakt zu Herrn Böhme gesucht und sich mit ihm getroffen?«

Tomke Friedrichs atmete schwer und starrte weiterhin auf die Tischplatte.

»Frau Friedrichs, wir haben Zeugen, die Sie identifiziert haben. Die Zeugen sind glaubwürdig. Wann hatten Sie das letzte Mal Kontakt zu Thomas Böhme?«

Sie sah auf und funkelte Jella wütend an. »Ich habe Thomas nicht ermordet. Warum sollte ich das machen? Sagen Sie mir das bitte!«

»Es geht zunächst einmal darum, dass Sie mir nicht die Wahrheit gesagt haben.« Jella klopfte mit dem Zeigefinger auf den Tisch. »Hier und jetzt haben Sie die Möglichkeit, Ihre Aussage zu korrigieren.«

»Ja, verdammt, ich war bei den Rettungsschwimmern.«

»Was war der Anlass?«, fragte Jella.

»Thomas hatte mir eine Nachricht auf den AB gesprochen, dass er mich dringend sehen müsse. Ich habe mir Sorgen gemacht, als ich ihn daraufhin nicht erreicht habe, und bin nach Nebel gefahren.«

»Haben Sie die Nachricht noch auf dem Handy?«

Tomke Friedrichs schüttelte den Kopf. »Ich lösche die Nachrichten immer, nachdem ich sie abgehört habe.«

»Verstehe ich das richtig: Herr Böhme hat Sie angerufen, Sie nicht erreicht und Ihnen dann eine Nachricht auf den AB gesprochen?«

»Ja, so war es.«

»Wie häufig hatten Sie in den letzten Jahren Kontakt – in welcher Form auch immer – mit Thomas Böhme?«

Tomke Friedrichs rollte mit den Augen. »Ich schreibe mir

das nicht auf und merke es mir auch nicht im Detail. Wofür sollte das auch wichtig sein?«

»In unserem letzten Gespräch haben Sie ausgesagt, dass Sie mit Herrn Böhme nur ein paar flüchtige Begegnungen hatten, die allesamt zufälliger Natur waren.«

»Wir haben hin und wieder telefoniert. Wie oft und wie lange weiß ich nicht mehr. Auch das habe ich mir nicht aufgeschrieben.«

Bala beugte sich vor. »Wenn ich zu einem Ex-Freund über so lange Zeit keinen Kontakt hatte und auch nicht haben wollte, würde ich ihm sicher nicht hinterherlaufen, wenn er sich am Telefon nicht meldet.«

»Dann sind wir beide wohl unterschiedlich, Frau …«

Bala schob ihr eine Visitenkarte über den Tisch. »Bala Demir.«

»Was haben Sie gemacht, nachdem Sie Thomas Böhme nicht im Haus der Rettungsschwimmer angetroffen haben?«, fragte Jella. Tomke Friedrichs' pampige Antwort war ihr sauer aufgestoßen, schon gar man sie auch als Seitenhieb auf Balas Migrationshintergrund verstehen konnte.

»Bin wieder nach Hause gefahren, was sonst. Ich hatte keine Zeit, dort zu warten, und niemand wusste, wo sich Thomas gerade aufhielt.«

Tomke Friedrichs schien mit jeder weiteren Antwort mehr Sicherheit zu gewinnen. Jella hatte das Gegenteil angenommen und war davon ausgegangen, dass sie schnell einknicken würde. Sie beschloss, den Druck zu erhöhen.

»Und danach? Sie werden ja wohl kaum die Fahrt auf sich genommen haben, und anschließend war Ihnen plötzlich alles vollkommen egal.«

»Und wenn? Ist das strafbar? Wohl kaum.«

»Im Moment geht es um Ihre Glaubwürdigkeit. Sie haben mich bewusst angelogen und im Unklaren über Ihre Beziehung zu Thomas Böhme gelassen. Und ich frage mich, welchen Grund Sie dafür hatten. Warum wollten Sie nicht, dass wir …?«

»Unsinn!«, fiel Tomke Friedrichs ihr ins Wort. »Wann und wie oft ich mit Thomas gesprochen oder geschrieben habe, geht niemanden etwas an. Das ist einzig und allein meine Sache. Ich habe nicht alle Einzelheiten auf den Tisch gelegt – okay, aber gelogen habe ich nicht. Das ist eine maßlose Unterstellung.«

»Wie würden Sie es dann nennen? Meine Fragen waren sehr präzise, und Sie haben es nicht für nötig gehalten, die Kontakte mit Thomas Böhme in den Wochen vor seinem Tod offenzulegen. Wir sprechen hier nicht von einem Unfall, sondern von einem Tötungsdelikt. Mutmaßlich sogar von Mord. Da gibt es kein ›privat‹ und das war Ihnen auch vollkommen bewusst, Frau Friedrichs.«

»Sie verdrehen mir das Wort im Munde. Ich habe Ihnen doch gesagt, dass ich Thomas nicht ermordet habe.«

»Wo waren Sie am letzten Sonntag zwischen zweiundzwanzig und drei Uhr dreißig?«

»Zu Hause – wo auch sonst. Ich habe eine kleine Tochter, falls Sie das schon vergessen haben. Mein Mann war nicht auf Amrum, weil er etwas auf Föhr zu tun hatte. Er betreut da diverse Ferienhäuser und -wohnungen. Außer meiner Tochter gibt es keine Zeugen. Und die werden Sie ja wohl kaum befragen wollen, oder?«

»Haben Sie an dem Abend telefoniert?«, fragte Jella.

»Nicht, dass ich mich erinnere.«

»Ein Zeuge hat ausgesagt, dass Sie sich in der letzten Woche in der Strandbar mit Herrn Böhme getroffen haben. Ist das richtig?«

»Kann sein. Ich erinnere mich nicht mehr genau, wann das gewesen ist. Vielleicht ist es auch schon länger her.«

Jella warf ihr einen scharfen Blick zu. »Sie wollen mir allen Ernstes weismachen, dass Sie nicht mehr wissen, ob Sie sich in der letzten Woche mit Thomas Böhme getroffen haben?«

Tomke Friedrichs schwieg.

»Wie weit ist es von Ihrem Haus bis zur Strandbar?«, legte Jella nach. »Drei Minuten zu Fuß?«

»Etwas mehr schon«, murmelte Tomke Friedrichs.

»Und wie weit ist es bis zum Fundort von Thomas Böhmes Leiche?«

Sie zögerte mit der Antwort und zuckte schließlich mit den Schultern. »Ich weiß nicht, wo das war.«

»Etwa drei- bis vierhundert Meter vom Beginn des Bohlenwegs«, sagte Bala.

»Da bin ich selten. Und ich weiß auch nicht, wie weit das ist.«

»Ganze sechs Minuten zu Fuß«, sagte Jella. »Ich bin es abgelaufen.«

Tomke Friedrichs sprang auf. »Sind Sie beide vollkommen durchgeknallt? Wollen Sie mir einen Mord anhängen? Und das nur, weil …«

»Setzen Sie sich wieder«, fuhr Jella sie an.

Tomke Friedrichs sank zurück auf den Stuhl und sah Jella wutentbrannt an. »Was erlauben Sie sich eigentlich! Ich werde mich über Sie beschweren.«

»Das ist Ihr gutes Recht.« Jella schob ihr ebenfalls eine Visitenkarte über den Tisch. »Bitte, falls Sie meinen Namen auch vergessen haben. Sie scheinen ja Schwierigkeiten mit Namen zu haben.«

Tomke Friedrichs warf ihr einen aggressiven Blick zu.

»Und wenn? Werde ich dann verhaftet?« Sie hielt beide Hände ausgestreckt nach vorne.

»Handschellen werden nicht nötig sein, sollten wir Sie vorläufig festnehmen müssen«, sagte Jella gelassen. »Kommen wir noch einmal zur Strandbar zurück. Selbst wenn Sie nicht mehr genau wissen, an welchem Tag Sie sich dort mit Thomas Böhme getroffen haben, können Sie sich sicher erinnern, worüber Sie mit ihm gesprochen haben.«

»Dies und das«, sagte Tomke Friedrichs, die jetzt ruhiger wirkte.

»Wie kam es zu dem Treffen? Wer hat wen angesprochen?«

»Wir sind uns begegnet. Das war zwei Tage vorher. Da hatte ich aber gerade keine Zeit und war auch mit meiner Tochter unterwegs. Wir haben uns dann für den übernächsten Tag verabredet.«

»Wusste Ihr Mann davon?«, fragte Bala und erhielt postwendend einen bitterbösen Blick von Tomke Friedrichs.

»Das weiß ich nicht mehr. Mag sein, mag nicht sein.«

»Sagen Sie sich nicht gegenseitig Bescheid, wo Sie hingehen?«, fragte Bala weiter.

»Ich war beim Volleyball und habe mich danach kurz mit Thomas getroffen. Vielleicht habe ich es meinem Mann gesagt, vielleicht auch nicht. Warum sollte das jetzt wichtig sein?«

»Worüber haben Sie gesprochen?«, übernahm wieder Jella.

»Sagte ich doch schon. Dies und das. Was man so erzählt, wenn man alte Freunde wiedertrifft. Thomas hat von seiner Firma erzählt und ich von meinem neuen Leben.«

»Neuen Leben?«, fragte Bala.

»Mit meiner Tochter. Das ist doch etwas ganz anderes,

wenn man ein Kind hat. Wir haben lange darauf gewartet. Jetzt sind wir eine richtige Familie.« Sie sah zwischen Bala und Jella hin und her. »Sie haben beide keine Kinder, oder?«

»Wie lange haben Sie an diesem Abend mit Thomas Böhme zusammengesessen?«, fragte Jella weiter, ohne auf ihre Frage einzugehen.

»Ich weiß es nicht mehr. Eine halbe Stunde, vielleicht etwas mehr.« Tomke Friedrichs sah auf die Uhr. »Dauert das hier noch lange? Ich muss unbedingt noch fürs Abendessen einkaufen.«

Jella, Bala und Kim sahen dem Streifenwagen hinterher, der Tomke Friedrichs nach Hause fahren würde. Sie hatten noch eine Viertelstunde weitere Fragen gestellt, sich aber immer wieder im Kreis gedreht. Schließlich hatte Jella die Befragung beendet.

»Was war das denn?«, fragte Kim, die alles per Handyverbindung zu Bala mitgehört hatte.

»Sie hat uns auflaufen lassen«, sagte Jella. »Ich habe sie komplett unterschätzt. Ich war sicher, dass sie zusammenbrechen würde, sobald wir ihr die Zeugenaussagen vorhalten. Bei der ersten Befragung hat sie ganz anders gewirkt.«

»Sie weiß mehr als sie zugibt«, sagte Bala. »Und ihr Mann weiß garantiert nicht darüber Bescheid, dass sie sich mit dem Ex getroffen hat.«

»Wir warten die Auswertung von Thomas Böhmes Handyverbindungen ab. Wenn Tomke Friedrichs bei ihm angerufen hat, muss ihre Nummer da erscheinen. Im Moment haben wir nichts in der Hand. Einen Beschluss für eine Hausdurchsuchung bekommen wir nicht durch und ihre Handydaten vom Provider schon gar nicht.« Jella hielt inne. »Ich will noch einmal mit Maike Carstens, der Jugendfreundin von Tomke Friedrichs, sprechen. Ihr könnt die nächste Fähre nehmen, ich fahre dann mit der letzten.«

»Morgen in Flensburg?«, fragte Bala.

»Zehn Uhr in meinem Büro?«, schlug Jella vor.

Bala nickte, Kim räusperte sich. »Wenn es irgendwie geht, würde ich morgen gerne einen Tag frei machen. Ich habe etwas Privates zu erledigen.«

»Kein Problem«, sagte Jella. »Kommst du dann am Freitag dazu?«

»Ich denke schon.«

14

Jella schaute im Büro von Michael Möller vorbei, um sich zu verabschieden. Sie brachte ihn kurz auf den neuesten Stand der Ermittlungen. »Wir werden erst mal in Flensburg weiterermitteln«, erklärte sie. »Ich gehe aber davon aus, dass wir nächste Woche wieder auf Amrum sind.«

»Ich regele das mit den Pensionszimmern«, sagte Möller. »Sollte hier irgendetwas passieren, was mit dem Fall zu tun hat, informiere ich Sie sofort.«

»Dann bleibt mir nur noch, Ihnen für die Gastfreundschaft und die Unterstützung zu danken.«

»Immer wieder gerne.«

Jella hatte sich telefonisch bei Maike Carstens angemeldet. Auf der kurzen Fahrt nach Steenodde legte sie sich noch einmal ihre Fragen zurecht. Was sie von Tomke Friedrichs' früherer Freundin wollte, wusste sie selbst noch nicht genau. Der Entschluss, noch einmal bei ihr vorbeizuschauen, war ein rein intuitiver gewesen.

»So schnell hatte ich nicht wieder mit Ihnen gerechnet«, sagte Maike Carstens, als sie Jella an der Haustür empfing. »Gehen wir wieder in die Küche? Meine Kinder sind zwar im Haus, aber sie werden uns wohl ein paar Minuten in Ruhe lassen.«

»Es wird nicht lange dauern.«

Sie gingen in die Küche, in der es nach frisch gebrühtem Kaffee roch. Maike Carstens stellte zwei Becher auf den

Tisch und schenkte ein. »Sie trinken doch eine Tasse mit mir?«

»Gerne«, sagte Jella und setzte sich wieder auf die Eckbank.

»Milch? Zucker?«

Jella nickte und goss die heiße Milch in ihren Kaffee.

Maike Carstens setzte sich zu ihr. »Sie haben noch Fragen?«

»Ich stecke etwas in der Zwickmühle. Wir dürfen – und das ist ja auch richtig – keine Details über unsere Ermittlungen weitergeben. Schon gar nicht an Zeugen.«

»Sie möchten mehr über Tomke wissen?«, fragte Maike Carstens.

»Sie haben es erraten. Von unserem Gespräch gestern sind mir immer wieder zwei Aspekte durch den Kopf gegangen. Auf der einen Seite, dass Ihre Freundin Ihnen die Freundschaft aufgekündigt hat, obwohl sie selbst die Beziehung zu Thomas Böhme beendet hatte. Andererseits sprachen Sie davon, dass Tomke weiter in Böhme verliebt gewesen sei.«

»Ja, das ist richtig. Ich habe auch lange gebraucht, bis ich das verstanden habe. Hätte ich gewusst, dass Tomke ihn noch liebte, hätte ich mich nie auf Thomas eingelassen.«

»Mir kommt ihre Reaktion sehr unlogisch vor, ziemlich egoistisch. Sehen Sie das auch so?« Jella hoffte, dass sie mit ihrer suggestiven Frage nicht zu weit gegangen war. Zeugen etwas in den Mund zu legen, war nicht nur unprofessionell, sondern führte auch oft auf die falsche Fährte.

Maike Carstens ließ sich Zeit für ihre Antwort. »Ich mochte Tomke sehr, und unsere Freundschaft hat mir viel bedeutet. Als wir uns kennenlernten, war ich ein schüchternes, ängstliches Mädchen. Tomke hingegen wusste immer schon – so kam es mir damals zumindest vor –, was sie wollte. Sie wirkt manchmal hilfsbedürftig, aber das ist nicht so. Sie spielt mit Menschen, weiß, sie zu nehmen. Man könnte auch sagen, dass sie sie manipuliert. Gut, bis zu einem gewissen Grad machen wir das alle. Unbewusst und automatisch. Aber Tomke hatte schon damals ein Händchen dafür, das zu bekommen, was sie wollte.« Sie seufzte leise. »Das klingt jetzt sehr hart und ist auch vielleicht etwas zugespitzt. Tomke hat auch eine sehr liebenswerte Seite. Sie setzt sich für andere ein, unterstützt sie und ist für sie da. Vielleicht hat sie immer etwas dafür erwartet, aber das ist ja nur menschlich.«

Maike Carstens hatte intuitiv verstanden, warum Jella zu ihr gekommen war.

»Ihre Freundin kann also sehr berechnend sein?«

»Oh ja. Sie wusste genau, wie sie die Lehrer umgarnen musste, um eine bessere Zensur zu bekommen. Sie spielte mit den Jungs, die ihr reihenweise hinterherliefen. Dann musste es am Schluss natürlich der begehrteste von allen sein, mit dem sie angebandelt hat. Thomas. Ihn wollte sie, und ihn hat sie bekommen. Aber was wie ein Traum aussieht, ist halt nicht immer einer. Das konnte und wollte Tomke nicht verstehen. Sie dachte, sie habe Thomas im Griff, dabei war es umgekehrt. Ich denke, sie war zum ersten Mal richtig in jemanden verliebt. Hat sich auf einen Menschen voll und ganz eingelassen. Und dann das. Ich habe mich gewundert, wie lange sie die Eifersuchtsanfälle von Thomas mitgemacht hat. Sie wollte wohl einfach nicht verstehen, dass es einmal nicht so läuft, wie sie es sich wünschte.«

»Sie haben das alles hautnah miterlebt?«, fragte Jella.

»Ja, sozusagen. Tomke ist nicht der Typ, der sich bei jemandem ausheult, aber trotzdem haben wir uns oft darüber unterhalten. Sie hat es als Niederlage angesehen, von Thomas so behandelt zu werden. Das war die eine Seite, auf der anderen fühlte sie sich geschmeichelt, weil ein Mann sie so begehrte, dass er durchdrehte, wenn sie jemand anderes auch nur ansah.«

Jella nickte. Sie wusste aus eigener Erfahrung, wie weit Frauen gingen, um eine Beziehung zu retten. »Darf ich noch mal darauf zurückkommen, dass Tomke – zumindest damals – sehr manipulativ war? Können Sie das näher beschreiben?«

»Nun ja. Das, was Tomke von Menschen haben wollte, hat sie auch fast immer bekommen. Manchmal hat sie es regelrecht geplant. Sie wollte mir auch ein paar Tricks beibringen, wie ich – so hat sie es formuliert – besser mit Menschen umgehen könne. Aber das war nichts für mich. Tomke kann schauspielern, ich nicht. Mir merkt man gleich an, wenn ich lüge oder auch nur schummle. Also habe ich es gelassen und heute weiß ich auch, dass es der richtige Weg für mich war.«

Jella stellte noch einige Fragen, trank den Kaffee aus und bedankte sich bei Maike Carstens für ihre Offenheit. Zurück im Auto notierte sie sich Stichworte aus dem Gespräch und fuhr anschließend zurück nach Wittdün.

David schaute über den Strand. »Warst du schon im Wasser?« Er hatte Jella auf ihrer Rückfahrt nach Wittdün erreicht und sich mit ihr verabredet.

»Ich arbeite hier. Schon vergessen?«

»Sorry, natürlich nicht.« Er legte die Hand auf ihre. »Bereust du letzte Nacht?«

»Was ist eine narzisstische Persönlichkeitsstörung?«

David warf ihr einen irritierten Blick zu. »Hat das jetzt etwas mit meiner Frage zu tun?«

Jella schüttelte den Kopf. »Nein, nur mit meiner Arbeit.« David war Psychotherapeut und hatte Jella schon mehrfach bei Fragen zu menschlichem Verhalten unterstützt.

»Menschen mit dissozialer Persönlichkeitsstörung neigen dazu, ihre Mitmenschen zu manipulieren und sie zu täuschen. Sie suchen überall ihren persönlichen Vorteil und sind häufig sogar davon überzeugt, dass dies auch zum Wohle ihrer Mitmenschen ist.«

»Neigen diese Menschen zu aggressivem Verhalten?«, fragte Jella.

»Ja, das kann durchaus damit einhergehen. Allerdings gibt es viele Varianten dieser Störung. Die Symptome lassen sich nicht verallgemeinern. Viele haben ein instabiles Selbstbild und ein starkes Schwarz-Weiß-Denken. Sie differenzieren nicht und suchen auch seltener nach Kompromissen.«

»Wie erkennt man diese Menschen?«

»Das ist nicht so einfach. Wenn dich jemand konsequent und professionell anlügt, braucht es Zeit, um zu ihm vorzudringen. Ansonsten natürlich am ichbezogenen Verhalten. Allerdings verhält sich jeder von uns hin und wieder egoistisch oder es sieht zumindest von außen danach aus. Empathie kann man auch vortäuschen, indem man das Verhalten einübt. In Konfliktsituationen zeigt sich schnell die wahre Persönlichkeit eines Menschen.«

»Wie weit würden Menschen mit einer solchen Persönlichkeitsstörung gehen, um ihre Interessen durchzusetzen?«, fragte Jella.

David wiegte den Kopf hin und her. »Auch das lässt sich pauschal nicht sagen, aber im extremen Fall: sehr weit.«

Jella ging in Gedanken die Gespräche mit Tomke Friedrichs und die Informationen, die sie von Maike Carstens bekommen hatte, durch. War es möglich, dass Tomke Friedrichs eine solche Persönlichkeitsstörung hatte, und was würde das für ihren Fall bedeuten? Brauchte sie kein klassisches Motiv, um Thomas Böhme im Affekt zu töten?

»Konnte ich dir helfen?«, fragte David.

Jella nickte. »Ich glaube schon.« Sie sah ihn an. »Entschuldige, dass ich deine Frage vorhin nicht beantwortet habe.«

David schwieg. Das war eine seiner Stärken, im richtigen Augenblick zu warten und nicht zu drängeln.

»Ich bereue meine Entscheidung gestern nicht. Ich wollte mit dir zusammen sein in dieser Nacht.«

David nickte, aber Jella sah ihm an, dass er sich eine euphorischere Antwort gewünscht hatte.

»Ich scheine es verlernt zu haben, über einen längeren Zeitraum zu denken. Zumindest in Beziehungsdingen. Gibt es für diese Störung auch eine Bezeichnung?«

»Wenn es um uns beide geht, versagen meine Kenntnisse vollkommen. Und das ist auch gut so. Ich kann weder mich selbst noch dich beraten.«

»Ich weiß.« Jella schloss die Augen. »In der einen Minute will ich bei dir sein, in der anderen weglaufen. Ich würde gerne jeden Tag neben dir aufwachen und abends wieder einschlafen. Aber ich weiß auch, dass das im Moment nicht funktioniert. Ich habe Angst, dass es nicht klappt, wieder nicht klappt.«

»Ich bin nicht Niklas Oehler und auch nicht in einer festen Beziehung«, erwiderte David.

»Das weiß ich doch alles, David. Ich habe Niklas geliebt, wie ich vorher noch niemanden geliebt habe. Dabei habe ich mich vollkommen aufgegeben, bin in ihm aufgegangen und habe mich am Schluss nicht mehr im Spiegel erkannt. Das will ich nie wieder erleben. Niemals.«

»Ich liebe dich«, flüsterte David. »Und ich warte auf dich.«

»Nur wie lange?«

»Lange.« Er beugte sich vor und küsste Jella zärtlich auf den Mund.

15

Jella begrüßte Bala und fragte, wie lange sie für die Fahrt gebraucht habe.

»Die Straße war ziemlich frei. Ich bin von Tür zu Tür gerade einmal eine Stunde gefahren.«

»Wie geht es deiner Mutter heute?«

»Frag lieber nicht. Meine Brüder und mein Vater wechseln sich gerade mit der Betreuung ab. Lieber wäre ihnen natürlich, wenn ich meinen Job hinwerfe und zur Pflegerin umschule.«

»Haben sie das gesagt?«, fragte Jella.

»Natürlich nicht. Das würde keiner wagen, nicht einmal mein Vater. Aber ich sehe doch ihre Blicke und die versteckten Fragen nach meinem Beziehungsstatus.« Bala hielt inne. »Ich will dich aber nicht mit meinen Problemen belagern. Ich bekomme das schon hin. Der erste Schritt wird sein, dass ich ausziehe. Und am besten aus Husum verschwinde.«

»Sicher?«

»Ja, ich habe in den letzten Tagen den Entschluss gefasst. Meinst du, dass hier in Flensburg …«

»Wenn du möchtest, kann ich gerne mit Sörensen sprechen. Er weiß ja um unsere Aufklärungsquote.«

»Das ist nett, Jella. Lass mir noch etwas Zeit. Okay?«

»Klar. Sag mir einfach Bescheid. Ich denke, du hast gute Chancen, dass sie dich hier mit Handkuss nehmen.«

Bala senkte verlegen den Kopf. »Ich weiß nicht …«

»Ich aber«, sagte Jella. »Sag mal, was ist eigentlich bei Kim los? Oder darfst du mir das nicht erzählen?«

»Beziehungsprobleme. Den Rest muss Kim dir selbst sagen.«

»Aber sie kann arbeiten?«

Bala nickte. »Definitiv. Sie geht da verantwortungsvoll mit um.«

»Okay.« Jella schenkte sich Kaffee nach und trank einen Schluck. »Dann wollen wir mal. Die Beschlüsse für die Durchsuchung von Böhmes Privatwohnung und Geschäftsräumen sollten in der nächsten Stunde vorliegen. Klaas Mathiesen und seine Kollegen aus der Kriminaltechnik sind informiert. Er kommt gleich noch bei uns vorbei, um die Ergebnisse vom Fundort und mutmaßlichen Tatort mit uns durchzusprechen.«

Bala nickte. »Sind die Bank- und Handydaten bereits da?«

»Handy leider noch nicht. Aber die Bankdaten habe ich vor einer halben Stunde bekommen. Ich bin noch nicht ganz durch, aber Böhmes Firma scheint es finanziell schlecht zu gehen. Es muss noch ein Experte drüberschauen, aber die Einnahmen scheinen mir vollkommen in Ordnung zu sein. Thomas Böhme hat allerdings große Summen aus der Firma rausgezogen und privat genutzt.«

»Illegales Glücksspiel?«

»Da Böhme regelmäßig hohe Summen in bar abgehoben hat, liegt das im Moment nahe. Auf jeden Fall wird das ein Ermittlungsstrang sein, den wir verfolgen müssen.«

Jemand klopfte an die Tür, Mathiesen schaute ins Büro. »Kann ich schon?«

»Komm rein, Klaas. Bala kennst du ja.«

Mathiesen nickte Bala zu. »Moin, Bala.« Er sah sich um.

»Wo ist Kim?«

»Sie kommt morgen«, sagte Jella und zeigte auf einen freien Stuhl. »Hast du was für uns?«

Mathiesen zog den Stuhl vor und setzte sich. »Nun gut, der Fundort in Strandnähe war jetzt nicht gerade der Hit. Aber das wisst ihr ja selbst. Fußabdrücke gab es reichlich. Bevor wir eingetroffen sind, waren dort wohl ein halbes Dutzend Trampeltiere, die, sollte es Abdrücke des Täters gegeben haben, fast alles vernichtet haben. Gut, wir haben uns trotzdem an die Arbeit gemacht und von allen, die unseres Wissens am Fundort waren, Fußabdrücke genommen. Der Kollege Möller war uns da eine große Hilfe.«

»Gibt es noch ...«

»Ja, sonst wäre ich schnell über den Punkt hinweggegangen«, unterbrach der Kriminaltechniker Jella. »Wir haben zwei verschiedene Abdrücke, die wir nicht zuordnen konnten. Mit viel Glück ist einer vom Täter. Größe zweiundvierzig und sechsundvierzig. Von beiden haben wir zwar nur Teilabdrücke, aber die könnten wir voraussichtlich einem Schuh zuordnen. Allerdings bräuchten wir dazu Vergleichsproben.«

»Also mutmaßlich eine Frau und ein Mann?«, fragte Bala.

»Nun gut, es gibt auch kleine Männer mit kleinen Füßen und große Frauen mit großen Füßen. Ihr könnt für den Anfang aber durchaus von Mann und Frau ausgehen.«

»Respekt, dass ihr da etwas gefunden habt«, sagte Jella. »Das könnte uns tatsächlich weiterhelfen. Gibt es DNA-Spuren an der Leiche beziehungsweise der Kleidung?«

»Da wollte ich gerade zu kommen. Wir konnten – auch wieder mit viel Mühe – zwei Personen ausmachen, die ihre DNA freundlicherweise hinterlassen haben. In diesem Fall kann ich sogar definitiv sagen, dass es sich um eine Frau und einen Mann handelt.«

Jella sah erstaunt auf. »Wo habt ihr die DNA-Spuren gefunden?«

Klaas Mathiesen stöhnte theatralisch. »Musst du mir denn die Pointe immer kaputtmachen?« Er machte eine Pause und schüttelte mit gespielt beleidigter Miene den Kopf. »Bei der weiblichen DNA war es wohl ein etwas intimerer Kontakt. Wir haben Spurenmaterial an den Boxershorts des Opfers und in der Innenseite der Hose gefunden.«

»Das ist jetzt …«

Mathiesen grinste. »Das dachte ich mir schon. Okay, das Spurenmaterial der zweiten Person befand sich auf der Jacke des Opfers.«

»Kann es vom Arzt oder den Kollegen am Fundort stammen?«, warf Bala ein.

»Das haben wir selbstverständlich ausgeschlossen«, sagte Mathiesen mit leicht verschnupfter Stimme. »Es handelt sich um ein kurzes dunkelblondes Haar eines Mannes. Ob es vom Täter stammt und wann es dort gelandet ist, lässt sich leider nicht bestimmen.«

»Was ist deine Vermutung?«

»Da das Haar auf der Jacke heftete, kann es dort noch nicht so lange gelegen haben.«

»Kommen wir damit vor Gericht durch?«, fragte Jella.

»Davon gehe ich aus. Der Mann muss dem Opfer sehr nah gekommen sein. Eine flüchtige Begegnung schließe ich aus.«

»Das Auto von Thomas Böhme habt ihr sicher auch in Augenschein genommen?«

»Selbstverständlich, Frau Hauptkommissarin. Wie zu erwarten haben wir hier zahlreiche Spuren – Fingerabdrücke und DNA – gefunden. Die Auswertung läuft.«

»Handy, Laptop?«, fragte Jella.

Klaas Mathiesen stöhnte. »Das Handy des Opfers ist trotz intensiver Suche nicht gefunden worden, der Laptop, den wir aus seinem Zimmer auf Amrum mitgenommen haben, ist eher uninteressant. Thomas Böhme scheint bei privaten Angelegenheiten ausschließlich sein Handy benutzt zu haben. Auf dem Laptop haben wir vor allem geschäftliche Mails gefunden und nur zwei private.« Mathiesen zog drei DIN-A4-Ausdrucke aus einer Mappe. »Dem Inhalt der Mails nach zu urteilen, handelt es sich beim Adressaten um einen Freund von Böhme. Julius Kerksen. Ich war so frei, seine Daten zu recherchieren. Sie stehen auf dem letzten Ausdruck.«

»Flensburg«, las Jella vor und sah auf. »Das war's?«

Klaas Mathiesen nickte und sah auf die Uhr. »Wann geht es mit der Durchsuchung los?«

»Wir warten auf den Beschluss. Ich melde mich dann sofort bei dir.«

Der Kriminaltechniker nickte, stand auf und verabschiedete sich mit einem kurzen »Bis gleich!«.

»Eine Frau«, sagte Bala, als Mathiesen das Büro verlassen hatte. »Eine der beiden Rettungsschwimmerinnen?«

Jella schüttelte den Kopf. »Glaube ich nicht. Ich sehe keinen Grund, warum eine der beiden Frauen gelogen haben sollte. Möglich ist es natürlich.«

»Bekommen wir einen Beschluss?«

»Gute Frage. Ich kläre das mit dem Staatsanwalt ab.«

»Was ist mit Tomke Friedrichs?«, fragte Bala weiter.

»Ja, darüber denke ich schon seit gestern nach. Ich bin davon überzeugt, dass sie viel intensiveren Kontakt zu Böhme hatte, als sie zugegeben hat. Die Frage ist, wie weit es gegangen ist.«

»Und wie lange das schon geht.«

»Du meinst ...« Jella schluckte. Hatte sie den Gedanken an eine längere geheime Affäre zwischen Böhme und Friedrichs bewusst von sich ferngehalten? Sie konnte sich Tomke Friedrichs nicht in der Rolle vorstellen, in der sie fast zwei Jahre festgesteckt hatte. Allerdings war die Situation hier eine andere. Die Frau war verheiratet. War sie die treibende Kraft gewesen und er derjenige, der im Schatten bleiben musste? Das alles war eine gewagte Theorie, für die sie keinerlei Indizien oder gar Beweise hatten.

»Warum nicht?«, meinte Bala. »Er hat die Trennung nie gewollt, sie doch im Grunde genommen auch nicht. Sie manipuliert Menschen und spielt mit ihnen.«

»Tomke Friedrichs hat ein zweijähriges Kind.«

»Und? Das ist doch kein Hinderungsgrund. Gerade die ersten Jahre mit dem ersten Kind sind doch die schwierigsten. Der Mann ist ständig am Arbeiten oder sogar nicht mal auf Amrum. Sie sitzt alleine mit dem Kind zu Hause und nimmt – vielleicht ja ohne Hintergedanken – Kontakt zu Böhme auf. Oder er hat sie angerufen.«

»Bala, dafür gibt es keine Beweise, allenfalls Indizien. Und sag mal ehrlich: Wie wahrscheinlich ist es, dass Tomke nach so langer Zeit wieder etwas mit ihm anfängt?«

Bala stöhnte verdrossen. »Darüber habe ich auch nachgedacht. Sie war damals über beide Ohren in Böhme verliebt. Gut, sie hat sich von ihm getrennt, aber nur, weil sie die ganzen Eifersuchtsanfälle in dem Augenblick nicht mehr aushalten konnte. Menschen ändern sich, Böhme wird dazugelernt haben. Reden konnte er sicherlich, sonst hätte er nicht so viele Frauenbekanntschaften gehabt.«

Jella nickte. »Wir behalten es im Hinterkopf. Ein Motiv für die Tat könnte schon allein eine geheime Affäre der beiden gewesen sein. Böhme wollte mehr, sie nicht. Er will ihre Beziehung öffentlich machen, was Tomke Friedrichs verhindern musste.«

»Ich bin mir unsicher, ob das wirklich als Tatmotiv reicht«, bemerkte Bala zweifelnd. »Es geht immerhin um Mord.«

»Ich weiß«, murmelte Jella. »Wir sollten mit den Spekulationen vorsichtiger sein. Warten wir die Handydaten ab. Sie sollten eigentlich zeigen, wie intensiv der Kontakt zwischen den beiden gewesen ist.« Jella klappte den Laptop auf. »Da ist ja der Beschluss. Dann wollen wir mal.«

16

Thomas Böhmes Penthouse-Wohnung lag am Nordufer der Innenförde. Jella und Bala waren den knappen Kilometer zu Fuß von der Polizeidirektion gelaufen, während die Kriminaltechniker mit dem VW-Bus vorfuhren.

Der Verwalter des fünfstöckigen Hauses war informiert und schloss ihnen die Wohnung auf. Die Panoramafenster des großen Wohn- und Essbereichs boten einen faszinierenden Blick auf die Förde und einen Sportboothafen. Der Raum schien von einem Innenarchitekten eingerichtet worden zu sein. Möbel, Wandfarbe, Parkett und die Bilder an den Wänden waren perfekt aufeinander abgestimmt.

»Das wäre etwas für die Zeitschrift *Schöner Wohnen*«, kommentierte Bala die Einrichtung. Sie stellte sich ans Fenster und ließ ihren Blick schweifen. »So was kann sich eine kleine Polizistin wohl kaum leisten, oder? Ist das eine Eigentumswohnung?«

Jella nickte. »Monatlich gehen über dreitausend Euro an die Bank für Zinsen und Tilgung.«

»Da würde ich mir noch einen kleinen Nebenjob suchen müssen.«

»Genug gestaunt, meine Damen«, sagte Mathiesen, der hinter ihnen stand. »Dürfen wir hier anfangen?«

In den nächsten eineinhalb Stunden arbeiteten sie sich von Zimmer zu Zimmer. Nachdem die Kriminaltechniker Fingerabdrücke und DNA gesichert hatten, durchsuchten Jella und Bala die einzelnen Räume. Jella fand ein altes Album, in dem ausschließlich Fotos von oder mit der jungen Tomke Friedrichs eingeklebt waren. Es war abgegriffen und sah aus, als sei es viele Male durchgeschaut worden.

»Interessant«, sagte Bala, als Jella ihr die Fotos zeigte. »Passt doch!« Sie hielt etwas hoch. »Acht Liebesbriefe von Tomke Friedrichs. Wenn mich nicht alles täuscht, hat sie sich dafür etwas Hilfe geholt.«

»Wie meinst du das?«, fragte Jella.

Bala setzte sich aufs Sofa, zog ihren Laptop aus der Tasche und gab einige Zeilen aus einem Brief in die Suchmaschine ein. »Bingo! Das stammt aus einem Liebesroman von Julia Rolfs. Fast wortwörtlich.« Sie gab aus weiteren Briefen Ausschnitte ein und fand auch sie im Internet. »Nicht sehr kreativ.«

»Aber keinesfalls verboten«, sagte Jella.

»Es passt aber zum Persönlichkeitsprofil, das wir für Friedrichs entwickelt haben. Oder?«

Jella nickte. »Lass uns weitersuchen.«

Neben Dokumenten wie Zeugnissen und Urkunden fanden sie wenig Privates, weder einen weiteren Laptop noch handschriftliche Aufzeichnungen. Die Wohnung wirkte auf Jella unpersönlich und hatte den Charme einer noblen Hotelsuite.

Klaas Mathiesen kam auf sie zu. »Wir sind dann durch und fahren direkt zu den Geschäftsräumen. Kommt ihr nach?«

»Ja, wir müssen noch zum Auto. Das steht am Kommissariat.« Jella schaute auf die Uhr. »Die beiden Mitarbeiter der Firma haben wir für dreizehn Uhr einbestellt.« Schon am Montag hatte Jella die Flensburger Kollegen gebeten, das Büro zu schließen. Den Mitarbeitern war freigestellt worden, im Homeoffice weiterzuarbeiten. »Bis gleich.«

Mathiesen nickte ihnen zu und verließ mit seinen beiden Kollegen die Wohnung.

Jella und Bala gingen noch einmal gemeinsam durch die Räume und ließen die Atmosphäre auf sich wirken.

»Wenn ich das hier so sehe, scheint Thomas Böhme ein einsamer Mann gewesen zu sein«, sagte Bala. »Das ganze Geld hat ihm kein Glück gebracht. Auch diese Wohnung mit der Wahnsinnsaussicht nicht. Es kommt mir so vor, als wenn hier nie jemand drin gewohnt hätte.«

»Unheimlich und anonym«, fügte Jella hinzu. »Da ist ja manches Hotelzimmer noch persönlicher.«

»Und was schließen wir jetzt daraus?«

»Es war viel Fassade bei Böhme. Instabile Persönlichkeit und ein geringes Selbstwertgefühl. Beides hat er über viele Jahre versucht, zu überspielen. Mit schnell wechselnden Kontakten zu Frauen, sehr wahrscheinlich Glücksspiel, Erfolg im Beruf.«

»Und wie passt die geheime Affäre mit Tomke Friedrichs da rein?«

»Sollte es sie gegeben haben, passt sie sehr gut ins Bild. Seine Jugendliebe steht für ein anderes Leben in einer heilen Welt. Für Geborgenheit und Neuanfang ohne Risiko. Er selbst wollte nie die Trennung und wird auch seinen Beitrag für sich kleingeredet haben.«

Sie verließen die Wohnung und gingen an der Förde zurück zum Kommissariat.

Bala schaute sich um. »Eigentlich ganz schön hier. Und so weit ist es auch nicht bis Husum. Du hast nicht zufällig von einer freien Wohnung gehört?«

Jella schmunzelte. »Ich höre mich mal bei den Kollegen um. Für ein paar Wochen könntest du bei mir übernachten. Mein Gästezimmer ist allerdings ziemlich klein.«

»Danke, aber eine eigene Wohnung muss schon sein.«

»Lass dir Zeit für die Entscheidung. Wenn es so weit ist, unterstütze ich dich natürlich, wo ich kann.«

Jella begrüßte Maximilian Lackner und bat ihn in eins der Büros, die bereits von der Kriminaltechnik durchsucht worden waren. Auf der Firmenhomepage hatte sie gelesen, dass Lackner fünfundzwanzig Jahre alt und seit zwei Jahren bei Böhme angestellt war.

»Danke, dass Sie gekommen sind«, sagte Jella und nahm zunächst seine Personalien auf. »Welche Aufgaben haben Sie in der Agentur?«

»Ich habe Thomas, also Herrn Böhme, unterstützt. Ich war sozusagen seine rechte Hand, habe Termine gemacht, mich um das Einstellen der Verkaufsangebote ins Netz gekümmert und um alles, was sonst so an Aufgaben angefallen ist. Dieser ganze Kleinkram um den Verkauf drumherum. Und natürlich habe ich auch eigene Kunden betreut.«

»Wie haben Sie Ihren Chef so erlebt?«, fragte Jella.

»Als Chef war Thomas voll in Ordnung. Ich habe ein ordentliches Grundgehalt und bekomme zusätzlich Provisionen für Abschlüsse. Ich bin damit immer voll und ganz zufrieden gewesen.«

»Und menschlich?«, fragte Bala, die sich bis jetzt im Hintergrund gehalten hatte.

»Wir waren jetzt nicht befreundet, wenn Sie das meinen. Ich habe hier gearbeitet und mein Geld verdient. Privat habe ich mich nicht mit Thomas getroffen.«

»Man bekommt aber doch nach einer Weile einen Eindruck, wie der Kollege oder in diesem Fall Ihr Chef so tickt«, sagte Bala.

»Ja, okay. Was soll ich sagen. Hin und wieder hatte Thomas einen kleinen cholerischen Anfall. Er hasste es, wenn etwas schiefging oder ein Kunde kurz vor dem Abschluss abgesprungen ist. Da wurde er dann schon mal etwas lauter. Aber mir hat das nichts gemacht. Thomas war halt mit Haut und Haar Geschäftsmann und immer voll dabei. Da platzt einem schon mal der Kragen, wenn ein Geschäft nicht so läuft wie geplant.«

»Sie haben Einblick in alle Geschäfte?«, fragte Jella.

»Ich habe einen Überblick über die Abschlüsse. Wie viel Gewinn am Ende des Tages erzielt wird, weiß ich natürlich nicht genau. Das ist hier absolute Chefsache gewesen. Aber ich kann mir schon ausrechnen, was in etwa an Einnahmen reinkommt. Oder reingekommen ist, muss ich ja jetzt sagen.«

»Und was denken Sie, wie es um die Firma finanziell steht?«, fragte Jella weiter.

»Gut bis sehr gut. Aber wie gesagt, einen Einblick in die Bücher habe ich nicht.«

»Gab es unzufriedene Kunden?«

»Jeder möchte für sein Haus den Wunschpreis erzielen. Der ist aber oft zu unrealistisch. Ein nicht verkauftes Haus bringt uns kein Geld, hat Thomas immer gesagt. Mag sein, dass der eine oder andere Käufer oder Verkäufer nicht ganz zufrieden war.« Er hielt kurz inne und schien zu überlegen. »Aber deshalb bringt man ja niemanden um.«

»Gab es besonders unzufriedene Kunden?«

»Ich bin erst zwei Jahre hier, und am Anfang musste ich mich natürlich erst mal einarbeiten.«

»Das beantwortet nicht meine Frage«, sagte Jella, als Lackner nicht weitersprach.

»Na ja …« Er zögerte lange. »Okay, ich kann Ihnen das bestimmt sagen. Sie durchsuchen ja auch gerade die Geschäftsunterlagen, oder?«

»Ja, wir haben einen richterlichen Beschluss, alles einzusehen.«

»Es gab da einen Fall. Das war vor etwa drei Monaten. Herr Böhme hatte im Auftrag eines Kunden dessen geerbtes Haus angeboten und verkauft. Martin Lange, das ist sein Name, hat sich einige Wochen nach der Vertragsunterzeichnung beschwert, dass Haus und Grundstück einen viel höheren Wert gehabt hätten.«

»Hatten sie?«, fragte Bala.

»Das Haus steht in einer sehr angesagten Gegend, in der sich die Grundstückspreise in den letzten Jahren verdreifacht haben. Das Gebäude ist siebzig Jahre alt und nie saniert worden. Alte Heizung, alte Elektroleitungen, geringe Außenisolierung und so weiter. Der Wert des Hauses stand in keinem Verhältnis zum Grundstückswert. Das ist häufig ein Dilemma, wenn die Grundstückspreise rasant ansteigen.«

»Was wollen Sie uns denn nun damit sagen?«, fragte Bala.

»Ich habe das ja auch nur am Rande mitbekommen und … eigentlich wäre es mir lieber, wenn Sie sich die Verkaufsakte selbst anschauen.«

»Machen wir«, versprach Jella. »Sagen Sie uns einfach, was Sie denken. Wir werden es nicht ins Protokoll aufnehmen.« Sie griff nach dem Aufnahmegerät und schaltete es aus. »So, bitte.«

Lackner schien nicht überzeugt zu sein. »Kann ich ganz sicher sein, dass das niemand erfährt?«

»Absolut«, sagte Jella.

»Ich habe das ganze Drama erst sehr spät mitbekommen. Eigentlich weiß ich um unsere Aufträge. Ich suche ja auch im Netz nach Käufern. Aber dieses eine Mal hatte Thomas das alles selbst in der Hand. Später habe ich mir den Verkauf allerdings angeschaut. Thomas wusste nichts davon, aber da der Kunde so durchgedreht ist, wollte ich es einfach wissen. Es ist nämlich so: Herr Lange, also der Verkäufer des Hauses, hatte nicht so ganz unrecht. Ich denke, er hätte bis zu zweihunderttausend Euro mehr bekommen können. Zumindest, wenn es gut gelaufen wäre.«

»Wow! Eine stolze Summe«, entfuhr es Bala.

»Es ist nur eine Schätzung. Die genaue Summe weiß man erst, wenn beim Notar der Vertrag unterschrieben wurde.«

»Wer hat den Notar ausgesucht?«, fragte Jella.

»Ich denke, der Käufer. Wir arbeiten normalerweise mit Dr. Wiese zusammen. Der hat diesen Vertrag aber nicht aufgesetzt.«

»Sind Sie so nett und suchen mir die Verkaufsakte später heraus?«

Maximilian Lackner nickte. »Ja, natürlich.«

»Und bitte auch die weiteren Akten von Kunden, die sich beschwert haben.«

»Selbstverständlich.«

Bala aktivierte das Aufnahmegerät wieder. »Kommen wir noch einmal zurück auf Ihren Chef. War er regelmäßig im Büro?«

»Thomas war viel hier, aber natürlich auch bei Interessenten oder bei Besichtigungen.« Er sah zwischen Jella und Bala hin und her. »Ich weiß jetzt nicht genau, was Sie von mir wollen.«

»Sie haben die Frage schon beantwortet«, sagte Jella. »Für uns ist jede Information über Thomas Böhme wichtig, um uns ein Bild von ihm machen zu können.«

»Das verstehe ich. Was wollen Sie denn noch wissen?«

»Wir haben durch Zeugenbefragungen erfahren, dass

Thomas Böhme regelmäßig neue, kurze Beziehungen zu Frauen hatte. Haben Sie davon etwas mitbekommen?«

»Nicht wirklich«, sagte Maximilian Lackner. »Gut, er war nicht verheiratet und jung. Da ist es doch normal, dass er auf der Suche ist.«

»Hatte Ihr Chef im Büro weiblichen Besuch?«, fragte Bala.

»Hin und wieder. Aber die Frauen blieben nie lange. Sie haben Thomas entweder abgeholt oder wollten was von ihm.«

»Wollten was von ihm?«, setzte Bala nach.

Lackner zögerte. »Wie soll ich das jetzt ausdrücken? Es war wohl so, wie Sie gesagt haben. Thomas war nicht auf längere Beziehungen aus. Da kann es schon sein, dass die Ex nicht damit einverstanden ist und …«

Bala beugte sich vor. »Es gab Streit?«

»Ja, das ist vorgekommen.«

»Wie reagierte Ihr Chef, wenn die Frauen das Büro wieder verlassen hatten?«

»Er war ganz normal. Ihm war es auch nicht peinlich, dass wir das mitgekriegt haben. Er sagte dann immer ›c'est la vie‹ und ging mit einem Lächeln darüber weg. Ich habe mir nichts dabei gedacht und kann mir auch nicht vorstellen, dass Thomas den Frauen mehr versprochen hat. Er hat immer mit offenen Karten gespielt.« Lackner zuckte mit Schultern. »Mehr kann ich Ihnen aber wirklich nicht dazu sagen. So viel privaten Kontakt hatte ich mit Thomas nicht.«

Jella beendete die Befragung und bat Lackner, seine Kollegin hereinzuschicken.

»Einzig der mutmaßliche Betrug ist neu«, sagte Bala, als Lackner die Tür hinter sich geschlossen hatte. »Ansonsten hat Böhme wohl nicht nur auf Amrum nach Beute gesucht.«

»Wir werden die Kollegen von der Wirtschaftskriminalität bitten müssen, einen Blick auf Böhmes Bücher zu werfen. Die Wahrscheinlichkeit, dass er mehrfach betrogen hat, ist groß.«

»Was ich nicht verstehe: Bei diesem Verkauf hat doch eigentlich nur der Käufer profitiert. Warum hat Böhme das gemacht? Wir sollten uns anschauen, um wen es sich handelt.«

»Ja, deshalb habe ich Lackner um die Akte gebeten.«

17

Es klopfte und gleich darauf wurde die Tür geöffnet. Eine attraktive Frau mit langen blonden Haaren trat ein und sah sich unsicher um. »Sie wollten mit mir sprechen?«

»Setzen Sie sich doch, Frau Klaßen.«

Isabell Klaßen nickte und nahm Platz.

»Vielen Dank, dass Sie gekommen sind«, begann Jella. »Welche Funktion haben Sie in der Firma?«

»Ich erledige den ganzen Papierkram. Ich bin sozusagen eine bessere Sekretärin. Allerdings habe ich eine Ausbildung zur Immobilienkauffrau und bin auch hier und da für Thomas eingesprungen.« Sie lächelte matt. »Manchmal hatte ich allerdings den Eindruck, dass es mehr darum ging, die Käufer oder Verkäufer zu …«, sie schien nach dem richtigen Wort zu suchen, »… ja, zu beeindrucken. Thomas war der Ansicht, dass eine schöne Frau die Atmosphäre auflockert. Gut, ich habe das Spiel mitgemacht und will mich nicht beklagen.«

»Wie lange sind Sie schon in der Firma?«

»Ich habe hier schon meine Ausbildung gemacht. Thomas hatte sich damals gerade in Flensburg selbstständig gemacht.«

»Dann kannten Sie Herrn Böhme ja sicher sehr gut«, warf Bala ein.

»So gesehen, ja. Allerdings hatte ich keinen privaten Kontakt zu Thomas.« Sie funkelte Bala verächtlich an. »Darauf haben Sie doch angespielt, oder?«

»Das ist richtig«, gab Bala offen zu. »Entschuldigen Sie die indirekte Frage. Ich wollte Ihnen nicht zu nahetreten. Mehrere Zeugen haben bestätigt, dass Herr Böhme schnell wechselnde Beziehungen zu Frauen hatte.«

»Das ist mir bekannt. Und bevor Sie fragen, nein, ich hatte kein Verhältnis mit Thomas. Ich habe ihn als Chef akzeptiert und bin gut mit ihm ausgekommen. Mehr war aber nicht. Weder von meiner Seite noch von seiner.«

»Er hat Ihnen nie Avancen gemacht?«, fragte Jella.

»Nein. Dabei hätte es ausreichend Möglichkeiten gegeben. Ich habe ihn auch schon nach Frankfurt oder München begleitet. In aller Regel haben wir dann dort übernachtet. Wir haben uns gut verstanden. Mehr war nicht. Im Übrigen lebe ich schon seit Jahren mit meinem Freund zusammen. Wir heiraten nächstes Jahr im Mai.«

»Danke für Ihre Offenheit«, sagte Jella, die sich nicht sicher war, ob Isabell Klaßen ihnen die ganze Wahrheit erzählt hatte. »Ihr Kollege hat uns von einem Zwischenfall berichtet. Einer Ihrer Kunden, Herr Lange, war mit dem Verkaufserlös im Nachhinein nicht zufrieden. Haben Sie das auch mitbekommen?«

»Das war nicht zu vermeiden. Herr Lange ist sehr deutlich und laut geworden.«

»War das Anliegen von Herrn Lange berechtigt?«, fragte Bala.

»Das kann ich nicht beurteilen. Ich habe Thomas immer als sehr korrekt erlebt. Es mag sein, dass er die Lage des Grundstücks nicht richtig eingeschätzt hat. Das kommt vor. Aber eigentlich glaube ich das nicht. Thomas kannte sich ausgesprochen gut in Flensburg aus.«

»Ihr Kollege hat davon gesprochen, dass hin und wieder Frauen im Büro waren, die …«

»Ärger gemacht haben«, unterbrach Isabell Klaßen Bala. »Das ist richtig. Thomas hat das immer irgendwie geregelt. Ich habe mich da nie eingemischt. Das war seine Privatsache. Ich fand es mehr als grenzwertig, dass die Frauen hier aufgetaucht sind. Ein wenig mehr Feingefühl sollte man doch haben.«

Bala rollte mit den Augen, als Isabell Klaßen die Tür hinter sich geschlossen hatte. »Die Dame ist ja ausgesprochen empathisch. Feingefühl sollte man also gegenüber solchen Männern haben. Wer hätte das gedacht.«

Jella stimmte Bala zu, unterließ es aber, Isabell Klaßens Äußerungen zu kommentieren. Sie musste sich jetzt auf das Wesentliche konzentrieren, wenn sie weiterkommen wollten.

»Glaubst du ihr, dass sie nie etwas mit Böhme hatte?«, fragte Bala.

»An wen hat sie dich vom Äußeren her erinnert?«

»Tomke Friedrichs – schon klar. Meinst du, dass das kein Zufall ist?«

»Ich habe dir doch die alten Fotos gezeigt, die wir in Böhmes Wohnung gefunden haben. Tomke Friedrichs hatte schon damals die langen blonden Haare, und auch vom Typ her sind die beiden sich ähnlich. Nein, ich glaube nicht, dass Böhme etwas mit ihr angefangen hat. Er wusste genau, wie das enden würde. Ob Isabell Klaßen darauf gehofft hat, steht auf einem anderen Blatt.«

»Von ihr werden wir nicht mehr erfahren. Sie scheint ihrem Chef regelrecht ergeben zu sein.«

Jella stand auf. »Das sehe ich genauso. Wir werden hier nicht mehr gebraucht. Mathiesen macht das schon.«

Jella klopfte an die angelehnte Tür.

»Komm rein!«, rief Jochen Wenzel. »Lange nicht gesehen.«

Jella kannte den Oberkommissar schon seit vielen Jahren. Er war Spezialist im Bereich Wirtschaftskriminalität und Immobilienrecht.

»Ja, ich bin viel unterwegs.«

»Hab schon von deinen Einsätzen gehört. Respekt. Ihr seid ein reines Frauenteam?«

»Das hat sich so ergeben. Passt aber sehr gut.«

»Warum auch nicht«, sagte Jochen Wenzel. »Kann mir gut vorstellen, dass das ganz erholsam ist. Der eine oder andere dumme Spruch der netten Kollegen geht mir auch ziemlich auf den Wecker.« Er lächelte sie an. »Aber deshalb bist du sicher nicht hier.«

»Kannst du dir bitte einmal diesen Immobilienverkauf anschauen?«

»Kein Thema.« Er griff nach der Akte und überflog die Seiten. Nach wenigen Minuten stieß er einen Pfiff aus. »Ist das Grundstück verseucht oder was?«

»Nicht, dass ich wüsste.«

»Dann hat die Dame einen guten Schnitt gemacht. Wer war der Makler? Der hätte doch …« Jochen Wenzel stutzte. »Jetzt verstehe ich. Das ist der Tote, der auf Amrum am Strand gefunden wurde, oder?«

»Richtig. Du siehst also auf einen Blick, dass der Preis zu niedrig ist?«

»Hundertfünfzigtausend – mindestens. Das hängt natürlich auch noch vom Schnitt des Grundstücks ab. Aber nach der Flurkarte zu urteilen, haben da zwei Häuser Platz.«

»Der Makler hätte es also wissen müssen?«

»Wenn er kein absoluter Neuling war. Aber selbst dann erkundigt man sich und weiß nach einer Stunde, was das

Grundstück wert ist. Wieso hat sich der Verkäufer darauf eingelassen?«

»Er hat das Haus von seinem Onkel geerbt, war aber zu der Zeit noch für ein Jahr in den USA. Er hat alles dem Makler übertragen und am Ende nur unterschrieben. Wahrscheinlich war er froh, dass alles so schnell lief.«

»Dumm gelaufen. In solchen Fällen ist es schwierig, dem Makler etwas nachzuweisen. Und in deinem Fall hat sich das ja erübrigt. Mir ist schon klar, warum du fragst. Ein Motiv wäre es schon.«

»Kennst du den Notar, der den Verkauf beurkundet hat?«

»Der sitzt in Kiel. Nein, den kenne ich nicht. Soll ich mich bei den Kollegen vor Ort erkundigen?«

»Das wäre super. Du hast sicher die besseren Kontakte. Rufst du mich an? Oder du kommst einfach vorbei auf einen Kaffee?«

Jochen Wenzel grinste breit. »Darauf kannst du dich verlassen.«

»Hast du etwas über die Käuferin herausgefunden?«, fragte Jella zurück in ihrem Büro.

»Anja Wolters ist achtundachtzig und lebt in Flensburg«, sagte Bala. »Adresse habe ich. Viel mehr war nicht rauszubekommen. Berufstätig war sie nie – ich kann zumindest nichts finden. Sie hat fünf Kinder und ist Witwe.«

»Wolters, der Name kommt mir bekannt vor. Hast du die Vornamen der Kinder?«

»Johannes, Dieter, Ralf und Dirk. Dann gibt es da noch eine Regina.«

»Einen Ralf Wolters kenne ich. Er ist mehrfach vorbestraft. Schau mal, ob es mehr als einen gibt. Wir brauchen alles über Frau Wolters und ihre Kinder. Ich habe da so eine Vermutung.«

Jella betrat das Restaurant, in dem sie sich mit Niklas zu einem späten Mittagessen verabredet hatte. Am Abend zuvor hatte er sich gemeldet, aber Jella war zu müde gewesen, um sich mit ihm zu unterhalten. Schließlich hatte sie sich zu dem Treffen überreden lassen.

Niklas stand auf, kam auf sie zu und umarmte sie. »Danke, dass du gekommen bist.«

Sie setzten sich an den Tisch. »Möchtest du Wein?«

»Nein, Wasser. Ich muss gleich noch einen Zeugen befragen. Den Flensburger Freund von Thomas Böhme.«

»Lassen wir das Berufliche für eine Weile außen vor?«

Jella nickte und griff nach der Speisekarte. Als der Kellner an ihren Tisch trat, bestellte sie einen Salat mit Rinderfiletstreifen und eine Flasche Mineralwasser. Niklas schloss sich an.

»Wie geht es dir?«, fragte er, als sie wieder alleine waren.

»Gut. Eigentlich sogar sehr gut.«

»Das freut mich.«

»Und dir? Wie kommst du mit der Trennung zurecht?«

»Ich kämpfe jeden Tag, aber es war der richtige Schritt«, sagte Niklas.

»Und die Kinder?«

»Sie sind jedes zweite Wochenende bei mir. Ich hole sie ab und bringe sie wieder zurück. Sie machen das prima mit. Wie das auf Dauer wird, muss ich abwarten.«

»Sie wollen bei deiner Frau leben?«

»Darüber habe ich noch nicht mit ihnen gesprochen. Im Moment ist es sicher richtig, wenn sie in der gewohnten Umgebung bleiben.«

Jella nickte. »Wahrscheinlich schon.« Sie dachte an den frühen Verlust ihrer eigenen Eltern und wie er ihr Leben geprägt hatte. Die Angst, wieder etwas Ähnliches zu erleben, hatte sicher auch einen Anteil daran gehabt, dass sie so lange die geheime Affäre akzeptiert hatte.

Sie schwiegen eine Weile. Die Getränke und der Salat wurden serviert. Sie aßen.

»Hat es dir geschmeckt?«, fragte Niklas, der bis jetzt das eigentliche Thema zwischen ihnen geschickt umschifft hatte.

»Ja, danke.« Jella seufzte. »Wir beide wissen, dass wir nicht wegen dem Mittagessen hier sitzen. Es fällt mir schwer, darüber zu sprechen. Aber irgendwann muss es ja sein. Ich wollte dir sagen, dass du nicht auf mich warten sollst. Die Chance, dass wir wieder zusammenkommen, halte ich für sehr, sehr gering.«

Niklas hielt für einen Moment die Luft an. »Aber sie ist da?«

Jella schüttelte den Kopf. »Nein, es ist viel zu spät für uns. Wir haben zu lange gewartet, uns vor einer Entscheidung gedrückt. Ich sage bewusst *wir*, weil ich ein Teil dieser Beziehung war, und ich hätte viel früher äußern müssen, wie es mir damit geht. Die Zeit war verdammt hart und hat tief in mir vieles zerstört, was ich erst langsam wieder aufbaue. Ob es mir gelingt, weiß ich nicht. Aber wenn ich jetzt einen Schritt zurück mache, fängt alles von vorne an, und ich durchbreche den Teufelskreis niemals.« Sie machte eine kurze Pause. »Ich habe dich geliebt, Niklas. Über alles geliebt und mich dabei verloren. Ich mag dich immer noch, aber das bedeutet nicht, dass wir wieder zusammenkommen.«

Niklas schwieg. Jella fragte sich, was er erwartet hatte. Sie war ihm dankbar, dass er sich in den letzten Monaten so zurückgehalten und ihr damit die Zeit gegeben hatte, über ihr Leben und die Zukunft nachzudenken.

»Lass mich frei, Niklas. Glaub mir, das ist jetzt der richtige Schritt. Für uns beide. Ich will dich nicht als Freund verlieren. Meinst du, dass wir das hinbekommen?«

Nach einer gefühlten Ewigkeit nickte er zaghaft. »Ich habe viel über unsere zwei Jahre nachgedacht. Es tut mir leid, was du durchmachen musstest. Ich konnte mich nicht entscheiden. Du musst dir keine Schuld geben. Ich war die treibende Kraft.«

»Wir waren es beide, Niklas. Ich wollte dich genauso wie du mich. Deshalb war mir alles andere egal. Und um ein Haar wäre ich sogar hiergeblieben und hätte die Fortbildung in den Wind geschossen.«

»Ich weiß. Selbst da habe ich noch nicht reagiert.« Er sah sie mit feuchten Augen an. »Gibt es wirklich keine Hoffnung mehr für uns?«

18

Julius Kerksens Zweizimmerwohnung lag in Mürwik im Nordosten der Stadt. Der schlanke Mann Anfang vierzig empfing Jella an der Wohnungstür und bot ihr einen Platz in der Küche an.

»Ich lebe etwas bescheidener als Thomas«, kommentierte er Jellas kurzen Blick in das Wohnzimmer.

»Vielen Dank, dass Sie so spontan Zeit für mich haben«, sagte sie und setzte sich an den kleinen Küchentisch.

»Zeit ist mein geringstes Problem. Ich bin bereits seit drei Monaten krankgeschrieben. Nach einer schweren Corona-Infektion bin ich nicht wieder richtig auf die Beine gekommen. So allmählich geht es aber aufwärts. Ich hoffe sogar, dass ich in zwei Wochen wieder zur Arbeit kann.«

»Was sind Sie von Beruf?«, fragte Jella.

»Ich arbeite als Krankenpfleger im DIAKO-Krankenhaus. Tragisch, der Krankenpfleger ist krank. Aber das ist einigen meiner Kollegen und Kolleginnen so ergangen.«

»Wie lange kennen Sie Herrn Böhme?«

»So einige Jahre. Sechs oder sieben, glaube ich. Wir haben uns beim Handball kennengelernt. Eine Hobbymannschaft. Thomas hatte wirklich Talent.« Er lächelte. »Im Gegensatz zu mir.«

»Und seitdem waren Sie befreundet?«

Julius Kerksen nickte. »Darf ich Sie fragen, was genau passiert ist? Thomas ist doch nicht ertrunken, oder?«

»Nein. Es geht um ein Tötungsdelikt. Mehr darf ich Ihnen leider nicht sagen.«

»Mord?« Kerksen schüttelte den Kopf. »Was für ein trauriges Ende. Thomas war manchmal ein schwieriger Zeitgenosse, aber so zu enden ist wirklich schlimm.«

»Schwierig?«

»Ja, er war nicht sehr beliebt in der Mannschaft. Aber nicht, dass Sie jetzt denken, es hätte dort richtige Probleme gegeben, die gar zu einem Mord geführt hätten. Thomas war ein unsicherer Mensch, der das mit seinem aufgeblähten Selbstbewusstsein auszugleichen suchte. Erfolgreich im Beruf, erfolgreich bei Frauen, tolle Wohnung in bester Lage, der Mann, der selbstlos Menschen aus dem Meer rettet. Ach, sein Auto habe ich vergessen. Schicker SUV für viel Geld. Aber das alles macht nun mal nicht glücklich.« Julius Kerksen senkte den Kopf und schien einen Moment zu überlegen. »Sie wissen, dass Thomas spielsüchtig war?«

»Einige Zeugen haben das erwähnt«, sagte Jella.

»Eigentlich hatte er das im Griff, aber wie das so ist mit einer Sucht, sie kann jederzeit wieder die Oberhand über einen Menschen gewinnen. Es ist ein ständiger Kampf mit sich selbst. Wenn man da nicht an die Ursachen rangeht und etwas in seinem Leben ändert, hat man kaum eine Chance.«

»Hat Herr Böhme in den letzten Monaten wieder gespielt?«, fragte Jella.

»Davon gehe ich aus. Gesprochen haben wir darüber nicht, aber ich kannte inzwischen die Anzeichen. Dieses Mal schien es ein richtig harter Rückfall zu sein. Jetzt kam hinzu, dass ich durch die Folgen der Corona-Infektion ziemlich aus der Bahn geworfen war und wir uns nur selten gesehen haben. Ich hatte keine Kraft, mich auch noch mit ihm zu beschäftigen. Aber ich hätte es trotzdem versuchen müssen.«

Er sah auf. »Der Mord kann doch nur etwas mit diesen schrecklichen Menschen zu tun haben, auf die Thomas sich da eingelassen hat. Oder?«

»Wir stehen noch ganz am Anfang unserer Ermittlungen«, wich Jella der Frage aus. »Hat Herr Böhme Ihnen erzählt, in welchen Kreisen er verkehrt ist?«

»Sie meinen Namen? Nein, die hätte Thomas mir nie genannt. Er hatte Angst vor diesen Leuten, das habe ich ganz deutlich gespürt. Und ich weiß, dass er dringend Geld brauchte.«

»Wollte er sich bei Ihnen etwas leihen?«

Julius Kerksen lachte kurz auf. »Schauen Sie sich doch um. Woher nehmen und nicht stehlen? Ich bin seit fünf Jahren geschieden und unterstütze meine Ex-Frau finanziell. Wir haben ein gemeinsames Kind, das bei unserer Trennung erst zwei Jahre alt war. Luise, meine Ex-Frau, studiert inzwischen an der Hochschule und hat bald ihren Abschluss in Betriebswirtschaft geschafft. Da bleibt nicht viel Geld für mich übrig. Und zum Verleihen schon gar nicht.«

»Aber Sie wussten um die Geldprobleme Ihres Freundes?«

»Ja. Auch das hat er mir nicht direkt gesagt, aber ich bin mir ziemlich sicher, dass er Schulden hatte. Thomas war bedrückt und zweifelte an sich und der Welt. Das waren depressive Phasen, die immer mit hohen Verlusten bei seinen Spielattacken einhergingen. Dieses Mal schien es aber besonders schlimm zu sein.« Er rieb sich die Nase. »Vielleicht war da aber noch etwas anderes, was ihm Sorgen machte. Ich bin kein Psychotherapeut, sondern nur sein Freund gewesen.« Er hielt kurz inne. »Wissen Sie, wer sich um die Beerdigung kümmert?«

Auf der Fahrt zurück ins Kommissariat meldete sich Jochen Wenzel bei Jella.

»Hast du etwas für mich?«, fragte sie.

»Der Notar in Kiel ist bei unseren Kollegen kein Unbekannter. Der Name ist schon häufiger aufgetaucht bei dubiosen Immobilienverkäufen und anderen notariellen Verträgen. Nachweisen konnten wir dem Herrn bisher nichts. Es ist übrigens sinnlos, ihn befragen zu wollen. Freiwillig spricht er nicht mit uns. Da musst du schon etwas gegen ihn in der Hand haben.«

»Über den Notar kommen wir nicht weiter, das war mir schon klar. Trotzdem gut zu wissen, was er für einen Ruf hat. Danke dir, Jochen. Du hast was gut bei mir.«

Jella parkte im Hof der Polizeidirektion, begrüßte ein paar Kollegen, mit denen sie in einer SoKo zusammengearbeitet hatte, und schaute kurz bei Kriminaloberrat Sörensen vorbei, bevor sie zu Bala ins Büro kam.

Nach ihrem ausführlichen Bericht fragte sie Bala, was sie zur Familie Wolters gefunden hatte.

»Das scheint mir eine sehr nette Familie zu sein. Schon der inzwischen verstorbene Vater war in den Siebziger- und Achtzigerjahren eine große Nummer im Flensburger Rotlichtmilieu, seine Söhne, allen voran Ralf Wolters, haben ihm nachgeeifert. Bis auf Johannes Wolters sind alle vorbestraft. Schwere Körperverletzung ist da noch das geringste Delikt. Drogenkriminalität, Förderung der Prostitution, Betrug und illegales Glücksspiel. Es wäre ein sehr großer Zufall, wenn Thomas Böhme gerade der Mutter der Familie zu so einem guten Geschäft verholfen hätte und das nichts mit Spielschulden zu tun gehabt hätte.«

»Die Frage ist, wie viele Schulden er bei den Wolters hatte, aber das werden uns die uns wohl kaum auf die Nase binden.«

»Sicher nicht«, stimmte ihr Bala zu.

»Wir sollten Fotos der drei vorbestraften Brüder in den Akten haben. Die schicken wir zu Michael Möller nach Amrum. Er und seine Kollegen sollen prüfen, ob einer von ihnen zur fraglichen Zeit auf der Insel war.«

»Gute Idee. Ich mache das fertig und verschicke es gleich.«

Jella sah auf die Uhr. »Ich schreibe gleich das Befragungsprotokoll. Hast du etwas von Kim gehört?«

»Nein, keinen Ton.«

In diesem Augenblick vibrierte Jellas Handy. Auf dem Display wurde angezeigt, dass eine Nachricht von Kim eingetroffen war. Jella öffnete sie und las. »Kim kommt erst am Montag nach Flensburg«, sagte Jella mit Blick auf ihre Kollegin.

»Hat sie …«

»Nein, keine Begründung.«

»Klingt nicht gut«, murmelte Bala. »Überhaupt nicht gut.«

Jella stellte das Auto in der Straße ab, in der Ralf Wolters wohnte. Im Internet hatte sie auf dem Satellitenfoto das Haus gefunden. Ein zweistöckiger Flachdachbungalow mit großem Gartenbereich, der vom Stil her in den letzten Jahren gebaut worden sein musste.

Sie lief an dem hohen Metallzaun vorbei, der das Grundstück zur Straße hin abgrenzte. Der Eingangsbereich war videoüberwacht, die Einfahrt mit einem automatischen Tor gesichert. Hinter dem Zaun waren hohe Büsche und Bäume gepflanzt worden, die den Blick aufs Haus fast vollständig verdeckten.

Am Ende der Straße ging Jella nach rechts und nahm die

Parallelstraße zurück zu ihrem Dienstwagen. Es ergab keinen Sinn, das Haus vom Auto aus zu observieren. In dem Wohngebiet würde sie zu schnell auffallen und die Aufmerksamkeit auf sich ziehen. Nach einem Blick auf die Karte entschloss sie sich, an der nächstgrößeren Straße Position zu beziehen. Wenn Ralf Wolters Richtung Innenstadt fahren würde, war die Wahrscheinlichkeit groß, dass er an ihr vorbeikommen würde. Im Büro hatte sie die Nummernschilder der drei Fahrzeuge, die auf seinen Namen angemeldet waren, notiert und wusste, um welche Typen es sich handelte.

Jella schob den Fahrersitz nach hinten und streckte ihre Beine aus. Sollte Wolters bis um Mitternacht nicht aufgetaucht sein, würde sie die Observation abbrechen.

Ihr Handy vibrierte und zeigte einen Anruf von David an.

»Zurück von Amrum?«, fragte sie.

»Ja, ich bin heute Morgen mit der ersten Fähre gefahren. Und habe sogar schon gearbeitet. Und bei dir? Feierabend?«

»Leider nein.«

»Bist du im Büro?«

»David, du weißt doch, dass ich nicht über meine Arbeit sprechen darf. Du störst mich nicht, es könnte aber sein, dass ich schnell auflegen muss. Also nicht wundern.«

»Daran muss ich mich wohl noch gewöhnen. Ich darf aber ja auch nicht richtig viel über meine Arbeit erzählen. Dann müssen wir wohl andere Themen finden.«

»Wie wäre es mit dem Wetter?«, fragte Jella mit ernster Stimme.

»Das eignet sich immer gut.«

Jella musste unwillkürlich schmunzeln.

»Ich vermisse dich. Schon seit wir uns auf Amrum getrennt haben.«

Jella schwieg. Sie hatte selbst mehrmals am Tag an David denken müssen und war kurz davor gewesen, ihn anzurufen.

»Sorry«, fuhr er fort. »Ich will dich nicht unter Druck setzen, aber es passiert wohl immer wieder.«

»Alles gut«, sagte Jella. »Machst du nicht. Ich kann damit umgehen. Und ein ganz klein wenig habe ich dich auch vermisst.«

Dieses Mal schwieg David.

»Vielleicht hast du ja am Samstag Zeit. Oder am Sonntag. Wir könnten einen schönen Spaziergang an der Förde machen.«

»Ich bin dabei. An der Förde? Hast du ein bestimmtes Ziel?«

»Kennst du die Halbinsel Holnis?«, fragte Jella.

»Vom Namen, ja. Ich war aber noch nie dort. Hast du mir nicht mal erzählt, dass deine Oma dort wohnt?«

»Das ist richtig und ich bin da aufgewachsen. Ich glaube, Deetje würde dich gerne kennenlernen.«

»Ich komme gerne mit. Sehr gerne sogar.«

»Sie ist sehr kritisch. Also kämm deine Haare und sei nett zu ihr.«

David lachte. »Das bin ich doch immer. Mit den Haaren könnte es allerdings schwierig werden. Die machen, was sie wollen.«

»Dafür finden wir eine Lösung. Und so streng ist meine Oma auch wieder nicht. Im Gegenteil: Sie ist der liebste Mensch auf der Erde. Ohne sie wäre ich untergegangen.«

»Sie weiß von mir?«

»Ja, sie wusste auch über Niklas Bescheid. Ich habe keine Geheimnisse vor ihr.«

»Du hast ihr hoffentlich nur Gutes über mich erzählt.«

»Ich kann mich nicht mehr so ganz genau erinnern.«

»Dann kann es ja nicht so schlimm gewesen sein«, erwiderte David und klang zufrieden.

Gegen zweiundzwanzig Uhr hatte sich immer noch nichts getan. Entweder hatte Ralf Wolters das Haus auf einem anderen Weg verlassen oder er saß zu Hause vor dem Fernseher.

Nach dem Gespräch mit David hatte Jella bei ihrer Großmutter Deetje angerufen und sich für Sonntag angekündigt.

Auf dem Handydisplay tauchte eine Nachricht auf. Kim fragte, ob sie noch stören könne.

Jella wählte ihre Nummer. »Hallo, Kim.«

»Hallo, Jella. Ich wollte mich noch kurz melden. Vorhin war keine Zeit, um länger zu schreiben.«

»Bala und ich kommen schon zurecht. Nimm dir den Tag frei. Wir sehen uns dann spätestens am Montag.«

»Danke.« Sie räusperte sich. »Es ist gerade nicht so einfach.«

»Bala hat es angedeutet.«

»Es ist sogar verdammt schwierig. Im Moment weiß ich nicht mehr, wie es weitergehen soll.«

»Wenn du mehr Zeit brauchst, bekommen wir das auch hin«, sagte Jella.

»Nein, die drei Tage reichen. Ich bin ganz bestimmt am Montag in Flensburg. Ihr könnt euch auf mich verlassen.«

19

Kurz vor dreiundzwanzig Uhr sah Jella den Porsche Cayenne im Rückspiegel. Sie stellte ihren Sitz zurück in Position und wartete, bis der SUV an ihr vorbeigefahren war und sie das Kennzeichen erkannt hatte. Dann startete sie den Motor und folgte Wolters.

Der Porsche fuhr Richtung Innenstadt. Jella achtete darauf, genügend Abstand zu halten, musste aber hin und wieder zu dem Fahrzeug aufschließen, um nicht vor einer roten Ampel zurückzubleiben.

Kurz vor der Innenstadt bog Wolters in eine Seitenstraße ab, Jella ließ sich zurückfallen und wartete einige Sekunden, bevor sie ihm folgte. Als sie schließlich in die Straße einfuhr, sah sie den Porsche auf einen Innenhof abbiegen. Sie suchte sich einen Parkplatz und ging zu Fuß weiter.

Etwa dreißig Meter von der Einfahrt entfernt drängte sie sich in ein Vorgartengebüsch und hockte sich auf die Erde. Die Straßenlaterne, die direkt neben der Hauseinfahrt stand, gab ausreichend Licht, um mit Balas hochwertiger Kamera Fotos zu machen. Als sie Bala am Nachmittag danach gefragt hatte, hatte ihre junge Kollegin einen Moment gezögert, aber schließlich zugestimmt. Vermutlich war ihr klar gewesen, was Jella plante, und sie hatte geahnt, dass Jella sie nicht in die nicht mit der Staatsanwaltschaft abgesprochene Observation mit hineinziehen wollte.

Bis kurz vor Mitternacht blieb es still in der Straße. Nur

hin und wieder fuhr ein Fahrzeug vorbei, doch keines hielt an. Als ein Taxi in die Straße einbog, griff Jella nach der Kamera und schoss sicherheitshalber ein Foto von dem Nummernschild. Der Wagen hielt drei Häuser vor der Hauseinfahrt. Ein Mann Anfang vierzig stieg aus, blieb stehen, bis das Taxi weitergefahren war, und ging schließlich auf die Einfahrt zu. Jella wartete, bis er den Bereich der Straßenlaterne erreichte, schoss mehrere Fotos und hielt kurz die Luft an, als der Mann zwischen den Häusern verschwand.

Kurz darauf ging ein weiterer Mann durch die Straße. Jella schoss Fotos, als er in den Lichtkegel der Laterne kam und dem ersten Mann folgte. Wenige Minuten später hielt ein SUV in der Straße, zwei Männer stiegen aus und nahmen den gleichen Weg wie ihre Vorgänger.

Als es wieder ruhig war, kontrollierte Jella die Fotos. Sollte sie wirklich so viel Glück haben und auf Anhieb auf eine illegale Pokerrunde gestoßen sein? Oder trafen sich hier Männer aus einem anderen Grund? Keiner von ihnen war Jella bekannt vorgekommen.

Sollte sie die Kollegen rufen und auf eine Durchsuchung des Hauses drängen? Dafür gab es zu wenige Anhaltspunkte. Auf Gefahr im Verzug konnte sie sich nicht berufen, nur weil sich fünf Männer um Mitternacht in einem Haus nahe der Innenstadt trafen.

Selbst wenn das Gebäude gestürmt würde, wäre es unwahrscheinlich, dass sie Beweise finden würden. Eine Pokerrunde war in Sekunden aufgelöst und niemand der Teilnehmer würde bereit sein, auszusagen. Es musste einen anderen Weg geben, um an Ralf Wolters heranzukommen. Immerhin hatte sie die Nummernschilder der mutmaßlichen Teilnehmer der Runde. Das Taxi war die zweite Spur.

Vorsichtig kroch sie aus ihrem Versteck und hatte bald einen direkten Blick auf das Haus im Innenhof, vor dem Wolters' SUV und ein weiteres Fahrzeug standen. Im Erdgeschoss waren alle Rollläden heruntergelassen, im ersten Stock brannte in keinem der Zimmer Licht. Sie wollte sich gerade abwenden, als ein Rollladen sich langsam nach oben bewegte. Schnell suchte sie Schutz an einer nicht einsehbaren Stelle. Als das Surren des Rollladens endete, hörte Jella, wie ein Fenster geöffnet wurde. Sie wartete einige Sekunden, ging dann in die Hocke und spähte zum Haus im Hinterhof. Das Fenster war weit geöffnet, im Zimmer stand ein runder Tisch, um den fünf Männer saßen, die Spielkarten in den Händen hielten. Neben jedem der Männer lagen kleine Geldstapel. Jella zog reflexartig die Kamera hoch und schoss eine Reihe von Fotos, bevor sie wieder hinter der Hausecke verschwand. Sie kontrollierte die Aufnahmen und stellte erleichtert fest, dass keiner der Männer in ihre Richtung geschaut hatte.

»Um diese Uhrzeit wollen Sie das wissen?«, fragte die Frau in der Taxizentrale. »Darf ich noch einmal Ihren Ausweis sehen?«

Jella hatte die Frau kurz zuvor telefonisch gebeten, ihr die Tür zu öffnen. Jetzt musterte diese den Ausweis und nickte schließlich. »Kommen Sie rein. Ich schau nach, welcher Wagen das war.«

Sie folgte der Frau in ihr Büro und hörte, wie sie einem Kollegen per Funk die Adresse durchgab. Schließlich bekam sie den Namen des Fahrers, der den Mann in die betreffende Straße gebracht hatte.

»Wenn Sie noch kurz warten, sollte Dennis hier auftauchen. Gleich ist Schichtwechsel.«

Zehn Minuten später erfuhr sie von dem jungen Mann,

wo er seinen Gast abgeholt hatte. »Keine Ahnung, ob der Typ da wohnt. Er hat nicht viel geredet, außer mir die Straße genannt, in die er gebracht werden wollte. Nicht mal eine Hausnummer wusste ich. Er würde mir schon sagen, wann ich halten solle. Mehr weiß ich wirklich nicht.«

Jella bedankte sich, fuhr zur Polizeidirektion, wo sie ihren Dienstwagen abstellte, und legte anschließend die wenigen Meter zu ihrem kleinen Haus zu Fuß zurück.

»Guten Morgen«, begrüßte Bala sie am nächsten Tag und warf ihr einen erstaunten Blick zu. »Hast du gar nicht geschlafen?«

»Nur ein paar Stunden.« Sie legte Bala vier Ausdrucke der Fotos vor.

»Ist es das, was ich vermute?«, fragte Bala.

»Davon müssen wir ausgehen.« Jella tippte auf ein Foto, auf dem ein Ausschnitt vom Tisch zu sehen war. »Nach Spielgeld sieht das nicht aus.«

»Wow! Wie bist du da drangekommen?«

»Glück. Ganz viel Glück sogar.« Sie berichtete Bala von ihrem nächtlichen Ausflug und ihrem Besuch in der Taxizentrale. »Der Staatsanwalt hat die Observation nachträglich abgesegnet«, erklärte Jella und zog ein weiteres Foto aus der Mappe. »Das ist ein gewisser Alexander Lützow. Erkennst du ihn?«

Bala verglich das Passfoto mit den Männern am Tisch. »Er sieht etwas älter aus, aber das«, Bala zeigte auf einen der Männer, dessen Gesicht gut zu erkennen war, »sollte er sein. War er wirklich so dämlich und hat sich von zu Hause abholen lassen?«

»Sieht ganz danach aus. Der Staatsanwalt hat bereits eine Vorladung ausgestellt.« Jella zog das nächste Blatt aus der

Mappe. »Wir werden ihn gleich zur Vernehmung abholen. Mich interessieren die Männer der Pokerrunde nicht. Wir brauchen aber eine Aussage, um Ralf Wolters festnageln zu können.«

»Wo arbeitet Lützow?«

»Er ist Geschäftsführer einer Baumarktkette, die sein Vater vor dreißig Jahren gegründet hat. Der Senior hat immer noch alles in der Hand.« Jella sah auf die Uhr. »Lützow wird gleich von zwei uniformierten Kollegen abgeholt. Wir haben noch etwas Zeit, um an unserer Strategie zu feilen.«

»Guten Morgen, Herr Lützow«, begrüßte Jella Alexander Lützow, der mit bleichem Gesicht im Vernehmungszimmer saß.

Jella und Bala setzten sich, Jella aktivierte die Aufnahme, klärte Lützow über seine Rechte auf und fügte hinzu: »Sie können gerne Ihren Anwalt hinzuholen.«

Alexander Lützow schüttelte den Kopf. »Im Moment nicht.«

Jella legte ihm ein Foto von Thomas Böhme vor. »Kennen Sie diesen Mann?«

Lützow beugte sich vor, zögerte kurz, verneinte aber die Frage.

»Wo haben Sie sich gestern um Mitternacht aufgehalten?«

»Zu Hause. Ich habe geschlafen.«

»Kann das jemand bezeugen?«

»Nein, meine Frau ist mit ihrer Freundin zwei Wochen verreist.«

»Wir haben die Aussage eines Taxifahrers, der Sie abgeholt und in die Ludwigstraße gefahren hat.«

Alexander Lützow schwieg.

»Wir können gerne eine Gegenüberstellung organisieren, Herr Lützow. Möchten Sie das?«

»Nein.«

»Was haben Sie um Mitternacht in der Ludwigstraße gemacht?«

»Einen Freund besucht«, sagte Alexander Lützow.

»Wie heißt er?«

Lützow zögerte lange, bevor er aufsah. »Es ist eine Frau. Sie verstehen sicher, dass ich sie nicht in Verlegenheit bringen möchte.«

Jella zog eins der Fotos aus der Mappe, auf dem Lützow gut zu erkennen war. »Erinnern Sie sich vielleicht jetzt?«

Die restliche Farbe wich aus Lützows Gesicht. Er atmete schwer und sah Jella mit flehendem Blick an. »Das war eine einmalige Sache. Ein Freund hat mich eingeladen. Ich spiele sonst nicht.«

»Wie lange waren Sie in dem Haus in der Ludwigstraße?«

Er zuckte mit den Schultern. »Nicht lange.«

»Ihnen ist bekannt, dass illegales Glücksspiel verboten ist und mit bis zu sechs Monaten Haft bestraft werden kann?«

Alexander Lützow schwieg. Jella konnte ihm aber den Schreck ansehen. Seine Unterlippe zitterte leicht und die Augenlider flatterten.

»Sollten Sie voll und ganz mit uns kooperieren, könnte aber unter Umständen von einer Strafverfolgung abgesehen werden.«

Lützow sah auf. »Wie meinen Sie das?«

»Wie ich es gesagt habe. Sie kooperieren voll und ganz mit uns und stellen sich als Zeuge zur Verfügung. Uns geht es um die Hintermänner des illegalen Glücksspiels.«

»Wer garantiert mir die Straffreiheit?«, fragte Alexander Lützow.

»Die Staatsanwaltschaft. Dr. Niklas Oehler, der zuständige Staatsanwalt, weiß über das Angebot Bescheid.«

Alexander Lützow ließ sich Zeit für seine Antwort. »Ich möchte doch mit meinem Anwalt sprechen.«

20

Drei Stunden später saßen Jella und Bala mit dem Staatsanwalt Niklas Oehler zusammen und gingen die Vernehmung durch.

Nachdem Alexander Lützow lange mit seinem Anwalt unter vier Augen gesprochen hatte, gab er zu Protokoll, an einem illegalen Glücksspiel teilgenommen zu haben. Ein Freund habe ihm den Tipp gegeben und auch den Zeitpunkt genannt, zu dem er im Haus in der Ludwigstraße erscheinen sollte. Er beteuerte, niemanden aus der Runde zu kennen, alle hätten sich nur mit Vornamen angesprochen, an die sich Lützow aber nicht erinnere. Wer die Pokerrunde organisiert hatte, wusste er angeblich nicht.

»Ich würde vorschlagen, dass der Fall Lützow von den Kollegen weiterverfolgt wird«, sagte Niklas. »Es sieht nicht danach aus, als sei Alexander Lützow an einem Deal interessiert.«

»Wir brauchen ihn aber, um an Wolters heranzukommen«, widersprach Jella. »Sollte Wolters etwas mit Thomas Böhmes Tod zu tun haben, ist das unsere einzige Chance, ihn unter Druck zu setzen.«

»Glaubst du wirklich, dass du so an Ralf Wolters herankommst?«, fragte Niklas. Jella und Niklas Oehler hatten sich bereits vor Monaten darauf verständigt, sich auch im Beisein von Kollegen zu duzen. Jella wollte auf keinen Fall wieder in eine Situation kommen, die der ihrer zweijährigen geheimen Beziehung ähnelte.

»Das kann ich jetzt noch nicht sagen.« Aber Jella wusste, dass Niklas recht hatte. Böhmes Ermordung war eine ganz andere Hausnummer als die Organisation einer illegalen Pokerrunde. »Zumindest hätten wir einen Einstieg«, versuchte sie es zum letzten Mal.

»Die Kollegen kennen sich in diesem Bereich besser aus. Ich glaube kaum, dass Lützow Ralf Wolters warnen wird. Er hofft auf einen Strafbefehl, von dem letztlich niemand erfahren muss.«

»Wird es keinen Prozess geben?«, fragte Bala, die sich bisher zurückgehalten hatte.

»Sollten keine weiteren belastenden Fakten auftauchen, wird es wohl dabei bleiben. Das weiß auch sein Anwalt und deshalb wird er ihm den Rat gegeben haben, das eine Mal zuzugeben und ansonsten den Mund zu halten.«

»Und die anderen Teilnehmer der Runde?«, fragte Jella.

»Da kümmern sich auch deine Kollegen drum. Eventuell können sie anhand der Fotos identifiziert werden und sind auskunftswilliger als Lützow. Das Haus wird observiert werden, und sollte es dort eine weitere Runde geben, schlagen wir zu. Mit Glück ist wieder Wolters vor Ort. Dann können wir immer noch weitersehen, was er zum Amrum-Fall zu sagen hat.«

Sie diskutierten noch eine Weile, bevor Niklas Oehler sich verabschiedete.

»Und jetzt?«, fragte Bala.

»Der Staatsanwalt hat recht. Die Sache würde uns nicht nur schnell über den Kopf wachsen, sondern hilft uns letztlich auch nicht weiter in unserem Fall.«

»Und die Käuferin der Immobilie – also Frau Wolters –, wäre ihre Vernehmung nicht der nächste Schritt?«

»Ich glaube nicht, dass sie überhaupt weiß, was sie da unterschrieben hat. Und sollten wir sie vorladen, werden wir schnell ein ärztliches Attest bekommen, dass sie nicht vernehmungsfähig ist. Das hält uns nur auf. Die Kollegen der Wirtschaftskriminalität übernehmen den Fall.«

»Also bleibt uns nur der Verkäufer.« Bala schaute in ihre Notizen. »Wie war noch gleich sein Name? Martin Lange. Er wird ja wohl kaum abstreiten können, Böhme gekannt zu haben.«

Jella stand auf. »Haben wir die Adresse?«

Ein Mann Mitte dreißig öffnete ihnen die Wohnungstür und sah sie fragend an. Jella stellte sich und Bala vor und bat um ein Gespräch.

»Um was geht es?«, fragte Lange mit misstrauischer Miene.

»Können wir reinkommen oder wollen Sie lieber das Gespräch auf dem Kommissariat führen?«

Martin Lange schien kurz zu überlegen, wie er sich verhalten sollte, öffnete aber schließlich die Tür. Sie setzten sich im Wohn- und Essbereich der Zweizimmerwohnung an einen Tisch.

»Worum geht es denn jetzt?«, fragte Lange.

»Thomas Böhme ist am Montag dieser Woche tot auf Amrum aufgefunden worden«, sagte Jella und ließ Lange nicht aus den Augen. Er erstarrte für einen Moment, schien sich aber schnell wieder im Griff zu haben.

»Und was hat das mit mir zu tun?«

»Sie kannten Herrn Böhme?«, fragte Jella.

Martin Lange rollte mit den Augen. »Das wissen Sie doch längst. Sonst wären Sie nicht hier. Dieser Mann hat das Haus meines Onkels verkauft. Natürlich in meinem Auftrag. Allerdings war ich zu der Zeit in den USA und habe dort an einem Projekt gearbeitet. Um es kurz zu machen: Böhme hat mich übers Ohr gehauen. Zwar war das Haus abbruchreif, aber das Grundstück war erheblich mehr wert, als ich letztlich dafür bekommen habe. Dumm gelaufen, ich weiß. Und jetzt ist der Idiot auch noch tot. Ermordet, nehme ich mal an, oder?«

»Idiot?«, fragte Jella.

»Wie soll ich ihn sonst bezeichnen? Betrüger, Gauner, Arschloch. Wen soll ich denn jetzt verklagen?«

»Hatten Sie das vor?«, fragte Bala.

»Natürlich hatte ich das vor. Was denken Sie denn?«

»Gab es denn eine Chance?«, fragte Bala weiter. »Nach unserer Information wäre eine Klage auch wenig erfolgversprechend gewesen, wenn Böhme noch lebte. Sie haben den Vertrag unterschrieben, ein Notar hat das beurkundet.«

»Die Hoffnung stirbt zuletzt. Sagt man das nicht so?« Er hielt inne. »Kann ich denn jetzt die Erben von dem Mann verklagen?«

»Das müssen Sie mit Ihrem Anwalt klären«, übernahm wieder Jella. »Wann haben Sie Herrn Böhme zum letzten Mal getroffen?«

Martin Lange lachte auf. »Das ist jetzt nicht Ihr Ernst, oder? Wollen Sie mir einen Mord anhängen? Vergessen Sie es.«

»Wären Sie so freundlich und beantworten meine Frage?«

»Keine Ahnung. Ich war ein paar Mal bei dem Typen im Büro und habe Klartext gesprochen. Deshalb sind Sie doch auch hier. Ja, ich bin lauter geworden, sogar sehr laut. Und das tut mir ganz bestimmt nicht leid. Dieser Mensch hat mich skrupellos ausgenommen. Er wusste, wenn ich erst mal unterschrieben habe, wird es verdammt schwer, ihm einen Betrug nachzuweisen. Da ist doch was falsch in diesem System, wenn der das einfach so durchziehen kann. Oder sehen Sie das etwa anders?«

»Wann haben Sie Herrn Böhme das letzte Mal getroffen?«, wiederholte Jella ihre Frage.

»Weiß ich nicht mehr so genau. Ja, ich war nicht nur in seinem Büro, sondern auch bei seiner Wohnung. Er hat mich natürlich nicht in sein Luxusteil reingelassen, dieses Arschloch.«

»Wann war das?«

»Keine Ahnung. Vor einem Monat oder so.«

»Wo haben Sie sich am Sonntag und Montag dieser Woche aufgehalten?«

»Ich war unterwegs. Brauchte eine kleine Luftveränderung.«

»Unterwegs? Was bedeutet das?«

»Ich habe einen kleinen Camper. Damit fahre ich manchmal einfach so durch die Gegend und übernachte da, wo ich gerade bin. Ist auch praktisch.«

»Und wo waren sie an diesen beiden Tagen?«

»Habe ich nicht so genau drauf geachtet. Hier und da. An der Ostseeküste und an der Nordsee glaube ich auch. Ich musste Dampf ablassen.« Martin Lange verzog sein Gesicht. »Jedenfalls nicht in der Nähe von Böhme. Was hätte ich auch bei diesem Idioten gewollt? Ich gebe ja zu, dass mein Anwalt mir wenig Hoffnung gemacht hat, dass ich einen Prozess gegen diesen Betrüger gewinnen könnte.«

»Sie wissen also nicht, wo genau sie an den beiden Tagen waren?«, fragte Jella.

»Habe ich das nicht schon gesagt?«

Nach einer weiteren Viertelstunde brach Jella die Befragung ab. Lange begleitete sie bis zur Wohnungstür und nickte ihnen lediglich zum Abschied zu.

»Er weiß nicht, wo er war?«, sagte Bala, als sie im Auto zurück zum Kommissariat fuhren. »Das ist doch Bullshit. Will der uns verarschen?«

»Wusste Lange von Böhmes Tod oder nicht?«, fragte Jella.

»In den Medien kam ja noch nicht viel. Erschrocken war er, als du ihm das erzählt hast.«

Die Staatsanwaltschaft hatte bisher nur eine kurze Pressemitteilung herausgebracht, in der von einem ungeklärten Todesfall auf Amrum die Rede war. Die eigentliche Pressekonferenz war für Mittwoch der kommenden Woche vorgesehen.

»Das schien mir auch so«, sagte Jella. »Aber wir schicken trotzdem gleich ein Foto von Lange nach Amrum. Vielleicht war er auf der Insel.«

»Hätte sich Böhme mit ihm mitten in der Nacht am Strand getroffen? Kann er der Unbekannte aus der Strandbar sein?«, überlegte Bala. »Wohl kaum, oder?«

»Darüber habe ich auch schon die ganze Zeit nachgedacht.«

Zurück im Kommissariat fand Jella eine Mail-Nachricht von Jochen Wenzel. Er hatte sich bei seinen Kollegen nach Thomas Böhme erkundigt. Keiner von ihnen hatte den Namen in Zusammenhang mit möglichen Straftaten bringen können. Jella bedankte sich bei ihm.

»Hast du gesehen, dass gerade Böhmes Handydaten gekommen sind?«, fragte Bala, die an der Auswertung der Mobilfunkdaten in der Wittdüner Funkzelle für Sonntag zwischen zweiundzwanzig und vier Uhr arbeitete. Auf dreißig DIN-A4-Seiten waren unzählige Nummern verzeichnet. Da eine Zuordnung zu den Handynutzern Wochen dauern würde, hatte Jella vorgeschlagen, sich auf die Zeit kurz vor und kurz nach Mitternacht zu konzentrieren.

Jella schüttelte den Kopf. »Nein, habe ich noch nicht gesehen. Aber dann habe ich ja jetzt etwas zu tun.« Jella öffnete die Datei und ging eine Handynummer nach der nächsten durch. Insgesamt hatte Thomas Böhme in den letzten drei Monaten mit fünfundachtzig unterschiedlichen Personen telefonischen Kontakt gehabt. Jella konzentrierte sich auf die Telefonate während Böhmes Zeit auf Amrum. Sie sortierte zunächst alle Anrufe ins Flensburger Büro und zu den Handys der beiden Mitarbeiter aus und reduzierte die Zahl dadurch auf fünfzehn Nummern, die sie nach und nach Personen zuordnete. Am Ende blieben zwei Nummern übrig, von denen eine zu einem nicht registrierten Prepaid-Handy gehörte.

Mit Tomke Friedrichs hatte Thomas Böhme fünfmal Kontakt gehabt. Zwei der Gespräche fielen in die ersten beiden Wochen seines Amrum-Aufenthaltes und hatten jeweils eine Dauer von über einer Stunde. Die drei weiteren Anrufe hatten alle in der Woche vor Böhmes Tod stattgefunden und zwischen zwanzig Sekunden und drei Minuten gedauert.

»Tomke Friedrichs hat uns angelogen«, sagte Jella, als Bala ihr einen Becher Kaffee reichte. Sie deutete auf die markierten Telefonverbindungen.

»Wer hat angerufen?«, fragte Bala.

»Böhme die beiden ersten Male. Die drei Telefonate in der Woche vor Böhmes Tod gingen von Tomke Friedrichs aus.«

»Tomke Friedrichs wird wieder eine Ausrede haben. Kommen wir damit weiter?«

»Fünf Anrufe, einmal ist Friedrichs beim Rettungsschwimmer-Haus gewesen, mindestens einmal haben sie sich in der Strandbar getroffen. Macht schon sieben Kontakte. Wahrscheinlich sind es noch mehr. Auf Messenger-Nachrichten können wir ja leider nicht zugreifen.«

»Gut, spielen wir es doch einmal durch«, sagte Bala. »Tomke hat – zumindest in den Wochen vor Böhmes Tod – ziemlich intensiven Kontakt zu Böhme. Warum?«

»Es muss Gesprächsbedarf gegeben haben. Gehen wir einmal davon aus, dass die beiden eine Affäre hatten. Tomke Friedrichs hat ein zweijähriges Kind und kann nicht einfach mal nach Flensburg fahren und dort auch noch übernachten.«

»Ausschließen kann man es nicht, aber es ist eher unwahrscheinlich.«

Jella nickte. »Also bleibt nur, dass Böhme nach Amrum gekommen ist. Er hat dort aber keine Wohnung. Bleibt nur ein Hotel. Würde das auf so einer kleinen Insel funktionieren? Es gibt doch nicht einmal zehn Hotels auf Amrum, die allesamt nur eine überschaubare Anzahl von Zimmern haben. Thomas Böhme und Tomke Friedrichs wären ganz schnell Gefahr gelaufen, dass jemand vom Hotelpersonal etwas merkt und tratscht.«

»Ganz schwierig also«, sagte Bala. »Aber nicht unmöglich. Böhmes Aufenthalt auf Amrum ist ja nachvollziehbar. Er besucht seine Großmutter. Da würde wohl kaum jemand Verdacht schöpfen. Tomke Friedrichs müsste dann nur unerkannt ins Hotel gekommen sein.«

»Die Tochter ist vormittags in der Krippe, ihr Mann ist häufig auf Föhr oder dem Festland. Vielleicht haben sie sich bei ihr getroffen. Trotzdem werden wir nächste Woche die Hotels und Pensionen abklappern müssen.«

»Gibt es weitere Auffälligkeiten?«, fragte Bala.

»Martin Lange war ein eifriger Anrufer. Allerdings hat Böhme von den dreißig Anrufen der letzten Monate nur vier angenommen.«

»Kannst du mir seine Nummer schicken, ich gleiche das mit den Nummern auf meiner Liste ab. Vielleicht war Lange ja in der Nähe des Fundortes.«

»Kommt gleich.« Jella sah auf ihre Notizen. »Kannst du bitte auch die Prepaid-Nummer kontrollieren? Sie ist nicht registriert.«

»Merkwürdig. Hat die etwas mit den Pokerrunden zu tun?«, fragte Bala.

»Eine andere Erklärung habe ich im Moment nicht. Ich kenne auf jeden Fall privat niemanden, der eine solche Karte nutzt. Die sind inzwischen auch schwer zu bekommen und heiß begehrt in kriminellen Kreisen. Ich schicke dir auch diese Nummer.«

»Okay. Tomke Friedrichs' Nummer habe ich übrigens schon kontrolliert. Sie taucht natürlich auf der Liste auf, da ihr Haus ja in dem Bereich liegt. Da ist ja die Krux. Auf den Punkt genau können wir keins der Handys zuordnen.«

»Zumindest würden wir wissen, ob jemand auf Amrum war«, sagte Jella. »In meiner Liste befindet sich noch Patrick Witt. Da gab es einen kurzen Anruf an dem Tag, als Böhme ihn besucht hat. Er scheint also so weit die Wahrheit gesagt zu haben.«

»Und dieser andere Freund aus Flensburg?«, fragte Bala.

»Julius Kerksen. Ihn habe ich schon für die drei Monate kontrolliert. Sie haben mehrfach lange telefoniert. Böhme hat fast immer bei ihm auf dem Festnetz angerufen. Allerdings nur einmal während seiner Amrum-Zeit. Der Anruf war auch eher kurz. Etwas über zehn Minuten. Mit Jan Boysen, seinem früheren Chef, hatte Böhme gar keinen telefonischen Kontakt. Das entspricht ja auch der Aussage von Boysen. Böhme ist dort einfach so aufgetaucht.«

Bala schaute vom Laptop auf. »Ich habe gerade einmal die Prepaid-Karte eingegeben. Sie war am Sonntag auf Amrum eingeloggt.«

»Und Lange?«

»Augenblick.« Bala tippte etwas ein. »Nein. Zumindest in dem Zeitfenster war sein Handy nicht in der Nähe des Fundortes.«

»Oder es war ausgeschaltet.«

21

Klaas Mathiesen begrüßte Jella mit einem breiten Grinsen. »Welch hoher Besuch in unserem Hause. Ich kann mich gar nicht erinnern, wann du das letzte Mal hier warst.«

»Du lädst mich ja nie ein«, konterte Jella lächelnd.

»Stimmt wohl.« Er wurde ernst. »Was kann ich so kurz vor Feierabend für dich tun?«

»Ich habe eine nichtregistrierte Prepaid-Nummer. Kannst du sie orten?«

»Wenn der Staatsanwalt zustimmt?«

»Ich habe auf dem Weg zu dir schon mit ihm gesprochen. Du bekommst gleich die Freigabe.«

»Na dann«, sagte Mathiesen und nahm den Zettel von Jella in Empfang, auf dem die Handynummer notiert war. Er gab sie in seinen Laptop ein. »Im Moment nicht eingeloggt.«

»Wie erfahre ich, wenn sie wieder im Netz ist?«

»Wenn ich das jetzt einrichte, bekomme ich automatisch eine Info aufs Handy und melde mich dann bei dir.«

»Vierundzwanzig Stunden?«

Mathiesen stöhnte theatralisch. »Wenn es sein muss. Ich habe aber einen tiefen Schlaf und kann dir nicht versprechen, dass …«

»Klappt schon«, unterbrach Jella ihn lachend. Sie wusste, dass sie sich auf den Kriminaltechniker verlassen konnte. Sollte die Nummer sich am Wochenende irgendwo einloggen, würde sie es direkt erfahren.

»Das sagst du so in deinem jugendlichen Leichtsinn«, murmelte Mathiesen und fügte laut hinzu: »Mal sehen, was sich machen lässt.«

Jella grüßte Francesco mit einem Luftkuss. Das italienische Café lag auf dem Weg von der Polizeidirektion zu ihrem kleinen Haus in der Flensburger Fußgängerzone. Wenn Jella sich in der Stadt aufhielt, schaute sie fast täglich vorbei und trank einen Doppio, einen doppelten Espresso.

»Wieder zu Hause?«, fragte Francesco, als er ihr die Tasse über die Theke schob.

»Übers Wochenende. Am Montag geht es wohl wieder nach Amrum.«

»Urlaub? Du hast ein Glück!«

Jella schüttelte den Kopf. »Leider nein.« Sie trank den Espresso. »Ausgezeichnet wie immer. Schreibst du es an?«

»Selbstverständlich, Signora!«

»Bis morgen, dann habe ich auch etwas mehr Zeit.« Sie nickte ihm zu und verließ das kleine Café. Wenige Gehminuten später bog sie in ihren Innenhof ein und traf auf ihren Nachbarn.

Der alte Herr lächelte sie freundlich an. »Wie geht es Ihnen, Frau Kommissarin?«

»Sehr gut. Ihnen auch?«

Er wiegte den Kopf hin und her. »Nein, ich muss nächste Woche ins Krankenhaus. Leider.«

»Wieder der Rücken?«, fragte Jella.

»Nein, das wäre nicht so schlimm. Der Krebs ist zurück. Ich werde operiert. Danach geht die Tortur wieder los.«

Jella hatte mitbekommen, dass ihr Nachbar drei Jahre zuvor an Prostatakrebs erkrankt war. Nach der Operation und einer dreimonatigen Chemotherapie hatten ihm die

Ärzte Hoffnung gemacht, dass der Krebs nicht zurückkommen würde.

»Das tut mir leid. Wenn ich Ihnen irgendwie helfen kann …«

»Danke, aber meine Enkelin kommt morgen und bleibt ein paar Wochen bei mir. Es sind ja gerade Semesterferien. Sie studiert Medizin.«

»Das ist gut. Dann kennt sich Ihre Enkelin ja auch gut in medizinischen Dingen aus und wird Ihnen eine große Hilfe sein. Und wenn ich trotzdem etwas tun kann, haben Sie ja meine Handynummer.«

Der alte Herr nickte und wünschte ihr ein schönes Wochenende.

»Du wirkst sehr angespannt«, sagte Lea. »Was ist los?«

Lea Münzer, Jellas alte Schulfreundin, hatte sich am Vormittag bei ihr gemeldet und sie zu einem gemeinsamen Abend überredet. Jetzt saßen sie in einem Sushi-Restaurant und warteten auf ihre Getränke.

»Die Arbeit«, wich Jella aus.

Lea zog die Augenbrauen zusammen. »Glaube ich nicht. Das hast du doch immer gut weggesteckt.« Sie sah sie fragend an. »Ein Mann? Ich dachte, diese Geschichte mit dem verheirateten Typen wäre lange vorbei?«

Jella stöhnte innerlich auf. Warum hatte sie Lea nur von Niklas Oehler erzählt? Aber in den Wochen vor ihrer Abreise nach Großbritannien war der Druck so groß gewesen, dass sie sich neben ihrer Großmutter jemandem anvertrauen musste.

»Nein, das ist endgültig beendet.« Auch wenn ich Niklas fast täglich begegne, fügte sie in Gedanken hinzu. »Ich habe einen Mann kennengelernt. Schon vor Monaten, aber …« Jella brach ab.

»Aber?«

»Mir steckt die alte Beziehung noch in den Knochen, sozusagen.«

Eine junge Frau trat an ihren Tisch und servierte die Getränke. Lea hob das Weinglas. »Auf unsere Freundschaft. Möge sie noch lange bestehen.«

Jella lächelte. »Auf uns.«

Lea trank einen Schluck Wein und setzte das Glas wieder ab. »In den Knochen? Okay, ich war noch nie in einer solchen Situation wie du mit diesem Mann, aber willst du dir jetzt wirklich eine neue Beziehung dadurch kaputtmachen?«

»Natürlich will ich das nicht. Nur leider ist es nicht so einfach. Rein in die Schublade, zumachen und vergessen.«

»Aber der Neue ist nicht …«

»Nein, ist er nicht. Es ist alles perfekt, fast zu perfekt.«

»Himmel! Zu perfekt. Spinnst du? Ich suche schon eine Ewigkeit nach dem perfekten Mann, und du willst ihn nicht?«

»So war das nicht gemeint«, sagte Jella. »Es macht mir Angst, dass plötzlich alles so einfach sein soll.«

»Angst ist ein schlechter Ratgeber. Sagt man das nicht so? Du musst dich freimachen von dieser Zeit, von diesem Mann. Trauerst du ihm etwa immer noch nach?«

»Ihm vielleicht, aber nicht der geheimen Beziehung. Das hat mir fast das Rückgrat gebrochen.«

»Du triffst ihn noch?«

»Notgedrungen«, gab Jella zu und erzählte ihrer Freundin, dass sie mit Niklas zusammenarbeiten musste.

»Harter Tobak! Lässt sich das nicht ändern?«

»Nein, es sei denn, ich lasse mich versetzen. Ich will aber in Flensburg bleiben, allein wegen Deetje. Das weißt du doch.«

»Wenn jemand gehen sollte, dann er«, sagte Lea kopfschüttelnd. »Das ist ja wohl das Wenigste, was du verlangen kannst.«

»Niklas baut sich in Flensburg ein neues Leben auf. Ich will ihm da nicht reinreden.« Nahm sie Niklas wieder in Schutz und trat für ihn zurück?

»Quatsch! Hör auf, so zu denken.«

Jella war froh, dass in diesem Augenblick die große Sushi-Platte gebracht wurde. Sie griff nach ihren Stäbchen. »Ich habe einen Riesenhunger.«

Zwei Stunden später saßen sie in einer ruhigen Bar und unterhielten sich über Leas Zukunftspläne. Sie hatte sich nach einer siebenjährigen Ehe von ihrem Mann getrennt, war von Münster nach Hamburg gezogen und hatte sich dort eine neue Arbeitsstelle gesucht.

»Hamburg ist doch größer, als ich gedacht habe. Und teuer. Gut, in Münster haben wir auch nicht in der Innenstadt gewohnt, aber zumindest war das Reihenhaus bezahlbar. Aber ich will nicht jammern, die Wohnung in der Hafencity ist nicht groß, aber für mich reicht es. Und der Blick ist fantastisch. Du musst mich unbedingt mal besuchen kommen. Wie wäre es in zwei Wochen?«

»Ich weiß noch nicht, ob ich da Zeit habe. Wir sind gerade …«

»Irgendwas ist doch immer«, unterbrach Lea sie. »Du kommst. Am Samstag? Du kannst auch bei mir übernachten. Ich habe ein Schlafsofa.«

Jella zögerte. Vielleicht hatte Lea recht. Immer alles rauszuschieben, war sicher nicht die richtige Strategie. »Okay. Ich versuche es.«

»Falsch! Du versuchst es nicht, sondern du kommst. Egal, was bei deiner Arbeit gerade abläuft.«

»Ich kann nicht immer …«

»Doch, du kannst«, fiel Lea ihr ins Wort. »Und jetzt Schluss damit. Lass uns lieber über diesen Niklas reden. Also ich …«

Jellas Handy klingelte. Sie zog es aus der Tasche und sah aufs Display. Klaas Mathiesen versuchte, sie zu erreichen. »Das ist leider wichtig. Sorry.«

Sie nahm das Gespräch an. »Klaas, gibt es etwas Neues?«

»Das Prepaid-Handy hat sich gerade eingeloggt. Schau mal, ob du es jetzt auf der App siehst, die ich dir aufgespielt habe.«

»Augenblick.« Jella öffnete die App. »Ja, der rote Punkt blinkt.«

»Genau. Kommst du damit zurecht?«

»Alles gut, Klaas. Und vielen Dank.«

Sie beendete das Gespräch und stand auf. »Tut mir leid, Lea. Ich muss jetzt sofort los. Kannst du für mich bezahlen?«

Jella stand dreißig Meter von der Shisha-Bar entfernt, in der sie das Handy vermutete. Lea war zu verwundert gewesen, um sich zu empören. Jella hatte sie umarmt und ihr versprochen, dass sie sich noch am Wochenende bei ihr melden würde. Fünf Minuten später hatte sie sich in der Nähe der Bar positioniert und wartete jetzt schon eine Dreiviertelstunde. Jedes Mal, wenn eine Person das Lokal verließ, starrte sie auf ihr Handy, aber bisher hatte sich der Punkt nicht bewegt.

Trotz der lauen Sommernacht wurde Jella langsam kalt. Sie lief einige Meter die Straße entlang, immer mit Blick auf das Handy. Erst kurz vor dreiundzwanzig Uhr, als ein großer, kräftig wirkender Mann auf die Straße trat und in die entgegengesetzte Richtung ging, bewegte sich der rote Punkt.

Jella wartete eine Weile, bevor sie langsam dem Mann

folgte. Er durchquerte die gesamte Fußgängerzone und blieb zwischendurch immer wieder stehen. Als der rote Punkt sich nicht mehr bewegte, rückte Jella auf, er war offensichtlich in einer Pizzeria verschwunden. Sie betrat das Restaurant, tat so, als wenn sie einen freien Platz suchte, und steuerte auf einen Tisch in der Nähe des von ihr verfolgten Mannes zu. Der saß mit drei Männern an einem Tisch und trank einen Espresso.

Jella bestellte sich ein Glas Wein, trank aber nur einen kleinen Schluck aus dem Glas. Hin und wieder konnte sie Wortfetzen auffangen, die sie aber nur mit Mühe zuordnen konnte. Sie vermutete, dass es um säumige Schuldner ging, denen man einen Besuch abstatten müsse. Jellas Zielperson schien der Chef der drei anderen zu sein. Er sprach auf sie ein und erhob mehrere Male seine Stimme.

Nach einer Viertelstunde verließ der Mann das Restaurant, ohne zu bezahlen. Jella ging ihm hinterher und überlegte fieberhaft, wie sie seine Identität feststellen und ihm nachweisen könnte, dass er die nicht registrierte Prepaid-Karte benutzte.

Der Mann durchquerte die Innenstadt und lief nach Nordwesten in den Bereich der Neustadt, wo er in einem Hinterhof verschwand. Jella hielt sich bedeckt und ärgerte sich, dass sie Balas Kamera nicht mitgenommen hatte. Fünf Minuten nachdem der Mann in den Hinterhof abgebogen war, kam ein weiterer Mann, den Jella von den Fotos der Pokerrunde kannte. Kurz darauf hielt ein Taxi, aus dem zwei Männer stiegen. Jella war klar, dass sie einen weiteren Standort für illegales Glücksspiel entdeckt hatte.

Sie zog sich etwas zurück und rief Niklas an.

»Habe ich dich geweckt?«

»Nein, ich arbeite noch.«

»Es geht um das Prepaid-Handy, bei dem Thomas Böhme mehrfach angerufen hat und das auch in der Tatnacht im Amrumer Netz eingeloggt war.«

»Was ist damit?«, fragte Niklas.

»Es ist wieder aktiv, und ich habe den Besitzer verfolgt, der jetzt in der Neustadt in einem Hinterhof verschwunden ist. Einer der Männer, die ich bei der letzten Pokerrunde fotografiert habe, ist auch da. Ich gehe davon aus, dass hier wieder gespielt wird, ich brauche dringend Unterstützung.«

»Du willst das Haus stürmen lassen?«

»Hast du einen besseren Vorschlag?«, fragte Jella.

»Das wird Ärger mit deinen Kollegen geben, die an der Sache dran sind.«

»Ist mir egal. Das ist die Chance, Wolters unter Druck zu setzen.«

»Wenn Wolters dahintersteckt«, gab Niklas zu Bedenken.

»Hilfst du mir jetzt oder nicht?«

Niklas zögerte kurz und sagte: »Gefahr in Verzug. Brauchen wir das SEK aus Kiel? Der Helikopter braucht mindestens zwanzig Minuten. Bis eine Einheit einsatzbereit ist, kommt noch einmal so viel Zeit hinzu. Von den Kosten gar nicht zu sprechen.«

»Mir reichen zehn Kollegen von der Schupo. Ohne Sirene und Blaulicht. Am besten in Zivilfahrzeugen.«

»Eine halbe Stunde werde ich brauchen. Mindestens.«

»Gut. Ich halte hier die Stellung.«

Die zwei VW-Busse hielten in einer Seitenstraße. Jella hatte zuvor telefonisch den genauen Treffpunkt durchgegeben.

Der Einsatzleiter stieg aus dem Wagen und kam auf Jella zu. »Heiko Moormann«, stellte er sich vor. »Ist mit Gegenwehr zu rechnen?«

»Von den Spielern erwarte ich keine. Aber es werden sicher andere Männer dabei sein, die das Spiel organisieren. Vor allem müssen wir schnell sein, sonst sind gleich alle verschwunden.«

Moormann aktivierte sein Tablet und rief ein Satellitenfoto des Hinterhauses auf. »Soweit ich sehe, ist das Gebäude nicht groß und hat nur einen Eingang. Eventuell gibt es noch einen Hinterausgang.« Er zeigte auf einen Bereich. »Hier. Ich werde da zwei Mann positionieren. Zwei bleiben auf der Straße und der Rest stürmt das Haus.« Er warf einen Blick auf die Stelle, wo Jella normalerweise ihre Waffe trug. »Sie sind nicht bewaffnet?«

»Nein. Ich bin dem Mann direkt aus einem privaten Termin gefolgt.«

Moormann ging zum VW-Bus und kam mit einer Waffe und einer Schutzweste zurück. Jella streifte sich die Weste über, und die Truppe näherte sich in Zweiergruppen der Hofeinfahrt, um kein Aufsehen zu erregen.

Nachdem die auf der Gebäuderückseite positionierten Kollegen ihr Okay gegeben hatten, liefen die sechs Polizisten gefolgt von Jella gebückt auf das Gebäude zu. Sie erreichten die Eingangstür, ein Beamter mit einer Ramme schlug sie auf Moormanns Zeichen auf, die ersten beiden Polizisten stürmten den Flur. Die Tür zum Spielraum flog auf.

Als Jella den Eingang mit gezogener Waffe passierte, lagen bereits drei Personen auf dem Boden und wurden von Beamten fixiert, drei weitere Männer wurden von den Kollegen mit vorgehaltenen Waffen in Schach gehalten.

22

Jella streckte sich im Bett und blinzelte zum Wecker. Kurz nach acht. Sie hatte keine vier Stunden geschlafen. Nachdem alle Personalien der Pokerspieler aufgenommen worden waren, hatte sie sie noch in der Nacht vernommen und bis auf den »Handymann« auf freien Fuß gesetzt.

Sie setzte sich im Bett auf und griff nach der Wasserflasche auf dem Nachttisch. Der gestrige Tag steckte ihr in den Knochen. Mühsam quälte sie sich aus dem Bett und schleppte sich ins Bad.

In der Dusche erwachten langsam ihre Lebensgeister. Um elf Uhr würde sie mit Niklas Mike Thielen vernehmen, den Mann, den Jella verfolgt hatte. Er hatte als Einziger die Aussage verweigert und einen Anwalt gefordert.

Auf dem Weg zum Kommissariat kehrte sie bei Francesco ein, der ihr einen Latte macchiato und ein warmes Croissant servierte. Sie unterhielten sich eine Weile über Francescos Kinder, Jella zahlte die vielen Espressi der letzten Wochen und umarmte Francesco zum Abschied.

»Guten Morgen, Niklas«, begrüßte Jella den Staatsanwalt.

»Hallo, Jella. Du hattest sicher eine kurze Nacht.«

»Kommt vor in meinem Job.«

Es klopfte und Klaas Mathiesen trat in Jellas Büro. Er begrüßte Jella mit einem Kopfnicken und den Staatsanwalt mit Handschlag.

»Sind die Anrufer im Handy gespeichert?«, fragte Jella.

»Ich habe eine Weile gebraucht, bis ich das Teil entsperrt hatte. Aber so wie es aussieht, hat sich die Arbeit doppelt gelohnt. Thielen hat fünfzehn Kontakte angelegt. Zwar nur mit Vornamen, aber ich könnte mir gut vorstellen, dass es sich um Teilnehmer von Pokerrunden handelt. Thomas Böhme und Alexander Lützow sind jedenfalls auch dabei.«

Jella nickte. »Das wird die Kollegen vom Dezernat Organisierte Kriminalität freuen. Sie werden wohl mit den Männern sprechen wollen. Vielleicht schweigen ja nicht alle von ihnen.«

»So ist es«, bestätigte Mathiesen.

»Du sagtest ›doppelt gelohnt‹?«, fragte Jella.

Mathiesen schmunzelte. »Gut aufgepasst! Es finden sich eine Reihe von Messenger-Nachrichten auf dem Handy. Das meiste hat nichts mit deinem Fall zu tun, allerdings gibt es vier Nachrichten an Thomas Böhme, die ihn recht eindeutig dazu auffordern, seine Schulden zu begleichen.« Mathiesen griff in seine Mappe und holte zwei Ausdrucke heraus. »Ich habe sie hier schon mal für dich ausgedruckt.«

»Das ist eine fantastische Info, Klaas«, sagte Jella euphorisch. »Jetzt wird es eng für Thielen. Hast du noch mehr für uns?«

»Mike Thielens Schuhabdruck passt leider nicht zu den am Strand gefundenen. Allerdings stimmt die Schuhgröße.«

»Wäre ja auch zu schön gewesen«, murmelte Jella.

»Der DNA-Abstrich ist auf dem Weg ins Labor. Der Abgleich wird aber erfahrungsgemäß einige Tage dauern. Heute ist Samstag, morgen Sonntag. Ich tippe mal auf Mittwoch.«

»Ich habe noch in der Nacht Thielens Foto nach Amrum geschickt und Kollege Möller informiert«, sagte Jella. »Er sollte schon auf dem Weg durch die Hotels und Pensionen sein.«

Mathiesen stand auf. »Dann will ich mal ins Wochenende.« Er verabschiedete sich und verließ Jellas Büro.

»Haben wir genug, um Mike Thielen unter Druck zu setzen?«, fragte Niklas.

»Ich bin mir nicht sicher. Ein positiver DNA-Abgleich wäre definitiv ein Haftgrund.«

»Mir stellt sich die Frage, warum Thielen oder wer auch immer im Auftrag von Ralf Wolters mit dem Handy unterwegs war, Thomas Böhme hätte töten sollen. Ein Toter bezahlt keine Spielschulen. Von Böhmes Erben haben sie ja nichts zu erwarten.«

»Vielleicht sollte ein Exempel statuiert werden, weil Böhme sich geweigert hat, zu zahlen«, warf Jella ein.

»Dann wäre es aber klüger gewesen, ihn in Flensburg zu töten. Außerdem glaube ich nicht, dass Ralf Wolters sich freiwillig Ärger ins Haus holt. Eine solche Ermittlung wirbelt immer Staub auf, und es war absehbar, dass wir auf Böhmes Spielsucht stoßen und in der Folge bei Wolters landen würden. Nein, ich sehe kein Motiv.«

»Affekt? Vielleicht hat Böhme Thielen angegriffen.«

Niklas schüttelte den Kopf. »Wie wahrscheinlich ist das? Hätte Böhme auch nur den Hauch einer Chance gehabt?«

Jella musste ihm recht geben. Allein Thieles massive Gestalt hätte Thomas Böhme eingeschüchtert. »Eher unwahrscheinlich«, gab Jella zu. »Trotzdem muss es einen Grund geben, weshalb Thielen auf Amrum war. Und der hat definitiv mit Böhme zu tun.«

»Thomas Böhme war mit der Rückzahlung seiner Spielschulden im Verzug und lange nicht in Flensburg gewesen.

Eine kleine Ermahnung wird in diesen Kreisen doch gerne mal persönlich überbracht, oder?«

»Durchaus möglich«, sagte Jella.

In diesem Augenblick klingelte ihr Telefon. Michael Möllers Nummer erschien auf dem Display. Sie nahm das Gespräch an und erfuhr, dass der Inselkollege das Hotel gefunden hatte, in dem Mike Thielen von Sonntag auf Montag übernachtet hatte. Jella bedankte sich herzlich für den schnellen Wochenendeinsatz und verabschiedete sich von Möller.

»Das kann Thielen zumindest nicht mehr abstreiten«, sagte sie, nachdem sie Niklas von Möllers Rechercheergebnis erzählt hatte.

Jella und Niklas Oehler begrüßten Thielen und seinen Anwalt. Sie setzten sich zu den beiden an den Tisch, Jella aktivierte die Aufnahme und klärte Thielen über seine Rechte auf.

»Sie werden verdächtigt, etwas mit dem Tod von Herrn Thomas Böhme zu tun zu haben«, begann Jella die Vernehmung. »Wann haben Sie Herrn Böhme das letzte Mal gesehen?«

»Mein Mandant zieht es vor, Ihre Fragen nicht zu beantworten, ehe ich nicht die vollständige Ermittlungsakte eingesehen habe«, sagte der Anwalt, Christian Reichardt.

Niklas beugte sich leicht vor. »Eine gefährliche Strategie, Herr Kollege. Wir haben ausreichend Indizien, Beweise und Zeugenaussagen, die Ihren Mandanten schwer belasten. Ich gehe davon aus, dass der Haftrichter das ähnlich sieht, schon gar bei fehlender Kooperation Ihrerseits.«

Christian Reichardt schien unsicher zu werden, setzte dann aber ein geschäftsmäßiges Lächeln auf. »Das wird sich zeigen, Herr Kollege.«

Jella räusperte sich und wandte sich an Mike Thielen. »Sie haben von Sonntag auf Montag im Hotel *Sonnenschein* auf Amrum übernachtet. Was haben Sie auf der Insel gemacht?«

»Einen Tag Urlaub«, brummte Thielen und wurde gleich darauf von seinem Anwalt mit einem Kopfschütteln bedacht.

»Mein Mandant möchte sich zu der Frage nicht äußern«, sagte Reichardt.

»Hat er aber schon«, entgegnete Niklas Oehler und richtete sich an Thielen. »Haben Sie Herrn Thomas Böhme auf Amrum getroffen?«

Mike Thielen starrte Niklas Oehler grimmig an. »Verdammt, ich habe diesen Typen nicht umgebracht. Warum sollte ich das tun?«

Reichardt legte die Hand auf Thielens Arm und sprach beruhigend auf ihn ein.

»›Glaub nicht, dass du abhauen kannst‹«, las Jella aus den Messenger-Nachrichten vor. »›Wir finden dich überall, du Wurm.‹« Sie warf Thielen einen Blick zu. »Kommt Ihnen das bekannt vor? Sie haben die Nachricht vor fast genau zwei Wochen an Thomas Böhme geschickt. Wussten Sie damals noch nicht, dass er sich auf Amrum aufhielt?«

Mike Thielen schwieg.

»Ich kann nur noch einmal wiederholen, dass mein Mandant Ihre Fragen nicht beantworten wird«, mischte sich Reichardt ein.

»Halt's Maul«, fauchte ihn Thielen an. »Ich war auf Amrum. Und wenn schon. Die Insel war proppenvoll mit Menschen. Was soll der ganze Scheiß hier? Ihr hängt mir keinen Mord an.«

»Sie haben Herrn Böhme getroffen?«

»Kapierst du es nicht, Kleine?«, funkelte Thielen sie an. »Ich habe diesem Idioten nichts getan, verflucht.« Er hämmerte mit dem Finger an seine Stirn. »Geht das endlich in dein Spatzenhirn?«

Thielens Anwalt atmete schwer, hatte es aber augenscheinlich aufgegeben, seinen Mandanten von einer Aussage abzuhalten.

Niklas schien Thielen zur Ordnung rufen zu wollen, aber Jella hielt ihn zurück.

»Aber Sie haben ihn getroffen?«, fragte Jella ruhig weiter.

»Kann sein«, murmelte Thielen.

»Aus welchem Grund haben Sie sich mit ihm getroffen?«

»Das war rein geschäftlich. Dazu kann ich nichts sagen.«

»Soll ich Ihnen noch die restlichen Messenger-Nachrichten vorlesen, die Sie an Thomas Böhme geschrieben haben?«

»Ich musste der Ratte etwas Angst einjagen. Ja und? Manche sind halt schwer von Kapee. Da wird man ja wohl mal ein klares Wort sagen dürfen.«

»Es ging um Spielschulden?«, fragte Jella weiter.

»Schulden halt. Wo ist da das Problem? Wer sich was ausleiht, muss es auch zurückgeben. Oder?«

»Was hat sich Thomas Böhme ausgeliehen?«

»Geld, was sonst?«

»Wem hat Herr Böhme Geld geschuldet?«

Thielen zögerte, sah zu seinem Anwalt, der kurz mit dem Kopf schüttelte. »Mir. Mir hat er Geld geschuldet.«

»Wie viel?«, fragte Jella.

»Hunderttausend.«

»Haben Sie einen Vertrag aufgesetzt?«

»Nein«, antwortete der Anwalt für Thielen. »Das ist alles per Handschlag gelaufen.«

»Wann haben Sie Herrn Böhme auf Amrum getroffen?«, fragte Jella.

»Weiß ich nicht mehr genau. Irgendwann am Sonntag.«

Jella warf Niklas einen Blick zu, der nickte. Sie wandte sich wieder Mike Thielen zu. »Hiermit sind Sie vorläufig festgenommen. Sie werden beschuldigt, Thomas Böhme in der Nacht von Sonntag auf Montag am Strand in der Nähe von Wittdün getötet zu haben. Sie werden in den nächsten vierundzwanzig Stunden dem Haftrichter vorgeführt, der über die Untersuchungshaft entscheiden wird.«

»Das reicht für U-Haft«, sagte Niklas. »Zumindest, bis wir den DNA-Abgleich haben. Danach wird es eng, wenn Thielens DNA nicht mit der am Fundort übereinstimmt.«

»Ich bin mir nicht sicher, ob wir den Täter haben«, sagte Jella. »Er wirkte sehr glaubwürdig in Bezug auf den Tötungsvorwurf. Ein Motiv hat er auch nicht wirklich.«

»Ja, an Mord glaube ich auch nicht. Es würde wohl auf Totschlag hinauslaufen. Was Thielen aber durchaus zehn Jahre Haft bescheren könnte.«

»Bleibt uns nur, abzuwarten. Wann hast du den Termin beim Haftrichter?«

»Siebzehn Uhr heute.«

»Soll ich dabei sein?«, fragte Jella.

»Ich glaube nicht, dass das notwendig ist. Mir sind alle Details des Falls bekannt.«

»Schreibst du mir bitte, wie es ausgegangen ist?«

Niklas nickte.

23

Jella wartete am Rande der Fußgängerzone auf David, der sie mit dem Auto abholen wollte. Der Haftrichter hatte Mike Thielen am Vortag in U-Haft geschickt. Der nächste reguläre Haftprüfungstermin würde in einer Woche stattfinden. Bis dahin hatten sie Zeit, weitere Beweise und Zeugen zu finden, die Thielen mit Böhmes Tod in Verbindung brachten.

Davids Volvo XC 40 hielt am Straßenrand. Jella stieg ein und beugte sich zu David hinüber, um ihn zu küssen.

»Gut siehst du aus«, sagte Jella. »Das Jackett wird meiner Oma gefallen. Neu?«

David lachte und fuhr zurück auf die Straße. »Nein, es hängt schon eine Weile in meinem Schrank, und ich habe bisher nie den richtigen Anlass gefunden. Bis heute.«

»Aufgeregt?«

»Ein wenig schon«, gab David zu. »Aber ist das nicht normal?«

»Keine Ahnung.« Sie grinste. »Ich bin noch nie den Eltern eines Freundes vorgestellt worden.«

»Damit werde ich leider auch nicht dienen können«, sagte David, dessen Mutter an Krebs gestorben war, als er vierzehn Jahre alt war. Sein Vater war gestorben, als David studierte.

»Ich weiß«, sagte Jella. »Wir sind beide Vollwaisen.«

»Du liebst deine Großmutter sehr, oder?«

»Über alles in der Welt. Ich habe ihr viel zu verdanken,

und sie war immer für mich da. Selbst jetzt noch in ihrem hohen Alter.«

»Wenn sie bisher nicht krank geworden ist, ist die Wahrscheinlichkeit groß, dass sie auch hundert Jahre alt wird.«

Sie fuhren gerade am Schloss Glücksburg vorbei, das mit seinen vier massiven Türmen im Wasser zu stehen schien.

David deutete mit dem Kopf auf das Schloss. »Dort war ich auch noch nie. Vielleicht gehen wir mal gemeinsam hin? Oder kann man da nicht rein?«

»Es gibt Führungen. Ich war einige Male mit meinen Großeltern dort, aber das ist schon viele Jahre her. Wir können gerne zusammen hingehen.«

»Wann?«, fragte David.

»Bald.«

Deetje, Jellas Großmutter, empfing sie herzlich und umarmte David zur Begrüßung. Sie begleiteten sie ins Esszimmer, in dem bereits gedeckt war. Jella hatte sie nicht davon abbringen können, für sie zu kochen. Die Fischsuppe schmeckte köstlich, und David verstand sich ausgezeichnet mit Deetje. Die beiden wirkten auf Jella, als wenn sie sich schon lange kennen würden. Nach dem Mittagessen saßen sie auf der Terrasse des Hauses und tranken Kaffee. Später legte sich Deetje für einen Mittagsschlaf hin, und Jella und David machten sich zu einem kleinen Spaziergang auf.

»Schön hier«, sagte David mit Blick auf die Förde. »Und hier bist du groß geworden. Direkt am Strand?«

»Ja. Das war hier mein Spielplatz.« Sie zeigte übers Wasser. »Mit Blick auf Dänemark. Das sind nur etwas mehr als zwei Kilometer bis Rendbjerg.«

»Und so ruhig hier. Ganz anders als auf Föhr, wo ich ja

auch nur in den Ferien war.« Er zeigte den Strand entlang. »Gehen wir noch etwas?«

Jella nickte, sie liefen schweigend nebeneinanderher.

»Du verstehst dich gut mit Deetje. Oder war das nur gespielt?«, fragte sie in die entstandene Stille hinein.

»Deine Oma ist großartig. Und nein, das war nicht gespielt. Ich habe mich sofort aufgehoben gefühlt. Frag mich nicht, warum, aber es war so. Eine solche Großmutter hätte ich gerne gehabt.«

»Deine sind beide gestorben?«

»Ja, schon früh. In meiner Familie wurde viel und früh gestorben.« Er hatte leise gesprochen. »Nur mein Vater war immer kerngesund. Hätte er auf den Alkohol verzichtet, würde er sicher noch leben.«

»War es sehr schwer für dich nach dem Tod deiner Mutter?«

David nickte. »Vater war für mindestens zwei Jahre nicht vorhanden. Er ist in ein tiefes Loch gefallen und konnte sich nie wieder daraus befreien. Der Alkohol hat ihm dann den Rest gegeben.«

»Er ist aus der Trauerphase nicht wieder herausgekommen?«

»Nein. Das habe ich damals natürlich nicht begriffen. Es gab Zeiten, da habe ich ihn für seine Schwäche gehasst, dafür, dass er mich alleine gelassen hat mit all meinem Schmerz. Es hat lange gebraucht, bis ich meinem Vater verzeihen konnte. Da lebte er schon nicht mehr.«

Sie blieben stehen und ließen ihren Blick über die Flensburger Außenförde streifen. Jella griff nach Davids Hand und hielt sie in ihrer.

»So viele Narben, wie wir beide haben«, sagte sie leise. »Passt das zusammen?«

David nickte. »Wir beide wissen, was es bedeutet, verletzt zu werden, und haben Angst, uns auf eine Beziehung einzulassen. Ist das nicht genau unsere Chance?«

»Moin!«, sagte Kim, als sie am frühen Montagmorgen Jellas Büro betrat. »Bala noch nicht da?«

»Hallo, Kim«, begrüßte Jella sie. »Bala hat angerufen. Ein kleiner Stau. Und du bist gut durchgekommen?«

Kim nickte und stellte ihr Gepäck ab. Auf Amrum hatte sie nur eine kleine Reisetasche dabeigehabt, jetzt war es ein großer Koffer.

»Kann ich den hier unterstellen?«, fragte sie. »Ich lasse ihn ungern im Auto.«

»Natürlich.« Jella überlegte, ob sie ihre junge Kollegin auf ihre Probleme mit ihrer Frau ansprechen sollte, entschied sich dann aber dagegen. »In der Teeküche steht frischer Kaffee. Wenn du einen willst.«

Kim holte sich einen Kaffee und setzte sich vor Jellas Schreibtisch. Sie trank einen Schluck aus dem Becher und sah Jella direkt an. »Kannst du mir helfen, in Flensburg eine Stelle zu bekommen?«

»Du willst …« Jella verschluckte den Rest des Satzes.

»Es ist vorbei. Wir haben uns getrennt.« Sie deutete zum Koffer. »Deshalb habe ich auch ein paar mehr Sachen dabei.«

Jetzt auch noch Kim, dachte Jella. Ob sich zwei Stellen gleichzeitig finden lassen würden, bezweifelte sie und war froh, dass nicht sie entscheiden musste, wem sie zuerst eine Chance geben würde.

»Ist es endgültig?«, fragte Jella.

»Es sieht ganz danach aus. Und bevor du fragst, ja, ich kann arbeiten. Die letzten zwei Tage habe ich schon bei einer Freundin übernachtet. Vielleicht bin ich nicht zu hundertzehn Prozent dabei, aber ihr könnt euch auf mich verlassen. Ich kann jetzt nicht ruhig rumsitzen und Däumchen drehen. Das verstehst du doch, oder?«

»Wenn du sagst, dass du arbeiten kannst, ist das okay für mich.«

»Gut.« Kim atmete erleichtert auf. »Und danke für das Vertrauen.«

Die Tür wurde geöffnet, Bala kam herein. Ihr Blick fiel als Erstes auf Kims Koffer, ein leises Seufzen war zu hören, bevor sie die Tür schloss und sich zu ihren Kolleginnen gesellte.

»Legen wir los?«, fragte Bala.

Jella nickte und berichtete ausführlich, zunächst über die zwei Tage, an denen Kim in Schleswig gewesen war, und anschließend über das Wochenende.

»Der Wahnsinn«, entfuhr es Bala. »Ist der Fall geklärt? Verdächtiger in U-Haft, wir warten noch auf den DNA-Abgleich, und alles ist in trockenen Tüchern?«

»Der Staatsanwalt und ich sind uns da nicht so sicher«, sagte Jella. »Natürlich verfolgen wir die Spur mit Hochdruck weiter und werden nach weiteren Beweisen suchen, die Mike Thielen belasten. Gleichzeitig sollten wir aber die anderen Ermittlungsstränge nicht vernachlässigen.«

»Was ist sein Motiv?«, stellte Kim die entscheidende Frage. »Wer tötet die Kuh, die er melken will?«

»Das ist auch mein Problem. Aber Thielen war auf Amrum, er hat Böhme nachweislich gedroht, nachdem Böhme aus Thielens Sicht untergetaucht ist.«

»Aber Böhme sollte doch die Hunderttausend von seinem Freund Patrick Witt bekommen«, warf Kim ein. »Das war doch nur noch eine Frage der Zeit.«

»Wir wissen nicht, ob der Betrag, den Mike Thielen uns offenbart hat, richtig ist. Vielleicht war der Schuldenberg von Böhme erheblich höher.«

»Wird denn um so viel Geld gespielt?«, fragte Bala.

»Ich muss zugeben, dass ich keine große Ahnung von dieser Szene habe«, sagte Jella. »Aber möglich ist es, dass Böhmes Spielschulden weit über hunderttausend lagen.«

»Wie hätte Böhme das jemals zurückzahlen sollen?«, fragte Bala. »Wird er da nicht nach einem anderen Weg gesucht haben? Immerhin hätte er gegen die«, sie malte Anführungszeichen in die Luft, »Veranstalter der Pokerrunden aussagen können. Vielleicht hat er gedroht, die Organisation auffliegen zu lassen, was seinen Tod zur Konsequenz hatte.«

»Was mich stört: Warum auf Amrum? In Flensburg hätte es viel geräuschloser passieren können. Böhmes Leiche wäre verschwunden und niemand wäre auf die Idee gekommen, dass es etwas mit Ralf Wolters zu tun haben könnte. Ohne Leiche wären die Ermittlungen irgendwann eingestellt worden.«

»Wenn es überhaupt welche gegeben hätte«, sagte Kim. »Wenn Erwachsene verschwinden, muss es schon reichlich Anhaltspunkte für ein Verbrechen geben, bevor etwas passiert.«

»Dann ist halt die Situation auf Amrum aus dem Ruder gelaufen«, schlug Bala vor.

»Möglich«, sagte Jella. »Aber Thielen scheint kein Anfänger zu sein.« Sie legte den Kopf in den Nacken und schloss die Augen. »Wir haben irgendetwas übersehen. Und ich habe nicht die geringste Ahnung, was es sein könnte.«

24

Bala reichte Kim den gefüllten Kaffeebecher. Sie standen in der Teeküche des Kommissariats und nippten schweigend an ihren Tassen.

»Bist du ganz sicher?«, fragte Bala schließlich zaghaft.

»Verdammt, wie kann man das sein? Natürlich nicht. Weißt du, wie häufig ich in den letzten Tagen zwischen dem einen und dem anderen Extrem geschwankt habe? Gefühlt alle paar Minuten.«

Bala schluckte betroffen. Sie war keine Expertin in Beziehungsfragen und sollte lieber ihren Mund halten. Aber was wäre sie für eine Freundin, wenn sie über Kims Probleme hinwegsehen würde? Das konnte und wollte sie nicht.

»Wie hat Greta reagiert?«

»Zuerst wie üblich. Großes Geheule und Vorwürfe. Dann hat sie gelobt, sich zu bessern und am Ende wurde sie knallhart und hat mich quasi aus der Wohnung geworfen.«

»Das klingt nach ein paar anstrengenden Tagen«, sagte Bala.

»Und wie. Das kannst du mir glauben. Ich habe kaum geschlafen und noch weniger gegessen.« Kim lächelte verzagt und sah an sich hinunter. »Na ja, meiner Figur tut es zumindest gut. Wenn es so weitergeht, werde ich noch so schlank wie du.«

Bala überging die Bemerkung. »Und was hast du jetzt vor?«

»Ich habe Jella gefragt, ob sie ein gutes Wort für mich in

Flensburg einlegen kann. Ich will nicht länger in Schleswig bleiben.«

Bala hatte Mühe, sich nichts anmerken zu lassen. Mit der Antwort hatte sie nicht gerechnet. Dass es zwei freie Stellen für Kommissarinnen in Flensburg geben würde, war mehr als unwahrscheinlich.

»Was ist?«, fragte Kim, die Balas Reaktion bemerkt hatte.

»Ach nichts. Ich hätte nicht gedacht, dass du schon so weit denkst.«

»Du weißt doch, wie lange eine Versetzung dauern kann. Ich brauche auch eine Perspektive. Soll ich mir jetzt in Schleswig eine neue Wohnung suchen und kurz darauf wieder kündigen? Das wäre doch Wahnsinn.«

»Ja, stimmt wohl. Sag Bescheid, wenn ich dir helfen kann. Egal, was es ist.«

Kim schenkte ihr ein warmes Lächeln. »Danke, Bala. Darauf komme ich bestimmt zurück.«

»Lass uns wieder an die Arbeit gehen. Die beiden Telefonlisten sind noch lang.« Sie hatten sich nach der Besprechung mit Jella mit den Verbindungsdaten von Thomas Böhmes Handy beschäftigt und wollten anschließend die Standortdaten für Sonntagnacht weiter durchgehen.

»Ja, auf geht's.«

Bala schrieb die Handynummer auf einen Notizblock. Es war eine der Nummern, die Jella keinem Namen hatte zuordnen können. Böhme hatte in den drei Monaten viermal Kontakt zu der Person gehabt. Jedes Mal hatte er angerufen, und drei der Telefonate hatten über eine Stunde gedauert. Bisher hatte Bala nicht herausgefunden, wem die Nummer gehörte. Sie investierte eine weitere Viertelstunde, gab aber schließlich auf. Nur durch eine Anfrage beim Provider würde es möglich sein, einen Namen zu erfahren. Kurzentschlossen griff sie zum Handy und wählte die Nummer. Nach dem dritten Klingelton sprang die Mailbox an.

»Eure liebe Marie Braensch ist im Kloster. Wie jedes Jahr ohne Handy oder Laptop. Habt Geduld, ich komme wieder. Wer Lust hat, kann mir was auf die Quasselbox sprechen. Nur zu!«

»Bala Demir, Kriminalpolizei Flensburg. Im Zuge einer Ermittlung ist Ihre Handynummer aufgetaucht. Wir würden gerne mit Ihnen sprechen. Bitte rufen Sie mich zurück.« Bala nannte die Nummer des Kommissariats sowie ihre Durchwahl und Handynummer. »Sie können mich jederzeit erreichen. Vielen Dank.«

»Wer war das?«, fragte Kim.

»Eine Marie Braensch. Sie ist aber im Kloster, ohne Handy.«

Kim grinste. »Hätte ich auch gerade Bock drauf.«

»Das soll ich dir glauben? Du und eine Woche schweigen? Niemals.«

»Wer weiß«, antwortete Kim. »Menschen ändern sich.«

»Marie. Hat nicht irgendjemand diesen Namen erwähnt?«

Kim zuckte mit den Schultern. »Ich erinnere mich nicht.«

»Doch, doch. Das war bei den Rettungsschwimmern.« Sie griff nach ihrem Notizbuch und fand nach kurzem Blättern den Namen. Janus Beier hatte ausgesagt, Böhme habe sich vor fünf Jahren in eine Frau mit dem Vornamen Marie verliebt. Sie suchte Beiers Handynummer heraus und rief ihn an.

»Bala Demir von der Kriminalpolizei Flensburg.«

»Hallo! Gibt es noch was?«, fragte Janus Beier.

»Sie haben mir erzählt, dass eine Frau namens Marie eine Beziehung mit Thomas Böhme hatte.«

»Stimmt.«

»Hieß die Frau Marie Braensch?«

»Ja, genau. Das war der Name. Braensch mit ae.«

»Danke, das war alles.« Sie verabschiedete sich von Beier und legte auf.

»Stand sie nicht in der Liste der ehemaligen Rettungsschwimmerinnen? Die hat Möller doch geschickt, oder?«, fragte Kim.

»Die Liste ist da, aber ich bin leider noch nicht dazu gekommen, sie zu bearbeiten und habe sie nur kurz überflogen. Dabei ist sie mir nicht aufgefallen. Aber gut, vielleicht war sie eigentlich für einen anderen Standort auf der Insel vorgesehen oder es ist einfach ein Fehler passiert.«

»Wir könnten das Kloster finden und zu ihr fahren«, schlug Kim mit ernster Miene vor. »Vielleicht liegt es irgendwo in Bayern. Hoch in den Bergen. So mit Nebel und unglaublich viel Ruhe.«

»Träum weiter. Marie Braensch wird mich schon zurückrufen. Hast du etwas gefunden?«

Kim hatte sich die Standortdaten vorgenommen und schien, ihrem Gesichtsausdruck nach, an der Fülle fast zu verzweifeln. »Oh Mann, warum kann der Standort nicht genauer definiert werden? Das sind viel zu viele Daten.«

»Ich weiß. Konzentrier dich auf eine Stunde vor Mitternacht und eine danach. Das muss reichen. Ich bin da am Freitag doch fast zu einem Drittel mit durch gewesen.«

»Eine Nummer taucht ziemlich häufig auf. Ich konnte bisher noch nicht herausbekommen, wem sie gehört. Die Anfragen bei den jeweiligen Providern laufen ja noch. Wollen wir darauf warten?«

»Nein, wollen wir nicht. Ruf doch einfach an«, schlug Bala vor. »Vielleicht meldet sich jemand.«

»Wie du meinst.«

Bala stand auf. »Ich bin kurz auf der Toilette.«

Auf dem Flur begegnete sie Jella, die von einem Termin bei Kriminaloberrat Sörensen zurückkam.

»Gab es Probleme?«, fragte Bala.

»Sörensen ist nicht so begeistert, dass wir uns nicht ausschließlich auf Mike Thielen konzentrieren. Aber ich konnte ihn besänftigen. Vorerst können wir so weitermachen.«

»Alles andere wäre nicht sehr schlau«, kommentierte Bala. »Sag mal, Kim hat dich um Unterstützung gebeten?«

»Ja, sie plant auch nach Flensburg zu wechseln.«

»Du hast ihr aber nicht gesagt, dass ich …«

»Nein, natürlich nicht.«

»Bei Kim scheint es dringender zu sein. Ich habe beschlossen, erst mal in Husum zu bleiben. Du hast doch noch nichts unternommen?«

»Nein, bei Sörensen war gerade nicht die Stimmung dafür.«

»Gut. Zieh Kim vor. Vielleicht klappt es ja. Sie steckt wirklich in einem Dilemma.«

»Sicher?«, fragte Jella.

»Ganz sicher.« Bala zeigte den Flur entlang. »Ich muss mal für kleine Mädchen. Wann treffen wir uns für die weitere Planung?«

25

»Moin, Kollege«, begrüßte Jella Michael Möller, der sie angerufen hatte.

»Moin, Frau Jensen. Haben Sie einen Moment Zeit?«

»Auf jeden Fall. Haben Sie etwas für mich?«

»Sie hatten uns ja beauftragt, bezüglich der drei Wolters-Brüder nachzuforschen. Wir sind jetzt durch und haben weder ein Hotel noch eine Pension gefunden, wo sie eingecheckt haben. Zusätzlich haben wir noch die Videoüberwachung am Hafen kontrolliert. Auch hier ist uns niemand aufgefallen. Allerdings ist am Wochenende ziemlich viel los auf den Fähren, und eine Garantie, dass keiner von ihnen auf einem der Schiffe war, kann ich nicht geben.«

»Das verstehe ich. Erst mal vielen Dank für den Einsatz.«

»Dann haben Sie mir noch ein weiteres Foto geschickt.« Jella hörte, wie er ein Blatt umdrehte. »Hier habe ich es. Martin Lange. Er ist am Freitag vor der Tatnacht mit der Fähre gekommen und hat drei Nächte auf dem Campingplatz in der Nähe von Wittdün verbracht.«

»Hat er sich mit seinem richtigen Namen eingetragen?«

»Das kann ich nicht sagen. Der Anmeldezettel ist unleserlich. Allenfalls Flensburg kann man noch lesen. Allerdings hat der Mitarbeiter des Betreibers sich an ihn erinnert.«

»Ist er sicher?«

»Eine berechtigte Frage. In der Hochsaison geht es auch auf dem Platz hoch her. Es war so, dass eigentlich kein Stellplatz frei war. In der Hochsaison ist das quasi unmöglich, spontan etwas zu bekommen. Der Mann hat aber so lange auf den Mitarbeiter eingeredet, bis er ihn auf den Campingplatz gelassen hat. Er stand dann mit seinem Camper abseits in der Nähe der Mülltonnen. Wenn Sie mich fragen, ist da Geld unter der Hand geflossen, aber das ist für uns ja im Moment nicht wirklich wichtig.«

»Definitiv nicht. Sehr gute Arbeit, Kollege Möller. Die Information ist sehr wichtig für uns.«

»Wann kommen Sie und Ihre Kolleginnen wieder nach Amrum? Sie wissen ja, ich habe die Zimmer freigehalten. Sie müssen natürlich bezahlt werden, und die Pension hat angefragt.«

»Das verstehe ich. Ich kann gerade noch nicht sagen, ob wir morgen oder übermorgen kommen. Ich gebe aber heute Nachmittag Bescheid.«

»Das reicht mir.«

»Ich habe auch noch eine Frage. Kennen Sie den Mann von Frau Friedrichs?«

»Ja, wir spielen zusammen in einer Hobby-Fußballmannschaft. Befreundet sind wir nicht, aber man sitzt schon mal abends auf ein Bier zusammen.«

»Können Sie mir etwas über ihn erzählen? Was wird geredet, ist die Ehe glücklich?«

»So weit reichen meine Kenntnisse leider nicht. Unter Männern redet man selten über so etwas, es sei denn, es ist schon etwas passiert und die Scheidung steht unmittelbar bevor. Was ich weiß: Sven arbeitet ziemlich viel und ist auch regelmäßig auf Föhr.«

»Tomke Friedrichs hat in den Gesprächen erwähnt, dass sie lange auf das Kind gewartet haben. Wissen Sie etwas darüber?«

»Das mag sein. Sven schätze ich schon so ein, dass ihm

Kinder wichtig sind. Als seine Frau schwanger war, hat er es ziemlich früh erzählt. Das hat mich damals schon gewundert, da man doch eigentlich bis zum dritten oder vierten Monat wartet, bevor man überhaupt etwas sagt. Und dann, als das Mädchen da war, hat er uns alle zu sich eingeladen. Ich war auch da. Er war stolz wie Oskar. Auch sonst ist Sven ein aufgeschlossener und freundlicher Typ.« Michael Möller machte eine kurze Pause. »Aber hilft Ihnen das jetzt weiter? Haben Sie etwa Sven Friedrichs in Verdacht? Sagten Sie nicht, dass er an dem Abend überhaupt nicht auf der Insel war?«

»Sie haben ein gutes Gedächtnis, Kollege. Ja, seine Frau hat ausgesagt, dass ihr Mann auf Föhr war, weil er dort arbeiten musste.«

»Ja, da ist Sven wie gesagt häufiger.«

Jella bedankte sich bei ihrem Inselkollegen und versprach noch einmal, sich sofort zu melden, wenn sie und ihr Team nach Amrum kommen würden.

Jella griff nach ihrem Notizbuch und las noch einmal ihre Aufzeichnungen zur zweiten Befragung von Tomke Friedrichs durch. Was hatte sie übersehen? Welche Frage hatte sie nicht oder falsch gestellt? Warum hatte Tomke Friedrichs im ersten Gespräch bestritten, dass sie noch Kontakt zu Thomas Böhme hatte? Hatte sie Angst, dass ihr Mann davon erfuhr? War auch er krankhaft eifersüchtig? Es war kaum vorstellbar, dass Tomke Friedrichs nach der Erfahrung mit Böhme wieder an einen Mann geraten war, der eine ähnliche Verhaltensweise an den Tag legte.

Jella griff nach dem Handy und rief Niklas an. Sie berichtete ihm von Michael Möllers Recherchen auf dem Campingplatz und fragte, ob die Indizien ausreichen würden, um bei Martin Lange einen richterlich angeordneten DNA-Abstrich machen zu können.

»Die Wahrscheinlichkeit ist groß, dass ich damit durchkomme.«

»Ich weiß nur nicht, ob das im Moment klug ist. Lange wäre gewarnt und würde unter Umständen Deutschland verlassen, bevor wir ein Ergebnis haben. Oder er wird eine Begegnung mit Böhme zugeben, die zu einem früheren Zeitpunkt stattgefunden hat. Böhme hatte am Sonntag keinen Dienst am Strand. Zeit genug war vorhanden. Samstag könnte er ihn auch getroffen haben.«

»Das ist deine Entscheidung«, sagte Niklas. »Wollen wir nicht einfach abwarten, bis der Abgleich von Mike Thielen vorliegt?«

»Nein, ich denke nicht. Bekommst du den Beschluss noch heute?«

»Ich versuche es. Die Fakten kenne ich ja jetzt.«

»Danke, Niklas.«

Jella stand in der Schlange vor der Fischbude, die direkt im Hafenbereich an der Förde-Promenade stand. Sie ging wieder einmal in Gedanken die Ermittlungen durch. Hatte sie sich verrannt? War es wirklich so einfach und Mike Thielen der Täter? Hatte Böhme den Spieß umgedreht und die Flensburger Pokermafia erpresst? Aber warum hatte er sich in dem Fall nicht abgesichert und zum Beispiel bei einem Notar seine Erkenntnisse hinterlegt? In jedem zweitklassigen Krimi wurde das beschrieben. Hätte er den Mut gehabt, dem Wolters-Clan zu drohen? Ihm musste doch klar gewesen sein, dass er damit nicht so einfach durchkommen würde. Oder war es eine spontane Idee gewesen, als Mike Thielen unerwartet auf Amrum auftauchte? Aber wofür brauchte Böhme dann die Hunderttausend, die er von seinem Freund leihen wollte?

Als Jella an die Reihe kam, bestellte sie zwei Fischbrötchen und eine Flasche Wasser, setzte sich auf eine freie Bank und biss mit Genuss ins Brötchen. Es schmeckte ausgezeichnet, der Stand galt zu Recht als bester Imbiss in der Gegend.

Auf dem Weg zurück erhielt sie von Niklas die Nachricht, dass der Beschluss vorliegen würde.

»Wer kommt mit?«, fragte Jella, nachdem sie sich gegenseitig auf den neusten Stand gebracht hatten.

Bala warf einen Blick zu Kim, die mit dem Kopf schüttelte. »Fahr du. Ich bringe währenddessen meinen Koffer in unsere Unterkunft und mache dann mit den Handynummern weiter. Später muss ich noch im Netz nach einer Wohnung suchen.«

Jella stand auf. »Dann sollten wir jetzt fahren.«

Sie zogen sich Schutzwesten an und überprüften ihre Waffen, bevor sie sich auf den Weg machten.

»Kim macht tatsächlich Ernst, oder?«, fragte Jella, als sie im Auto Richtung Norden fuhren.

»Sieht ganz danach aus«, antwortete Bala. »Ich finde es ein wenig übereilt, aber ich weiß auch nicht, was in Schleswig alles vorgefallen ist.«

»Die Entscheidung muss schon lange in ihr gegärt haben. Das war am Schluss vielleicht eine spontane Aktion, aber sie hatte sicher einen langen Vorlauf.« Jella musste unwillkürlich an ihren eigenen Entschluss denken, sich endgültig von Niklas zu trennen. Sie hatte viele Monate gebraucht, um sich dazu durchzuringen. Dabei waren Niklas und sie weder verheiratet gewesen noch hatten sie zusammengewohnt.

»Wahrscheinlich hast du recht«, sagte Bala. »Ich suche zu häufig den Kompromiss und habe Angst vor der Auseinandersetzung.«

»Hast du schon mal über eine eigene Wohnung in Husum nachgedacht? Das wäre ein erster Schritt.«

»Du wirst lachen. Ich habe vorhin in der Pause schon mal die Angebote im Internet durchgesehen. In Kürze wird eine neue Wohnanlage fertig werden. Die Wohnungen sind nicht günstig, aber sie haben eine fantastische Lage. Ruhig und mit Blick auf die Nordsee.«

»Wie weit entfernt von deinem Elternhaus?«, fragte Jella.

»Drei Kilometer. Das sollte reichen. Zu Fuß zu weit und mit dem Auto in ein paar Minuten zu schaffen.«

»Klingt gut.« Jella parkte ihren Dienstwagen an der Straße. »Wir sind da. Also, wie gesagt, vorsichtig und deeskalierend. Ich schätze Lange so ein, dass er schnell die Fassung verliert und sich weigert. Sollte er aggressiv werden, müssen wir in der Situation entscheiden, ob wir ihn überwältigen können oder besser Unterstützung rufen. Sollte er uns mit einer Waffe drohen, ziehen wir uns sofort zurück.«

Bala nickte. »Ich halte mich dann etwas im Hintergrund. Falls es wirklich brenzlig wird, habe ich so ein besseres Schussfeld.«

»Aber nur im äußersten Notfall die Waffe einsetzen.«

Sie stiegen aus und hielten Ausschau nach Langes Wohnmobil.

»Ist er nicht zu Hause?«, fragte Bala.

Jella wies mit dem Kopf Richtung Hauseingang. Als auf ihr Klingeln niemand öffnete, drückte Jella einen der anderen Knöpfe. Es brummte, sie drückte die Tür auf. Sie liefen die Treppe nach oben, und Jella horchte an der Wohnungstür. Schließlich klopfte sie und rief Langes Namen. Nichts rührte sich.

»Gehen wir rein?«, fragte Bala.

Jella schüttelte den Kopf. »Wir warten im Wagen. Entweder kommt er noch oder er hat sich jetzt schon abgesetzt.«

Zurück im Dienstwagen stellte Jella den Rückspiegel so ein, dass sie beide Seiten der Straße im Blick hatte. Die erste halbe Stunde saßen sie schweigend nebeneinander.

»Das kann dauern«, sagte Bala und schob ihren Sitz weiter nach hinten, um mehr Beinfreiheit zu haben.

»Wir sollten die Zeit nutzen«, sagte Jella. »Was haben wir bisher?« Sie ließ die Straße und den Rückspiegel nicht aus den Augen.

»Martin Lange ist um hundertfünfzig- bis zweihunderttausend Euro von Böhme betrogen worden. Er konfrontiert Böhme, der weist ihn ab. Lange lässt nicht locker, erfährt aber von seinem Anwalt, dass die Aussichten nicht gut sind. Er erhöht den Druck auf Böhme und hört, dass er auf Amrum ist.«

»Woher weiß er das?«, fragte Jella.

»Soziale Medien?«

»Nein, da hat Böhme nichts zu Amrum geschrieben. Auch in den vergangenen Jahren nicht.«

»Von den Mitarbeitern?«

»Das hätten die erwähnt. Selbst wenn er sie gefragt hätte, er hätte keine Antwort bekommen. Die beiden wussten doch, worauf das hinauslaufen würde.«

»Dann hat er im Internet recherchiert.«

»Da wäre er tatsächlich fündig geworden. In der Inselzeitung wurde Böhmes Jubiläum mit Foto veröffentlicht.« Jella griff nach dem Handy und gab Thomas Böhmes Namen in die Suchmaschine ein. Zuerst erschien seine Firmenwebsite, aber auf der zweiten Seite gab es einen Link zur Online-Ausgabe der AmrumNews. Jella hielt ihr Handy hoch. »War nicht sehr schwer.«

»Soll ich weitermachen?«, fragte Bala und fuhr fort, als Jella nickte. »Martin Lange fährt nach Amrum, um Böhme dort ein weiteres Mal zur Rede zu stellen.«

»Was wollte er von Böhme?«

»Ein Eingeständnis, dass er betrogen wurde«, schlug Bala vor.

»Das hätte ihm das Geld auch nicht wiedergebracht. Er wird Geld gefordert haben. Sagen wir hundertfünfzigtausend Euro.«

»Warum hätte Böhme ihm das geben sollen?«, warf Bala ein. »Lange hat den Vertrag unterschrieben.«

»Hatte Lange etwas gegen ihn in der Hand?«

»Was sollte das sein?«

»Angenommen, er hat Böhme observiert. Dann wird er schnell von seiner Spielsucht erfahren haben«, sagte Jella. »Wenn er dann noch auf den Namen Wolters gestoßen ist, war es ein Leichtes, den Zusammenhang zum Hauskauf herzustellen. Was hättest du an seiner Stelle gemacht?«

Bala setzte sich aufrecht hin. »Ich hätte ihn mit den illegalen Pokerrunden erpresst. Vielleicht hatte Lange auch das Glück, dass er Fotos machen konnte.«

»Eher unwahrscheinlich, dass er das geschafft hat«, sagte Jella.

»Was hatte er dann in der Hand gegen Thomas Böhme?«

»Das weiß ich nicht. Er wird Böhme nicht nur nett gebeten haben, ihm das Geld zu überweisen. Der Zug war lange abgefahren.«

»Und wenn er die Verbindung zwischen Wolters und Böhme öffentlich machen wollte?«, schlug Bala vor. »Illegale Pokerrunden, bei denen um viel Geld gespielt wird. Das Grundstück, das Wolters' Mutter um mindestens hundertfünfzigtausend Euro günstiger bekommen hat. Der Zusammenhang liegt doch auf der Hand. Dabei hätte Lange auch gar nicht in Erscheinung treten müssen. Ein anonymer Hinweis wäre ausreichend gewesen.«

Jella nickte. »Das wäre tatsächlich eine Möglichkeit gewesen, Böhme unter Druck zu setzen.«

»Als die beiden sich dann auf dem Bohlenweg getroffen haben, kam es zum Streit«, mutmaßte Bala. »Du weißt, dass der Campingplatz nicht einmal einen Kilometer von der Leichenfundstelle entfernt liegt?«

»Nein, das habe ich tatsächlich noch nicht kontrolliert«, gab Jella zu.

»Vom Campingplatz führt ein direkter Weg zum Bohlenweg, den Martin Lange dann nur noch Richtung Osten weitergehen musste, um auf Böhme zu stoßen.«

Jella seufzte. »Wie konnte ich das übersehen? Wenn jetzt noch die DNA übereinstimmt, hat Lange uns aber einiges zu erklären.«

»Wenn er denn kommt«, murmelte Bala.

Eine Weile schwiegen sie. Jella ging in Gedanken noch einmal durch, was Lange als Druckmittel in der Hand gehabt haben könnte. Sie richtete sich im Sitz auf. »Angenommen, Lange hat Böhme wirklich regelrecht observiert, könnte ihm vielleicht auch aufgefallen sein, dass Böhme und Tomke Friedrichs eine geheime Beziehung hatten.«

»Falls es diese Affäre wirklich gab«, warf Bala ein. »Treiben wir es da nicht gerade zu weit mit den Spekulationen?«

Jella nickte gedankenverloren. »Mag sein.«

Nach einer weiteren Stunde stellte sie ihren Sitz in Fahrposition und stieg aus dem Fahrzeug. Sie zog ihr Handy aus der Tasche, rief Niklas an und erklärte ihm die neue Entwicklung. Er stimmte ihr zu, dass Mathiesen Martin Langes Standort ermitteln solle.

Jellas nächster Anruf galt dem Kriminaltechniker, dem sie Langes Handynummer durchgab, um seinen aktuellen Standort bestimmen zu lassen. Anschließend setzte sie sich wieder zu Bala in ihr Dienstfahrzeug und erklärte ihr die Situation.

»Da bin ich aber gespannt«, sagte Bala.

Fünf Minuten später rief Klaas Mathiesen zurück. »Das Handy ist ausgeschaltet. Ich konnte aber den letzten Standort feststellen, an dem es sich eingeloggt hat. Das war kurz vor der Ortschaft Leck. Vermutlich ist er von Flensburg über die B199 gefahren. Sagt dir das was?«

»Entweder ist er auf dem Weg nach Dagebüll oder er will auf die B5 Richtung Husum fahren.«

»Husum hätte er gleich die B200 genommen. Das ist kürzer und besser zu fahren«, warf Mathiesen ein.

»Dann bleiben wohl nur Föhr oder Amrum. Wann genau war das letzte Mal, dass er sich eingeloggt hat?«

»Das war heute Morgen um acht Uhr dreiunddreißig.«

»Danke, Klaas. Kannst du die Nummer beobachten und mir gleich Bescheid geben, wenn sich was tut?«

»Geht klar, Jella. Bis später.« Er beendete das Gespräch.

»Dann ist er schon auf Amrum?«, fragte Bala. »Was bedeutet das schon wieder?«

»Ich habe absolut keine Ahnung, was er da jetzt will. Eine Flucht kann das auf jeden Fall nicht sein.«

»Fahren wir noch heute?«

Jella schaute auf die Uhr. »Das schaffen wir nicht. Morgen früh reicht. Vielleicht loggt sich Lange bis dahin wieder ins Netz ein.«

26

Kim setzte sich im Bett auf. Sie hatte unruhig geschlafen und war mehrfach in der Nacht wach geworden. Sie stand auf, öffnete das Fenster des kleinen Schlafzimmers und sog gierig die frische Morgenluft ein. Die Tage in Schleswig waren ein einziger Albtraum gewesen. Greta hatte mehr Tränen vergossen als in den gesamten letzten Jahren. Und war zum ersten Mal richtig wütend geworden. Mehr noch, Kim hatte Hass in ihren Augen gesehen und war sich in diesem Moment nicht mehr sicher gewesen, mit was für einem Menschen sie die ganze Zeit zusammengelebt hatte.

Kim war klar geworden, dass sie im letzten Dreivierteljahr viele Fehler gemacht hatte. Vor allem war sie jedem Konflikt aus dem Weg gegangen, um Gretas Tränen zu entkommen. Dem emotionalen Druck ihrer Frau war sie nicht gewachsen gewesen. Sie hatte weiter die Taffe gespielt und sich dabei immer mehr eingeigelt. Greta hatte den Druck erhöht, allein dadurch, dass sie immer mehr Arbeiten im Haushalt übernahm, um Kim zu entlasten. Vielleicht war das Gretas Art gewesen, ihre Liebe auszudrücken, aber für Kim wurde es immer schwieriger, Gretas Wunsch nach einem Kind abzulehnen. Jedes ihrer Argumente fühlte sich an, als sei sie undankbar, als könne sie Greta nichts zurückgeben, obwohl diese so viel für sie opferte.

Kim schloss das Fenster, öffnete leise die Tür und ging über den Flur zum Bad.

»Wow!« Bala schaute erstaunt auf den Frühstückstisch. »Wo hast du das alles hergezaubert?«

»Vom Bäcker eine Straße weiter. Kaffee stand ja noch im Schrank.«

Bala setzte sich an den Tisch. »Solch einen Service hatte ich schon lange nicht mehr.«

Kim goss ihr Kaffee in den Becher. »Ich war früh wach.«

»Schlechte Nacht gehabt?«

»Nicht die erste und wahrscheinlich auch nicht die letzte«, sagte Kim.

Bala griff nach einem Brötchen. »Willst du reden?«

Kim trank einen Schluck Kaffee. »Keine Ahnung. Ich weiß echt nicht mehr, was ich will und wie das alles weitergehen soll. In meinem Kopf herrscht nur noch Chaos.«

»Kann ich mir vorstellen. Und dann noch dieser Fall.«

»Ach, das ist schon in Ordnung. Ich bin froh, wieder hier zu sein und auf andere Gedanken zu kommen.«

Bala schmierte Butter auf ihr Brötchen und legte eine Scheibe Käse darauf. »Ist alles vorbei? Aus? Ich meine, gibt es keine Hoffnung mehr? Kein Zurück?«

»Nein, absolut nicht.« Zum ersten Mal sprach Kim klar und deutlich aus, was bereits seit Tagen in ihrem Kopf hämmerte. Es ist aus, vorbei, Vergangenheit. Es gibt nur einen Weg. »Ich muss dringend raus aus Schleswig. Das ist mir heute Nacht noch einmal voll und ganz klar geworden. Wenn wir mit dem Fall durch sind, nehme ich mir Urlaub und stelle einen Versetzungsantrag. Mir ist egal, wo es hingeht. Kiel, Husum, Flensburg, Neumünster oder Lübeck. Alles ist besser, als in Schleswig zu bleiben.«

»Wie lange hast du noch Urlaub?«

»Vier Wochen bestimmt. Ich kann mich auch krankschreiben lassen. Ich kenne eine Ärztin in Schleswig, die macht das sofort.«

»Vielleicht bekommst du ja schnell eine Stelle. Jella wollte sich doch für dich einsetzen. Ich denke, sie hat reichlich Kontakte.« Bala schmunzelte. »Ansonsten kommst du nach Husum. Ich könnte gut Unterstützung brauchen.«

»Warum nicht«, murmelte Kim und biss in ihr Brötchen.

Bala startete den Motor und fuhr durch die engen Straßen des Wohngebiets auf die B199, die von der Ostsee bis fast an die Nordsee führte.

»Ich habe vorhin noch mit Jella telefoniert«, sagte Bala. »Martin Langes Handy ist gestern am späten Nachmittag noch einmal kurz eingeloggt gewesen. Er ist auf Amrum.«

»Oder nur sein Handy.«

»Wie meinst du das?«

»Gab es da nicht mal so einen Film, wo die Polizei über Tage an der Nase herumgeführt wurde, als sie eine vermisste Person gesucht hat? Am Schluss stellte sich heraus, dass der Mörder das Handy mitgenommen hatte, um vorzutäuschen, dass die vermisste Person noch lebt.«

»Und wer sollte Lange getötet haben?«, fragte Bala.

»Niemand. War nur so eine Idee. Ist doch merkwürdig, dass er das Handy komplett ausgeschaltet hat, oder?«

»Akku leer?«

»Er ist im Wohnmobil. Da wird es ja wohl eine Möglichkeit geben, das Handy aufzuladen.«

»Wir werden sehen«, sagte Bala, die keine Lust zu haben schien, über Langes Handy zu spekulieren. »Meine Klosterfrau hat sich übrigens noch nicht gemeldet. Wie lange bleibt man eigentlich in einem Kloster? Betet man da?«

Kim grinste. »Nee, ich glaube, die schweigen einfach.

Totale Stille und Insichgekehrtheit. Wahrscheinlich gibt es dann noch Meditation oder solche Dinge. Natürlich kann man auch beten. Mehr weiß ich wirklich nicht. Ich bin schon eine Ewigkeit nicht mehr in der Kirche.«

»Und wie lange dauert das?«

»Eine Woche vielleicht. Länger hält das doch niemand aus. Aber genau weiß ich das nicht.«

»Okay, wieder was gelernt. Hast du in den Telefonlisten noch was gefunden?«

»Nein, das ist weit mehr als die Nadel im Heuhaufen«, antwortete Kim. »Wenn wir eine spezielle Nummer haben, lässt sich das schnell abgleichen, aber um wirklich alle Personen zu überprüfen, die sich da am Abend aufgehalten haben, brauchen wir ein zwanzigköpfiges Team.«

»Ja, sehe ich auch so.«

»Wie geht es eigentlich bei dir zu Hause?«, fragte Kim. »Sorry, dass ich bisher noch nicht nachgefragt habe.«

»Läuft. Irgendwie. Aber im Moment bin ich froh, dass ich in Flensburg und Amrum arbeiten kann. Es wird Zeit, dass meine Brüder merken, dass es so nicht weitergeht.«

»Hattest du nicht mal überlegt auszuziehen?«

»Ja, ich suche schon nach einer Wohnung«, sagte Bala.

»In Husum?«

Bala zögerte zu lange, als dass Kim es nicht bemerkt hätte.

»Klar«, antwortete sie. »Wo sonst?«

Kim sah aus dem Seitenfenster, um ihr Erstaunen zu verstecken. Hatte Bala auch Pläne, sich in eine andere Stadt versetzen zu lassen? Das konnte nicht sein. Sie hing so an ihrer Familie, dass es Kim schon schwerfiel, sich Bala in einer eigenen Wohnung vorzustellen.

»Finde ich gut«, sagte Kim nach einer Weile. »Du musst auch mal an dich denken.«

Sie schwiegen für den Rest der Fahrt.

Die Sonne schien Kim ins Gesicht. Sie schloss die Augen und genoss die Wärme. Sie stand neben Bala und Jella an der Reling der Fähre, die gerade ablegte.

»Hat sich das Handy noch einmal eingeloggt?«, fragte Bala.

»Nicht, dass ich wüsste«, antwortete Jella. »Mathiesen hat da ein Auge drauf. Ich habe Kollege Möller schon gebeten, auf dem Campingplatz vorbeizufahren. Er hat mich auf der Fahrt zur Fähre angerufen. Lange steht dort nicht und hat auch nicht angefragt, ob ein Platz frei ist.«

»Mysteriös«, warf Kim ein, die ihr kurzes Sonnenbad beendet hatte. »Ist er schon wieder abgefahren?«

»Habe ich auch von dem Inselkollegen kontrollieren lassen«, sagte Jella. »Mit dem Wohnmobil hat er Amrum nicht verlassen. Dass er ohne Fahrzeug gefahren ist, wäre möglich. Aber da gehe ich nicht von aus.«

»Aber, bitte schön, was macht er da?«, fragte Kim. »Hat ihm die Insel so gut gefallen, dass er gleich wieder hinfährt?«

»Wohl kaum«, murmelte Bala und fügte laut hinzu: »Wen kennt Lange dort? Jella und ich haben gestern, als wir vor der Wohnung auf ihn gewartet haben, herumspekuliert. Unter anderem darüber, ob Lange etwas von der mutmaßlichen Affäre zwischen Böhme und Friedrichs mitbekommen haben könnte.«

»Und jetzt will er etwas von Tomke Friedrichs?«, sagte Kim. »Sie erpressen? Das ist jetzt aber sehr weit hergeholt.«

»Langes Verschwinden kann ganz harmlos sein«, warf Jella ein. »Vielleicht hat er ja eine Frau auf Amrum kennengelernt und besucht sie. Wir werden ihn schon finden.«

»Was steht noch auf dem Programm?«

»Ich will noch einmal mit Tomke Friedrichs und auch mit ihrem Mann sprechen. Weiter müssen wir nach Zeugen suchen, die Mike Thielen am Sonntag in der Nähe der Strandbar gesehen haben. War er es, mit dem Böhme sich in der Strandbar getroffen hat? Der Staatsanwalt beantragt außerdem einen Beschluss, mit dem wir von den beiden Rettungsschwimmerinnen, Paula Balke und Sophie Holst, eine DNA-Probe nehmen können. Und mit Glück bekommen wir auch einen Beschluss für Tomke Friedrichs. Es wird höchste Zeit, dass wir die weibliche DNA, die an Böhmes Boxershorts gefunden wurde, identifizieren. Wir müssen herausbekommen, mit wem Böhme kurz vor seinem Tod zusammen war.«

»Was ist eigentlich mit den ehemaligen Rettungsschwimmerinnen?«, fragte Bala. »Die haben wir etwas aus den Augen verloren.«

»Habe ich auch auf dem Zettel. Möller hat uns die Namen besorgt. Sollte Zeit sein, gehen wir auf Amrum die Liste durch und telefonieren die Frauen ab. Mehr steht im Moment nicht auf meiner Liste.«

Michael Möller stand vor einer topografischen Karte von Amrum. Die drei Kolleginnen und zwei weitere uniformierte Beamte saßen im Halbkreis vor ihm.

»Die Insel ist zwar über zwanzig Quadratkilometer groß, aber, wie man sieht, nur bedingt mit Fahrzeugen und schon gar mit einem Wohnmobil befahrbar. Die Hauptdurchgangsstraße von Wittdün bis Norddorf sind wir abgefahren. Hier gibt es auch nur wenige Möglichkeiten zu parken. Ich schlage vor, wir teilen jetzt die Insel in vier Bereiche ein. Wir haben zwei Fahrzeuge und Sie«, er warf einen Blick zu Jella, »sind mit weiteren zwei Fahrzeugen da.« Als Jella nickte, fuhr er fort. »Das erste Fahrzeug fährt alle Straßen in Wittdün ab und kümmert sich anschließend um Steenodde. Fahrzeug zwei nimmt sich Süddorf und die vom Ort westlich gelegenen Straßen vor. Team drei wird hier in Nebel die Straßen abfahren. Das vierte Fahrzeug wäre dann für den Bereich Norddorf zuständig.« Möller hatte jeweils auf der Karte die Bereiche mit dem Laserpointer umrundet. »Ich habe hier vier Kartenausschnitte, auf denen jeweils die zu durchsuchenden Bereiche eingezeichnet sind. Für unsere Kolleginnen vom Festland schlage ich Wittdün und Steenodde vor. Hier kennen Sie sich ja inzwischen schon aus.«

»Ist in Ordnung«, sagte Kim, und Bala nickte zustimmend.

»Meine Kollegen übernehmen Nebel und Süddorf, und ich würde mit Ihnen, Frau Jensen, Norddorf abfahren.«

»Gute Vorbereitung«, sagte Jella. »Danke dafür. Sollte jemand auf das Wohnmobil stoßen, bekomme ich sofort eine Info. Bitte nur im absoluten Notfall aktiv werden. Alles Weitere entscheiden wir, sobald ich vor Ort bin.«

27

»Es sollte eigentlich kein Problem sein, das Wohnmobil heute zu finden«, sagte Michael Möller, als Jella den Motor startete und aus Nebel heraus Richtung Norddorf fuhr.

»Ich hoffe es. Ich würde ungern den Helikopter anfordern. Die Kosten dafür sind hoch, und dass man aus der Luft mehr sieht, wage ich zu bezweifeln.«

»Sehe ich genauso.« Er zeigte nach vorne. »Biegen Sie da bitte nach links in den Feldweg ab.«

Jella bog ab und verringerte die Geschwindigkeit. Langsam fuhren sie die Wege ab, die eigentlich nicht für Fahrzeuge freigegeben waren, kehrten dann zur Hauptstraße zurück und hielten sich weiter Richtung Norddorf. Nach zwei Stunden hatten sie sämtliche Straßen in Norddorf abgesucht und standen jetzt an einer Abzweigung, die zur Nordspitze der Insel führte.

»Hier geht es zum Naturschutzgebiet Amrumer Odde«, erklärte Möller. »Da liegt noch auf halber Strecke ein Schullandheim. Ab da müssen wir umkehren, um noch den östlich liegenden Parallelweg abfahren zu können, der am Deich entlangführt.«

Jella fuhr auf den Weg und drosselte nochmals die Geschwindigkeit. Bis zum Schullandheim fanden sie nichts Ungewöhnliches, fuhren zurück und anschließend am Deich entlang wieder nach Norden. Die leicht hügelige Landschaft war mit Gras bewachsen, nur hin und wieder fanden sich Büsche und Sträucher.

An der Stelle, an der der Deich in die Dünen überging, befand sich ein kleiner Rastplatz mit mehreren Holzbänken und Fahrradständern.

»Halten Sie vor dem Tor. Wir gehen noch kurz bis zu dem kleinen Holzbau. Da sind Toiletten.«

Jella stellte den Wagen ab, sie stiegen aus. Schon von Weitem bemerkte sie, dass hinter dem Holzhäuschen etwas Blaues stand. Sie machte Möller darauf aufmerksam.

»Ja, habe ich auch gesehen. Das könnte das Wohnmobil sein, oder?«

Jella nickte, öffnete die hintere Tür ihres Dienstwagens und griff nach der Schutzweste. »Bleiben Sie hinter mir.« Sie öffnete den Verschluss ihres Holsters.

Langsam gingen sie auf das Holzhäuschen zu. Als Jella das Nummernschild des VW-Wohnmobils sah, nickte sie Möller zu, lief gebückt an der Seite des Fahrzeugs entlang und warf einen schnellen Blick durch die großen getönten Scheiben. Schemenhaft nahm sie eine Gestalt wahr, die auf dem Boden neben dem Tisch lag, und ging wieder in die Hocke.

»Da liegt jemand«, flüsterte sie Möller zu, der gebückt hinter ihr kauerte. »Ich mache mich jetzt bemerkbar.«

Sie klopfte dreimal mit der Faust an die Scheibe und gab sich laut als Polizistin zu erkennen. »Herr Lange, öffnen Sie bitte die Tür. Ich muss mit Ihnen sprechen.«

Jella trat erneut nah an die Scheibe heran, um etwas zu sehen. Die Gestalt hatte sich nicht bewegt.

Vorsichtig betätigte sie die Schiebetür. Sie war unverschlossen. Sie gab Möller einen Wink und öffnete sie mit einem Ruck. Aus dem Augenwinkel sah sie, dass ihr Kollege die Waffe gezogen hatte, doch im selben Moment war ihr klar, dass ein Toter auf dem Boden lag.

Das rot-weiße Plastikband mit der Aufschrift *Polizei* flatterte im Wind. Michael Möller hatte den Bereich um das Wohnmobil großflächig abgeriegelt. Einer der Inselärzte war inzwischen vor Ort gewesen und hatte den Tod von Martin Lange festgestellt. Klaas Mathiesen und einer seiner Mitarbeiter waren unterwegs zur Fähre und würden in spätestens zwei Stunden vor Ort eintreffen. Jella hatte Bala und Kim gebeten, in die Polizeistation zurückzukehren und sich auf die ehemaligen Rettungsschwimmerinnen zu konzentrieren.

»Gehen Sie von einem Tötungsdelikt aus?«, fragte der Inselpolizist, der immer noch mitgenommen wirkte.

»Haben Sie die beiden Brandmale an Langes Hals bemerkt?« Als Möller den Kopf schüttelte, fuhr Jella fort: »Mir sind sie gleich aufgefallen, ich habe so etwas schon öfter gesehen. Lange ist wahrscheinlich mit einem Elektroschocker überwältigt worden. Was danach passiert ist, wissen wir noch nicht. Blut oder eine Wunde konnte ich nirgends entdecken.«

»Und das alles hier im Naturschutzgebiet, das für den normalen Autoverkehr gesperrt ist?«

»Es ist nicht gesagt, dass Lange hier getötet wurde oder gestorben ist. Die Tat, wenn es denn eine gewesen ist, kann irgendwo auf der Insel passiert sein. Anschließend ist das Fahrzeug hier versteckt worden. Die Frage ist, wie der Täter oder die Täterin hier wieder weggekommen ist. Ich kann mir nicht vorstellen, dass das Wohnmobil von einem zweiten Auto begleitet wurde. Das wäre viel zu gefährlich gewesen. Jemand hätte sich das Kennzeichen merken können.«

»Zu Fuß«, schlug Möller vor. »Norddorf ist nur etwas mehr als einen Kilometer entfernt und wenn mich nicht alles täuscht, ist die Bushaltestelle auch nicht viel weiter. Sagen wir, es sind zwei Kilometer. Das ist, wenn man sich beeilt, in einer Viertelstunde zu schaffen.«

»Aber warum hier?«, fragte Jella.

»Es gibt nicht viele Verstecke auf Amrum. Hätten wir nicht explizit danach gesucht, wäre das Fahrzeug hier nicht so schnell gemeldet worden. Es ist im Moment so heiß, dass hier nur wenige Touristen vorbeikommen. Sei es mit dem Fahrrad oder zu Fuß. Die hätten es sicher nicht verdächtig gefunden. Es kommt schon mal vor, dass hier ähnliche Fahrzeuge als Unterkunft für Deicharbeiter stehen.«

»Sie gehen also davon aus, dass ohne unsere Suche das Wohnmobil erst sehr spät aufgefallen wäre?«

Möller nickte. »Zwei oder drei Wochen. Vielleicht mehr. Das hängt davon ab, wie aufmerksam die Vorbeigehenden gewesen wären. Wer kommt schon darauf, dass in dem Fahrzeug ein Toter liegen könnte. Um ein Haar wäre ich diese Strecke gar nicht mehr abgefahren.«

Als kurz darauf Möllers Kollegen eintrafen, gab Jella ihnen Anweisungen und fuhr anschließend zusammen mit Möller zurück zur Polizeistation.

»Ein weiterer Toter?«, fragte Niklas, als Jella ihn telefonisch über die neue Lage informierte.

»Der Mann, den wir gesucht haben. Martin Lange.«

»Kann es ein natürlicher Tod sein?«

»Niklas, das kann und will ich nicht beurteilen. Die beiden Brandmale sehen aber verdammt nach einem Elektroschocker aus. Allerdings habe ich keine weiteren äußeren Verletzungen wie eine Stich- oder Schusswunde sehen können. Es wäre aber ein zu großer Zufall, wenn der Tote nicht auf die eine oder andere Weise mit unserem Fall zusammenhängt.«

»Geht es da wieder um die Wolters? Lange wurde doch indirekt von ihnen betrogen. Hat er versucht, von ihnen sein Geld zu bekommen?«

»Darüber habe ich auch schon nachgedacht. Es könnte tatsächlich eine Art Unfall gewesen sein. Wenn der Einsatz des Elektroschockers als Warnung gedacht war.«

»Könnte Martin Lange nicht schon in Flensburg ums Leben gekommen und anschließend nach Amrum gebracht worden sein?«

»Aber warum?«, sagte Jella. »Um uns auf eine falsche Spur zu locken? Warum haben sie ihn nicht verschwinden lassen und das Wohnmobil irgendwo in Dänemark abgestellt? Das hätte Wochen bis Monate gedauert, bis überhaupt jemand bei der deutschen Polizei sich damit beschäftigt hätte. Im Übrigen halte ich es für viel zu riskant, mit einer Leiche die Fähre zu benutzen. Außerdem hat der Inselarzt die Todeszeit auf gestern Abend zwischen achtzehn und zweiundzwanzig Uhr geschätzt. Wenn sich das bestätigt, muss Lange hier auf der Insel getötet worden sein.«

»Das ergibt alles keinen Sinn«, sagte Niklas. »Braucht ihr weitere Unterstützung vor Ort? Oder warten wir erst mal das Obduktionsergebnis ab?«

»Im Moment würden mehr Kollegen hier nur stören. Wenn die Kriminaltechniker durch sind, lasse ich die Leiche nach Kiel bringen. Morgen wissen wir dann schon mehr.«

»Okay, ich spreche mit Kiel, damit es schneller geht.«

»Das ist doch alles vollkommen verrückt«, kommentierte Kim Jellas Bericht. »Elektroschocker? Und dann? Daran stirbt man nicht, man wird allenfalls für eine Weile bewusstlos.«

»Gehen wir systematisch vor«, sagte Jella. »Zunächst einmal der Todeszeitpunkt – laut Inselarzt gestern zwischen achtzehn und zweiundzwanzig Uhr. Die Leichenstarre war vollständig ausgeprägt, hatte sich aber noch nicht wieder gelöst.«

»Zur Todesursache hat er sich nicht geäußert?«, fragte Bala.

»Nein. Allerdings hat er Anzeichen für einen Herzinfarkt gefunden. Genaues werden wir erst morgen nach der Obduktion erfahren.«

»Also ist er mit hoher Wahrscheinlichkeit hier auf der Insel getötet worden«, stellte Kim fest.

»Ja, das denke ich.« Jella sammelte sich kurz und fuhr fort: »Wenn wir davon ausgehen, dass Langes Tod etwas mit dem Tod von Thomas Böhme zu tun hat, müssen wir nach möglichen Verbindungen suchen.«

»Die Wolters«, schlug Bala vor. »Lange muss klar gewesen sein, dass die Käufer des Hauses mit in der Geschichte drinhängen.«

»Ja, der Staatsanwalt hat auch in diese Richtung gedacht. Wir müssen noch einmal ausschwärmen und nach Zeugen suchen, die einen der drei Brüder gesehen haben. Da der Todeszeitpunkt außerhalb der Fährzeiten liegt, muss der Täter irgendwo übernachtet haben.«

»Es ist in der Nacht warm genug, um auch draußen zu schlafen«, sagte Kim. »Wenn ich nach der Tat nicht gleich die Insel verlassen könnte, würde ich mich irgendwo in die Kneipe setzen und, wenn sie schließt, draußen aufhalten und die erste Fähre nehmen.«

»Möglich, aber sehr unauffällig wäre das nicht. Wir befragen den Busfahrer der Linie Norddorf-Wittdün, ob ihm ein Gast besonders aufgefallen ist. Wer macht das?«

Bala hob die Hand. »Ist notiert.«

»Dann werden wir heute wieder eine Nachtschicht einlegen und mit unseren Fotos hausieren gehen. Wenn die Wolters auf der Insel waren, muss irgendwer sie gesehen haben. Wir fragen die Mitarbeiter in jeder Gaststätte und jedem Café, ich werde Kollege Möller bitten, dass seine Kollegen das Personal auf der Fähre und beim Kartenverkauf befragen.«

»Ich könnte in der Datenbank nach Todesfällen durch Einsatz von einem Elektroschocker recherchieren«, schlug Kim vor.

Jella nickte und notierte sich den Punkt. »Wir müssen weiter in den Hotels und Pensionen nachfragen, ob einer der Wolters ein oder zwei Nächte auf Amrum war.«

»Haben wir weitere Verdächtige?«, fragte Bala. »Wie ist es mit den beiden Rettungsschwimmerinnen? Bekommen wir den Beschluss für die DNA-Probe?«

Jella nickte. »Der sollte gleich da sein. Der Staatsanwalt hat sogar einen Beschluss für Tomke Friedrichs bekommen.«

»Sehr gut«, sagte Bala. »Zu den beiden Rettungsschwimmerinnen: Sollte eine von ihnen Thomas Böhme getötet haben, und Martin Lange hat das herausbekommen …«

»Wie, bitte schön?«, unterbrach Kim Bala.

»Er hat Böhme observiert, weil er etwas über ihn herausbekommen wollte, um ihn weiter unter Druck setzen zu können. Warum sollte er nicht gesehen haben, wie Böhme und eine der Frauen Richtung Bohlenweg gegangen sind? Den Rest konnte er sich zusammenreimen. Oder er ist ihnen nachgegangen und hat die Tat sogar beobachtet.«

»Und dann hat er die Rettungsschwimmerin erpresst? Die sind beide jung und werden wohl kaum Geld auf der hohen Kante haben.«

»Das ist nicht ganz richtig«, sagte Bala. »Beide kommen aus betuchten Elternhäusern. Paula Balkes Vater besitzt mehrere Baustoffmärkte. Sophie Holsts Eltern sind beide

Fachärzte mit eigener Praxis. Auch das hätte Lange schnell herausbekommen können.«

»Zu viel der Spekulation. Da könnten die Wolters-Brüder schon eher ein Motiv haben.«

»Tomke Friedrichs«, lenkte Jella die Diskussion in eine andere Richtung. »Sie hat etwas zu verbergen. Da sind wir uns wohl einig.«

Kim und Bala nickten.

»Ist es harmlos, was sie uns verschweigt, oder für unseren Fall relevant? Und wie weit würde Tomke Friedrichs gehen, um ein mögliches Geheimnis zu bewahren?«

Kim schüttelte den Kopf. »Einen oder sogar zwei Menschen töten, damit ihre Affäre nicht ans Licht kommt? Das traue ich ihr nicht zu.«

»Bis jetzt vermuten wir nur den Einsatz eines Elektroschockers«, warf Jella ein. »Sie muss nicht die Absicht gehabt haben, Lange zu töten.«

Sie diskutierten noch eine Weile die drei möglichen Ermittlungsstränge und teilten dann ihre Aufgaben ein.

Kim und Bala fingen an, die Rettungsschwimmerinnen der letzten fünf Jahre anzurufen, um sie zu Thomas Böhme zu befragen. Jella machte sich auf den Weg zurück ins Naturschutzgebiet.

Klaas Mathiesen schaute sich um. »So einen abgelegenen Fundort einer Leiche hatte ich bisher noch nie.«

Als Erstes zogen die beiden Kriminaltechniker den toten Martin Lange aus dem Wohnmobil, legten ihn in den Leichensack und suchten auf der Kleidung nach DNA-Spuren. Anschließend wurde der Tote von einem Bestatter abgeholt. Er würde mit der nächsten Fähre nach Dagebüll übersetzen und anschließend direkt nach Kiel in die Rechtsmedizin fahren.

»Habt ihr was gefunden?«, fragte Jella, nachdem Mathiesen das Wohnmobil verlassen hatte.

»Nun gut, wenn jemand auf so engem Raum lebt, gibt es unzählige Spuren. Wir haben uns erst mal darauf konzentriert, ob es Hinweise gibt, dass er nicht selbst gefahren ist.«

»Mach's nicht so spannend, Klaas.«

Der Kriminaltechniker grinste. »Du wieder! Okay, das Steuer und sämtliche Bereiche, die ein Fahrer berührt haben könnte, sind sorgfältig abgewischt worden. Ganz im Gegensatz zum restlichen Wohnmobil. Hier finden sich unzählige Fingerabdrücke.«

»Also ist er nicht gefahren und war mutmaßlich schon tot«, sagte Jella.

»Das wäre eine mögliche Schlussfolgerung.« Mathiesen holte tief Luft. »DNA-Spuren lassen sich nicht so einfach abwischen. Wir haben einiges gefunden, aber wie immer braucht es Zeit. Rechne nicht vor Ende der Woche mit einem Ergebnis.«

»Hat das Opfer sich gewehrt? Gab es Spuren einer Auseinandersetzung?«

»Nein, wir haben nichts gefunden. Du hast ja sicher auch die beiden kleinen Brandspuren im Nacken des Mannes gesehen.«

Jella nickte.

»Elektroschocker, eindeutig«, fuhr Mathiesen fort. »Da ist man schnell außer Gefecht gesetzt. Allerdings habe ich keine Anzeichen an Händen und Füßen der Leiche gesehen, die auf eine Fesselung hinweisen. Wenn er getötet wurde, müsste es direkt nach dem Stromschlag passiert sein. Oder durch den Stromschlag. Aber das ist ja eigentlich nicht meine Baustelle.« Er zeigte auf die Umgebung des Wohnmobils.

»Wir suchen jetzt hier noch alles ab und sehen dann zu, dass wir noch die letzte Fähre zurück aufs Festland bekommen. Kollege Möller hat uns zwar bei sich zu Hause das Gästezimmer angeboten, aber ich schlafe doch lieber in meinem eigenen Bett.«

»Klaas! Kannst du mal kommen?«, rief Mathiesens Kollege, der in der Tür des Wohnmobils stand.

»Sorry, bin gleich wieder da«, sagte der Kriminaltechniker.

Kurz darauf kam er mit einer DIN-A4-Kladde zurück. »Das haben wir gerade hinter einer Abdeckung gefunden. Offensichtlich hat Lange sie dort versteckt.« Er blätterte die Kladde durch. »Irgendwelche Aufzeichnungen.« Er reichte Jella das Heft. »Kannst du damit etwas anfangen?«

Jella las und nickte schließlich. »Sehr interessant. Lange hat Böhme tatsächlich observiert. Datum, Uhrzeit und kurze Notizen.« Sie sah auf. »Gut, dass ihr das gefunden habt.«

»War Zufall, hat der Kollege gesagt.«

»Also gut versteckt?«

»Definitiv. Das sollte niemand finden.«

28

Kim drückte den Klingelknopf und wartete. Kurz darauf erschien Paula Balke und sah sie erstaunt an. »Hast du noch Fragen wegen Thomas?«

»Können wir reinkommen?«, fragte Kim.

»Meinetwegen.« Sie trat zur Seite und schloss die Tür, als Kim und Bala im Flur standen.

»In der Küche ist niemand. Wollt ihr mich sprechen oder auch …«

»Erst mal mit dir«, sagte Kim.

Paula Balke ging voraus, sie setzten sich an den Tisch.

»Kaffee ist leider alle. Janus ist gerade los, was einzukaufen.«

»Kein Problem«, sagte Kim. »Wir haben weibliche DNA an Thomas Böhmes Leiche gefunden. Die Stelle lässt vermuten, dass es zu einem intimen Kontakt gekommen ist.«

Paula Balke hob abwehrend beide Hände. »Aber ganz sicher nicht mit mir.«

Kim zog das Plastikröhrchen aus ihrer Umhängetasche. »Dann hast du sicher auch kein Problem damit, deine DNA-Probe abzugeben.«

»Wie bitte? Ist das dein Ernst?« Sie schüttelte missbilligend den Kopf. »Sorry, aber darauf habe ich nun wirklich keinen Bock. Wer weiß, wo das später gespeichert wird.«

»Sollte der Abgleich negativ sein, werden die Daten wieder gelöscht. Das ist gesetzlich so vorgeschrieben.«

»Wer's glaubt«, murmelte Paula Balke.

Kim schaute zu Bala, die ihr zunickte, und reichte Paula Balke den richterlichen Beschluss.

»Was ist das für ein Scheiß?«, rief Paula Balke. »Habt ihr echt nichts Besseres zu tun, als unschuldige Menschen zu nerven?«

»Es wäre gut, wenn wir das friedlich klären könnten«, sagte Kim ruhig. »Wenn du dich weigerst, müssen wir dich mit zur Polizeistation nehmen.«

»Was für ein Bullshit. Hätte ich nicht von dir gedacht, dass du …« Sie winkte ab. »Wie geht das jetzt?«

Eine Minute später beschriftete Kim das Röhrchen mit der Probe. »Danke.«

Die Schwimmerin warf ihr einen mitleidigen Blick zu. »Ihr müsst echt am Ende sein, wenn ihr mich verdächtigt, Thomas umgebracht zu haben.«

»Ist deine Kollegin Sophie Holst auch hier im Haus?«

Paula Balke stand auf. »Keine Ahnung, das müsst ihr schon selbst rausfinden.«

»Nett, die Dame«, murmelte Bala, als Paula Balke die Tür hinter sich geschlossen hatte. »Dann machen wir uns mal auf die Suche.«

Sie trafen im ersten Stock auf Sophie Holst und baten sie um eine freiwillige DNA-Probe. Nach kurzem Zögern willigte die junge Frau ein.

»Danke für Ihre Kooperation«, sagte Bala, nachdem sie das Plastikröhrchen beschriftet und verstaut hatte.

»Haben Sie sonst noch Fragen?«

Bala schüttelte den Kopf. »Nein, das war's fürs Erste.«

»Ist dir aufgefallen, dass Sophie nicht einmal gefragt hat, wofür wir die DNA-Probe brauchen?«, sagte Kim, als sie wieder im Auto saßen. »Du hast nur erwähnt, dass Fremd-DNA bei Böhme gefunden wurde.«

»Ja, habe ich gemerkt. Ich kann mir darauf aber noch keinen Reim machen.« Bala startete den Motor. »Fangen wir in Norddorf mit der Befragung in den Hotels und Pensionen an?«

Michael Möller hatte ihnen eine Liste mit Adressen ausgedruckt. Nach zwei Stunden hatten sie alle Hotels und Pensionen aufgesucht, dort die Fotos von Ralf, Dieter und Dirk Wolters gezeigt und überall negative Antworten bekommen.

»Hast du noch etwas auf der Liste?«, fragte Bala, als sie auf ihr Auto zugingen.

»In Norddorf nicht. Aber auf halber Strecke nach Nebel ist noch eine Pension und dann natürlich in Nebel und Umgebung.«

Bala schloss das Auto auf. »Dann wollen wir mal.«

»Kann ich die Fotos noch einmal sehen?«, fragte die Inhaberin der nächsten Pension, Edda Ehrken, an der Rezeption. Sie musterte die Fotos der drei Wolters-Brüder und zeigte schließlich auf Dirk Wolters. »Ich glaube, der hat hier übernachtet.«

»Wann?«, fragte Bala.

»Von gestern auf heute. Augenblick. Ich suche mal den Anmeldezettel.« Sie holte eine Pappschachtel unter dem Tresen hervor und wühlte darin herum. »Der muss hier doch irgendwo sein.« Sie holte alle Zettel aus dem Karton und ging sie einen nach dem anderen durch. »Tut mir leid. Der ist weg. Die anderen Gäste kenne ich alle.« Sie sah zwischen Bala und Kim hin und her. »Normalerweise lasse ich die Anmeldezettel hier nicht liegen. Aber gestern war es total stressig. Da muss ich das vergessen haben.«

»Erinnern Sie sich an den Namen?«, fragte Kim.

»Irgendwas ganz Gewöhnliches. Ich weiß es nicht mehr. Und eine Adresse in Kiel.«

»Können Sie bitte noch einmal die Anmeldezettel durchgehen?«, sagte Bala. »Es ist sehr wichtig, ihn zu finden.«

Frau Ehrken prüfte noch einmal alle Zettel, bevor sie den Kopf schüttelte. »Das ist mir ein Rätsel.«

»Waren Sie hier, als der Mann«, Bala zeigte auf das Foto von Dirk Wolters, »ausgecheckt hat?«

»Nein, er ist früh raus. Der Türschlüssel lag auf dem Tresen. Das ist aber ganz normal, wenn Gäste früh zur Fähre müssen. Bezahlt war das Zimmer ja.«

»In bar oder mit Kreditkarte?«, fragte Kim.

Edda Ehrken überlegte. »Doch, er hat in bar bezahlt. Jetzt weiß ich es wieder.«

Bala nahm die Daten von Frau Ehrken auf und kündigte an, dass ein Kollege vorbeikommen würde, um das Protokoll unterschreiben zu lassen.

»Neunzehn Uhr«, sagte Kim nach einem Blick auf die Uhr im Auto. »Zurück zur Polizeistation? Die restlichen Hotels und Pensionen können wir uns ja sparen, oder?«

»Zumindest heute«, antwortete Bala, als ihr Handy klingelte. »Jella. Ich stelle mal auf laut.«

»Hallo, Jella, wir sind gerade wieder im Auto. So wie es aussieht, hat Dirk Wolters hier von gestern auf heute übernachtet.«

»Sicher?«, fragte Jella mit erstaunter Stimme.

»Eine Pensionsinhaberin hat ihn eindeutig identifiziert. Der Anmeldezettel ist leider verschwunden. Kim und ich gehen davon aus, dass Wolters ihn heute Morgen mitgenommen hat.«

»Damit habe ich jetzt nicht gerechnet«, sagte Jella. »Ich bin inzwischen wieder in der Polizeistation. Wollen wir uns in Wittdün in der Pension treffen?«

»Ja, bis gleich«, sagte Bala und beendete das Gespräch.

29

Jella klopfte an Balas Zimmertür.

»Ich bin gleich fertig«, rief Bala aus dem Bad. »Hol doch schon mal Kim.«

Jella wandte sich ab und klopfte an der Nebentür, die gleich darauf von Kim geöffnet wurde.

»Kann losgehen. Wo wollen wir essen?«

»In der Strandbar?«, sagte Bala, die in diesem Augenblick aus ihrem Zimmer kam. »Ein kleiner Spaziergang an der Nordsee könnte mir nach diesem Tag guttun.«

»In Ordnung«, sagte Jella. »Dann können wir gleich nach dem Essen Zeugen suchen, die Mike Thielen am Abend vor Böhmes Ermordung dort gesehen haben.«

»Ich füge mich der Mehrheit«, sagte Kim und schloss ihre Tür ab.

»Du warst vorhin so erstaunt, dass die Zeugin Dirk Wolters identifiziert hat«, sagte Bala, als sie auf der Promenade Richtung Strandbar gingen.

»Ich war etwas überrascht«, bestätigte Jella. »Jetzt liegt die Vermutung nahe, dass die Wolters etwas mit Langes Tod zu tun haben. Vielleicht hat er von ihnen das Geld zurückgefordert.«

»Wie?«, fragte Kim.

»Mit der gleichen Masche, die er bei Thomas Böhme versucht hat. Er hat sie damit erpresst, den Betrug an die Presse zu geben. Beweise hatte er ausreichend gesammelt.«

»Beweise?«, fragte Bala.

Jella nickte. »Klaas hat im Wohnmobil eine gut versteckte Kladde gefunden. Ich habe mir vorhin einen ersten Überblick verschafft. Lange hat Böhme über Wochen observiert. Er wusste von dem illegalen Glücksspiel und hat auch herausgefunden, dass Ralf Wolters dahintersteckt.«

Bala blieb stehen. »Also ist etwas dran an unserer Theorie, dass Martin Lange Thomas Böhme erpresst hat?«

»Ich denke schon«, antwortete Jella. »Lange hat Böhme auch auf Amrum beobachtet. Leider gibt es zu der mutmaßlichen Tatzeit keine Eintragung.«

»Weil er Böhme erstochen hat?«, fragte Kim.

»Lasst uns weitergehen«, schlug Jella vor. »Hier können zu viele Ohren mithören.«

Oliver Kruse begrüßte Bala mit einem strahlenden Lächeln, nickte Jella und Kim zu und gab ihnen einen freien Tisch mit Blick auf die Nordsee.

Als er die Getränke aufgenommen hatte und zu den nächsten Gästen gegangen war, beugte sich Kim grinsend vor. »Bei dem hast du einen Stein im Brett. Wenn mich nicht alles täuscht, steht er auf dich.«

Bala rollte mit den Augen. »Ich aber nicht auf ihn. Außerdem ist er nur freundlich, weil wir Polizistinnen sind.«

»Glaube ich nicht. Mich hat er nicht so angesehen.«

Jella schaute sich um. Die nächsten besetzten Tische befanden sich außer Hörweite. »Wo haben wir vorhin abgebrochen?«

»Wer Böhme erpresst hat«, nahm Bala dankbar den Themenwechsel auf. »Du hast eine Kladde im Wohnmobil gefunden, die beweist, dass Lange ihn regelmäßig observiert hat. Steht da auch etwas über eine Erpressung?«

Jella schüttelte den Kopf. »Nicht direkt. Aber es ist von hunderttausend Euro die Rede. Kurz davor hat Lange notiert, dass er sich mit Böhme verabredet hat.«

»Also waren die Hunderttausend für Lange«, warf Kim ein.

»Vor Gericht würden wir damit nicht durchkommen, aber lasst uns annehmen, dass das Geld, was Böhme sich ausleihen wollte, für Martin Lange vorgesehen war. Wenn man bedenkt, dass Lange den Betrag nicht hätte versteuern müssen, wäre es für ihn durchaus attraktiv gewesen. Als Enkel fällt reichlich Erbschaftssteuer an.«

Oliver Kruse servierte ihnen die Getränke. Als er gegangen war, stand Bala auf. »Ich muss kurz aufs Klo.«

Kim schaute ihr hinterher. »Sie war doch in der Pension auf der Toilette. Zumindest habe ich die Spülung gehört.«

Jella zuckte mit den Schultern und ließ ihren Blick über die Nordsee schweifen. Die Sonne stand tief am Himmel und tauchte den Strand und das Meer in weiches Licht. Sie nahm sich vor, im Herbst mit David ein paar Tage auf Amrum zu verbringen.

»Hast du eigentlich schon den Kriminaloberrat gefragt, ob ich mit einer Stelle rechnen kann?«

»Ja, ich habe ihm am späten Nachmittag einen Bericht durchgegeben und ihn danach gefragt. Er konnte oder wollte mir nichts zusagen, aber ich vermute, dass es ganz gut aussieht. Eine Kollegin geht in Kürze in Mutterschutz und wird danach mindestens ein Jahr pausieren.«

»Und du meinst, dass das klappen könnte?«

Jella nickte. »Sörensen ist – auch wenn er es nicht laut ausspricht – durchaus angetan von unserem Team und der Erfolgsquote. Ich denke, du hast sehr gute Chancen.«

Kim atmete erleichtert auf.

»Warte ein paar Tage«, fuhr Jella fort, »und dann holst

du dir einen Termin bei Sörensen. Wenn er grünes Licht gibt, wird er sich dafür einsetzen, dass die Versetzung schnell über die Bühne geht.«

Bala kam zurück, kurz darauf servierte ihnen Oliver Kruse das Essen. Erst jetzt bemerkte Jella, wie hungrig sie war. Hatte sie außer dem kargen Frühstück überhaupt etwas gegessen?

»Guten Appetit, die Damen«, wünschte Jella und griff nach Messer und Gabel, um ein Stück von ihrem Lachs zu probieren.

Nach dem Essen befragten sie zwei Stunden Passanten, aber niemand konnte sich daran erinnern, Mike Thielen an dem Sonntag in der Strandbar oder ihrer Umgebung gesehen zu haben.

»Das ist einfach zu lange her«, sagte Kim, als sie sich zur verabredeten Zeit wieder an der Strandbar trafen.

»Oder er war nicht hier«, bemerkte Bala.

»Selbst dein Kellner kann ihn nicht mit Sicherheit identifizieren«, sagte Kim mit leicht spöttischem Unterton.

Bala rollte mit den Augen. »Oliver ist nicht mein Kellner. Und er bedient hunderte Menschen jeden Tag. Dass er das nicht hundertprozentig bestätigen kann, ist doch verständlich.«

»Zumindest schließt er es nicht aus. Im Notfall müssen wir eine offizielle Gegenüberstellung machen«, sagte Jella. »Aber für heute machen wir erst mal Schluss. Kommt ihr auch mit?«

Kim nickte, Bala schüttelte den Kopf. »Ich bleibe noch etwas. Wir sehen uns dann morgen.«

Kim sah ihr hinterher. »Denkst du, was ich denke?«

»Lass uns gehen«, sagte Jella. »Ich bin müde.«

»Darf ich dich noch stören?«, fragte Jella, als David das Gespräch angenommen hatte.

»Ich bestehe darauf«, sagte er. »Habt ihr so lange gearbeitet?«

Jella sah auf die Uhr und erschrak. Es war kurz nach dreiundzwanzig Uhr. »Ja, wir sind gerade von der Strandbar zurück, wo wir nach Zeugen gesucht haben.«

»Habt ihr jemanden gefunden?«

»Nein. Wir drehen uns etwas im Kreis. Es gibt einen zweiten Toten, der gleichzeitig einer der Verdächtigen für die erste Tat ist.«

»Klingt kompliziert.«

»Wie war dein Tag?«, fragte Jella.

»Vier Klienten, ein einsames Mittagessen und ein noch einsameres Abendessen. Vorhin wäre ich beinahe vor dem Fernseher eingeschlafen.«

»Ich würde jetzt auch lieber in deinen Armen liegen, ruhige Musik hören und vor mich hinträumen.«

»Wem sagst du das? Aber das holen wir nach. Bleibt ihr noch lange auf Amrum?«

Jella seufzte. »Wenn ich das nur wüsste.«

»Dann werde ich warten müssen.«

»Ich weiß, du bist hartnäckig«, sagte Jella.

»Ich kann nicht anders. Zumindest, wenn es um dich geht.«

»War das jetzt eine Liebeserklärung?« Jella erschrak über ihre Frage. Bisher hatte sie das Thema immer geschickt umschifft und war ausgewichen, wenn David darauf zu sprechen kam. Wieso war ihr das jetzt herausgeplatzt?

»Ja«, antwortete er leise. »Ich habe mich in dich verliebt. Auf den ersten Blick und unsterblich.«

Jella schwieg.

»Hätte ich das jetzt nicht sagen sollen?«, fragte David.

»Doch, hättest du. Es ist nur so …« Jella brach ab und nahm allen Mut zusammen. »Du hast alles richtig gemacht. Ich bin einfach zu …« Sie spürte, dass sie David nicht länger ausweichen konnte, nicht mehr ausweichen wollte. »Ich liebe dich«, flüsterte sie und sagte es kurz darauf noch einmal. »Ich liebe dich.«

30

»Wo waren wir gestern stehengeblieben?«, fragte Jella, als sie am nächsten Morgen mit Kim und Bala in der Polizeistation zusammensaß.

»Es steht inzwischen fest, dass Martin Lange Böhme observiert hat«, fasste Bala zusammen. »Wir sind davon ausgegangen, dass es Lange darum ging, Geld von Böhme zu erpressen. Lange hat von Böhmes Spielsucht gewusst und auch von seiner Verbindung zu den Wolters. Damit hatte er etwas in der Hand, um an sein Geld zu kommen. In der Kladde war von hunderttausend Euro die Rede. Das ist genau der Betrag, den Böhme von seinem Freund leihen wollte.«

»Und die Spielschulden?«, fragte Kim. »Wie wollte er die begleichen?«

»Durch neue Immobilienverkäufe?«, schlug Bala vor.

»Möglich«, sagte Jella. »Ist nur die Frage, ob Ralf Wolters darauf eingegangen wäre. Und Verkäufer zu finden, die sich nicht über den Wert ihres Hauses und Grundstücks im Klaren sind, ist auch nicht so einfach.«

»Die nichtbezahlten Spielschulden wären dann durchaus ein Motiv«, sagte Bala. »Mike Thielen wollte sie eintreiben und ist dabei zu weit gegangen.«

»Oder Böhme wollte nicht zahlen und hat sich dabei überschätzt«, warf Kim ein. »Hat er gedroht, den Betrug beim Hauskauf auffliegen zu lassen?«

Bala wiegte den Kopf hin und her. »Und dabei selbst vor Gericht landen?«

»Ich denke, Mike Thielen bleibt weiter auf Platz eins der Verdächtigenliste«, sagte Jella. »Wir haben ein Motiv und die Gelegenheit. Die Mittel – also das Messer und die Kenntnis, es anzuwenden – werden auch vorhanden gewesen sein.« Sie hielt kurz inne. »Der zweite Verdächtige ist nach wie vor Martin Lange. Hatte Böhme es sich anders überlegt und wollte doch nicht zahlen? Ist es deshalb zum Streit gekommen?«

»Das nachzuweisen wird schwierig, jetzt wo Lange nicht mehr lebt«, sagte Bala. »Vergessen dürfen wir nicht die Frauen, mit denen Thomas Böhme zu tun hatte. Die telefonischen Befragungen der ehemaligen Rettungsschwimmerinnen haben bisher ein klares Bild gezeigt. Böhme hat sich einen Dreck um die Gefühle der Frauen geschert. Wenn er seinen Spaß gehabt hat, hat er sie fallengelassen. Wenn sie nichts mit ihm zu tun haben wollten, hat er sie weiter bedrängt.«

»Finden wir da wirklich ein Motiv?«, fragte Kim.

»Eher nicht. Bisher haben wir nichts Tragfähiges«, gab Bala zu.

»Hat Lange eigentlich in der Kladde notiert, dass er Böhme und die Friedrichs zusammen gesehen hat?«, fragte Kim an Jella gewandt. »Damit hätte er Böhme extrem unter Druck setzen können.«

»Und als der nicht mehr zur Verfügung stand, Tomke Friedrichs«, fügte Bala hinzu und sah Jella fragend an.

»Ja, er hat notiert, dass Böhme sich mit einer Frau in der Strandbar in Wittdün getroffen hat«, sagte Jella. »Lange hat den letzten Eintrag dick unterstrichen.«

»Was genau hat er sich notiert?«, fragte Bala.

Jella griff nach der Kladde und suchte den entsprechenden Eintrag. »B. – Strandbar – mit Frau zusammen – lange blonde Haare, attraktiv, sein Alter – scheinen sich gut zu kennen – essen und trinken – sie berührt seine Hand – gehen zusammen weg.« Jella blätterte weiter. »Blonde Frau wohnt nicht weit entfernt – hat ein Kind – etwa zwei Jahre alt.«

»Gibt es weitere Einträge?«, fragte Bala. »Bisher ist ja noch nicht viel daraus zu lesen.«

Jella nickte und blätterte weiter. »B. ist zu F. (blonde Frau vom Strand) nach Hause gefahren – eine Stunde – haben sich liebevoll verabschiedet – Affäre?« Jella schloss die Kladde. »Die letzten Worte sind ebenfalls dick unterstrichen.«

»Wann war das?«, fragte Kim. »Oder gibt es kein Datum zu den Einträgen?«

»Gibt es. Tomke Friedrichs und Böhme haben sich eine Woche vor Böhmes Tod in der Strandbar getroffen. Und am Wochenende vormittags bei ihr im Haus.«

»Liebevoll verabschiedet? Was wird er damit gemeint haben? Küsse?«, fragte Bala.

Jella schüttelte den Kopf. »Dann hätte er es bestimmt so geschrieben. Vielleicht Blicke, eine Berührung zum Abschied. Lange konnte sie von der Straße aus sehen, also wird es vor der Tür gewesen sein. Da waren sie – sollte es eine Affäre gegeben haben – bestimmt vorsichtig.« Unwillkürlich musste Jella an ihre geheime Beziehung zu Niklas denken. In der Öffentlichkeit hatten sie jede Berührung vermieden.

»Aber Lange hatte trotzdem den Eindruck«, sagte Kim. »Das reicht doch erst mal für uns, oder? Wir sollten Tomke Friedrichs noch einmal herholen. Der DNA-Abstrich steht ja auch noch aus.«

»Ich überlege schon seit gestern, was besser wäre«, sagte Jella. »Sie zu Hause aufsuchen oder hierherholen?« Sie sah auf die Uhr. »Sie bringt das Kind gleich in die Krippe, oder?«

Bala nickte. »In einer halben Stunde sollte sie wieder zu Hause sein.«

»Würdest du hier«, Jella schaute sich im Raum um, »deine Affäre mit einem Mann zugeben, wenn zwei fremde Menschen vor dir sitzen und das Aufnahmegerät läuft?«

»Eher nicht«, sagte Kim und Bala schüttelte den Kopf.

»Ich gehe alleine zu ihr. Offiziell vernehmen können wir sie dann immer noch.«

Tomke Friedrichs öffnete Jella die Tür und erstarrte für einen Moment, bevor sie einen genervten Gesichtsausdruck aufsetzte. »Sie schon wieder. Was gibt es denn noch?«

»Können wir das im Haus besprechen?«, fragte Jella freundlich.

»Eigentlich habe ich keine Zeit. Ich muss noch einkaufen und andere Besorgungen machen.«

»Die Zeit werden Sie sich nehmen müssen«, sagte Jella und trat einen Schritt vor.

»Muss ich Sie ins Haus lassen?«

»Ich kann Ihnen nur empfehlen, mit uns zu kooperieren. Und nein, Sie bestimmen, ob ich Ihr Haus betreten darf oder nicht.«

Tomke Friedrichs zögerte noch einen Moment, seufzte schließlich und trat zur Seite. »Aber wie gesagt, ich habe wenig Zeit.«

Sie bot Jella einen Platz in der Küche an, blieb aber selbst stehen.

»Setzen Sie sich doch bitte, Frau Friedrichs.«

»Ich stehe gerne. Was wollen Sie denn jetzt von mir?«

Jella entschloss sich, gleich den richterlichen Beschluss vorzulegen. Sie öffnete ihre Umhängetasche und zog das Dokument heraus.

»Wir haben bei Thomas Böhme DNA von einer Frau gefunden, die darauf hindeutet, dass er kurz vor seinem Tod intim mit ihr war.« Sie reichte der immer noch stehenden Tomke Friedrichs den Beschluss. »Zum Abgleich brauchen wir von Ihnen eine DNA-Probe.«

Tomke Friedrichs faltete das Dokument auseinander. Alle Farbe wich aus ihrem Gesicht, die Hand, mit der sie das Schreiben hielt, zitterte leicht. Schließlich setzte sie sich zu Jella an den Tisch. Der Beschluss glitt ihr aus den Händen.

Jella wartete, bis Tomke Friedrichs sich wieder gefangen hatte.

»Muss das jetzt sein?«, fragte sie flüsternd.

»Tut mir leid, Frau Friedrichs. Sie haben uns von Anfang an nicht die Wahrheit gesagt und wir müssen wissen, wer zuletzt Kontakt zu Thomas Böhme hatte.«

Jella holte das Plastikröhrchen aus der Tasche. »Wenn Sie jetzt bitte Ihren Mund öffnen, ist das schnell erledigt.«

Tomke Friedrichs schüttelte den Kopf.

»Frau Friedrichs. Das ist ein richterlicher Beschluss. Wenn Sie dem nicht Folge leisten, werden Sie vorgeladen. Dann wird Ihnen notfalls unter Zwang die Probe entnommen.«

Tomke Friedrichs starrte auf die Tischplatte. Endlich sah sie auf, nickte und öffnete den Mund. Jella zog das Stäbchen aus der Röhre und fuhr damit einmal an jeder Wangeninnenseite entlang. Sie beschriftete das Röhrchen und ließ es in ihre Tasche gleiten.

»Möchten Sie Ihre Aussage noch korrigieren? Jetzt wäre noch Zeit.«

Tomke Friedrichs schwieg. Jella wartete einige Minuten, packte dann ihre Sachen zusammen und stand auf.

»Warten Sie!«, sagte Tomke Friedrichs.

Jella glitt zurück auf den Stuhl und sah sie fragend an.

»Mein Mann darf nichts von dem erfahren, was ich Ihnen jetzt erzähle. Können Sie mir das garantieren?«

Jella wiegte den Kopf. »Ohne dass ich weiß, um was es genau geht, kann ich Ihnen nichts versprechen. Aber ich kann Ihnen versichern, dass wir kein Interesse daran haben, eine Ehekrise auszulösen. Uns geht es um die Aufklärung des Tötungsdelikts.«

Tomke Friedrichs nickte nachdenklich, schien aber nicht ganz überzeugt zu sein. »Mein Mann würde das niemals verstehen. Das wäre das Ende unserer Ehe.«

»Ich kenne Ihren Mann nicht, Frau Friedrichs, und kann nichts dazu sagen, wie er reagieren würde. Erzählen Sie mir doch erst mal, wie Ihr Verhältnis zu Thomas Böhme tatsächlich ausgesehen hat.«

Es dauerte eine Weile, bis Tomke Friedrichs sich auf dem Stuhl aufrichtete. »Im letzten Sommer habe ich Thomas am Strand getroffen. Ich hatte einen Spaziergang gemacht, weil ich …« Sie brach ab.

»Ja?«

»Mir wuchs alles über den Kopf. Meine Tochter, der Haushalt und auch die Ehe mit Sven, der immer häufiger auf Föhr oder dem Festland war. Da bin ich Thomas über den Weg gelaufen. Er hat gleich gemerkt, dass es mir nicht gut geht, und gefragt, ob er mir helfen kann. Dann sind wir ein Stück zusammen gegangen. Ich glaube sogar, es waren mehrere Kilometer.« Sie schloss die Augen und atmete tief ein. »So hat das angefangen. Wir haben in dem Sommer telefoniert, uns ein paar Mal getroffen und dann …« Sie zuckte mit den Schultern. »Ich weiß gar nicht, wie das passieren konnte. Thomas stand an einem Vormittag vor meiner Tür, ich habe ihn reingelassen. Was soll ich sagen, es ist halt passiert. Leider nicht nur einmal.«

»Sie waren nach dem Sommer in Flensburg?«, fragte Jella.

Tomke Friedrichs nickte. »Ein einziges Mal. Ich hatte dort einen Termin in der Praxis für Osteopathie. Ich fahre da ein- bis zweimal im Jahr hin. Am gleichen Tag hin und zurück nach Amrum klappt nicht. Die Sitzung kann bis zu mehrere Stunden dauern und anschließend muss ich mich ausruhen. Ich war dann am Abend bei Thomas in der Wohnung.«

»Und Herr Böhme war auch nach dem Sommer auf Amrum?«

»Ja, wir haben uns zwei- oder dreimal hier getroffen. Aber dann … ich wollte nicht mehr. Thomas hat das nicht verstanden und mich gedrängt, dass wir uns weitertreffen.«

»Sie haben nachgegeben?«, fragte Jella.

»Eigentlich nicht. Aber als er jetzt wieder für mehrere Wochen auf Amrum gearbeitet hat – also bei den Rettungsschwimmern –, hat er mich angerufen und wir haben zweimal miteinander gesprochen.«

»Er war auch bei Ihnen zu Hause?«

»Ja, einmal haben wir uns in der Strandbar getroffen, und Thomas war auch hier im Haus.«

»Nur getroffen?«, hakte Jella nach.

»Ja, wir haben miteinander geschlafen. Es sollte ein letztes Mal sein«, sagte Tomke Friedrichs leise. »Er hat mir versprochen, dass er sich danach nie wieder meldet.«

»Wann genau war das?«

»In der Woche, in der Thomas …« Sie schluckte schwer und senkte den Kopf. »Zwei Tage vorher.«

»Und danach hatten Sie keinen Kontakt mehr?«, fragte Jella.

Tomke Friedrichs schüttelte den Kopf. »Nein, es war doch vorbei. Thomas hat sich nicht mehr gemeldet.«

31

Jella spielte ihren Kolleginnen die Aufnahme von Tomke Friedrichs' Befragung vor, die sie mit dem Handy gemacht hatte.

»Und du nimmst ihr ab, dass sie mit Böhme erst seit einem Jahr eine Affäre hatte?«, fragte Bala.

»Es klang glaubwürdig«, antwortete Jella. Oder hatten ihre eigenen Erfahrungen sie beeinflusst? Wollte sie ihr glauben, weil sie wusste, wie bedrückend eine geheime Affäre sein konnte und wie schwer es war, sie zu beenden? »Du hast sie doch gerade selbst gehört. Ich konnte keine Anzeichen dafür finden, dass sie mich angelogen hat.«

»Das war ja nur ihre Stimme. Ich konnte sie nicht beim Sprechen beobachten«, sagte Bala.

»Hast du Zweifel?«, fragte Kim. »Zumindest der Punkt ist geklärt: Tomke Friedrichs ist die Frau, mit der Böhme kurz vor seinem Tod zusammen war.«

Jella hob das DNA-Röhrchen hoch. »Das denke ich auch. Die DNA muss zwar noch abgeglichen werden, aber die Aussage war eindeutig.«

»Womit Sven Friedrichs ein Motiv hätte«, warf Kim ein. »Die Affäre lief über ein Jahr. Da ist die Wahrscheinlichkeit hoch, dass der Ehemann etwas bemerkt hat.«

Nicht zwangsläufig, fuhr es Jella durch den Kopf. »Ich weiß nicht. Affären kommen in jeder dritten Beziehung vor, ohne dass jemand deshalb getötet wird.«

»Vielleicht wollte Friedrichs Thomas Böhme nur zur

Rede stellen«, schlug Kim vor. »Er könnte ihn über das Handy seiner Frau zum Bohlenweg bestellt haben. Dort ist es dann zum Streit gekommen, und Friedrichs …«

»Das reicht mir nicht als Motiv«, unterbrach Bala sie.

»Wir werden Sven Friedrichs befragen müssen«, sagte Jella. »Hat jemand die Nummer von seinem Büro?«

Kim klappte ihren Laptop auf, tippte etwas ein und las die Nummer vor. Jella gab sie ins Handy ein, eine freundliche Frauenstimme meldete sich. Jella fragte nach Friedrichs und bekam zur Antwort, dass er bei einer Hausbesichtigung sei und in einer Stunde zurückerwartet wurde.

»Friedrichs ist auf Amrum«, erklärte Jella ihren Kolleginnen. »In einer Stunde kann ich ihn im Büro antreffen.«

»Sollten wir ihn nicht hierherholen?«, fragte Bala.

»Tomke Friedrichs hat mich gebeten, ihm nichts von der Affäre zu sagen«, antwortete Jella. »Wenn ich ihn alleine im Büro befrage, wird er nicht so schnell Verdacht schöpfen.«

»Ist das wirklich unser Problem?«, fragte Bala ungläubig. »Das hätte sich seine Frau früher überlegen sollen.«

»Wenn sich der Verdacht erhärtet, werden wir ihn damit konfrontieren müssen. Vorher nicht.« Oder nehme ich zu viel Rücksicht? Schnell verdrängte Jella den Gedanken.

»Das ist sicher der bessere Weg«, stimmte ihr Kim zu.

Bala stand auf. »Gut, dann mache ich mich auf den Weg zur Reederei. Die betreiben die Buslinie auf Amrum. Den Fahrer, der am Montagabend Dienst hatte, sollte ich dort antreffen.«

»Und ich muss noch die Datenbank nach Todesfällen im Zusammenhang mit Elektroschockern durchsehen«, sagte Kim.

Jella klappte den Laptop zu. In der letzten halben Stunde

hatte sie zu Sven Friedrichs recherchiert, aber wenig Interessantes gefunden. Er hatte sich direkt nach seiner Ausbildung selbstständig gemacht und die ersten Ferienwohnungen als Verwalter betreut. Nachdem er einige Jahre nur Wohnungen und Häuser auf Amrum unter Vertrag gehabt hatte, hatte Friedrichs nach Föhr expandiert, wo er inzwischen doppelt so viele Objekte wie auf Amrum verwaltete. Er war weder vorbestraft noch anderweitig in den polizeilichen Datenbanken zu finden.

Jellas Handy machte sich bemerkbar. Nach einem Blick aufs Display nahm sie das Gespräch an. »Guten Tag, Herr Dr. Hollmeier«, begrüßte Jella den Rechtsmediziner. »Haben Sie schon etwas für mich zu Martin Lange?«

»Sonst würde ich mich nicht bei Ihnen melden. Im Grunde genommen kann ich es kurz machen. Der Mann hat nach dem Angriff mit dem Elektroschocker einen Herzinfarkt bekommen, den er nicht überlebt hat. Sein Herz war – trotz seiner jungen Jahre – vorgeschädigt. Ich erspare Ihnen die medizinischen Details. Für Ihre Arbeit zählen ja in erster Linie die Todesumstände.«

»Wie lange hat der Mann noch gelebt?«

»Es stehen noch ein paar Untersuchungen und Analysen aus, aber Sie können davon ausgehen, dass es nur wenige Minuten waren. Er hätte allenfalls gerettet werden können, wenn der Infarkt sich in der Klinik ereignet hätte und Ärzte mit entsprechendem Fachwissen direkt verfügbar gewesen wären.«

»Das klingt nicht nach Vorsatz«, sagte Jella.

»Wenn dem Täter die Vorerkrankung nicht bekannt war, konnte er nicht wissen, was er mit dem Stromstoß anrichten würde.« Der Rechtsmediziner hielt kurz inne. »Wir haben im Übrigen keine Abwehrspuren beim Opfer gefunden. Er wurde also wahrscheinlich vom Angriff überrascht. Dann bliebe noch der Todeszeitpunkt. Unsere Berechnungen decken sich mit der Schätzung des Inselarztes: zwischen achtzehn und zweiundzwanzig Uhr in der Nacht von Montag auf Dienstag. Noch Fragen?«

»Im Moment nicht. Vielen Dank für Ihren Anruf.«

»Nichts zu danken, Frau Hauptkommissarin. Das ist mein Job.«

Nachdem Jella sich verabschiedet hatte, schrieb sie Bala eine Nachricht, dass die Rechtsmedizin Langes Todeszeitpunkt bestätigt hatte – für Balas Gespräch mit dem Busfahrer eine wichtige Information.

Jella betrat das Büro von Sven Friedrichs' Firma und sprach kurz mit einer jungen Angestellten, die sie gleich darauf zum Büro des Chefs führte.

Sven Friedrichs stand von seinem Arbeitsplatz auf und kam auf Jella zu. Der groß gewachsene Mann mit scharf geschnittenen Gesichtszügen reichte ihr lächelnd die Hand.

»Polizei?«, fragte er, nachdem sich Jella vorgestellt und ausgewiesen hatte. »Sie kommen sicher wegen des Jugendfreunds meiner Frau. Tomke hat mir erzählt, dass Sie schon bei ihr waren.« Er zeigte auf einen Besprechungstisch. »Wollen wir uns setzen?«

Sven Friedrichs bot ihr etwas zu trinken an und bat seine Mitarbeiterin telefonisch darum, zwei Latte macchiato zu bringen.

»Ich kenne den Herrn eigentlich nur aus Erzählungen meiner Frau«, sagte Sven Friedrichs, als die junge Frau ihnen den Kaffee gebracht hatte und wieder gegangen war. »Wenn ich mich richtig erinnere, bin ich ihm selbst nie auf der Insel begegnet.«

»Ihre Frau hat ausgesagt, Thomas Böhme in den letzten zwölf Monaten mehrmals gesprochen zu haben oder ihm begegnet zu sein.«

»Ach, das wusste ich gar nicht so genau.« Friedrichs schien weder erstaunt noch verärgert über diese Information zu sein. »Oder … warten Sie, es kann doch sein, dass Tomke es erwähnt hat. Ja, stimmt. Jetzt erinnere ich mich. Ich habe wohl nur mit halbem Ohr zugehört. Eigentlich war meine Frau, als ich sie kennenlernte, nicht gut auf diesen Mann zu sprechen. Viel hat sie nicht erzählt, aber schon, dass er krankhaft eifersüchtig gewesen sei. Wir haben anfangs sogar im Sommer den Strand von Nebel gemieden. Tomke wollte ihm nicht begegnen.« Er hielt kurz inne und strich seine Haare nach hinten. »Das hat sich aber wohl mit der Zeit gegeben. Alte Geschichte sozusagen. Irgendwann muss man auch einen Haken hinter so eine Angelegenheit machen und nach vorne blicken. Ich glaube, für Tomke war es ganz wichtig, diesem Mann noch einmal zu begegnen, um für sich auch einen Schlussstrich ziehen zu können.«

Jella, die wieder ihr Handy zur Aufnahme auf den Tisch gelegt hatte, hörte Friedrichs aufmerksam zu. Es war selten, dass ein Zeuge bei der ersten Befragung so detaillierte Ausführungen machte. Die meisten Menschen waren in dieser Situation zu befangen und antworteten sehr bedacht und unstrukturiert.

»Ich habe das noch nicht so richtig verstanden«, sagte Jella. »Haben Sie sich jetzt länger mit Ihrer Frau über Herrn Böhme unterhalten, oder nicht?«

Sven Friedrichs sah sie mit zusammengezogenen Augenbrauen an, als missbillige er ihre Frage. »Nun gut, natürlich haben wir uns hier und da über diesen Mann unterhalten. Nicht wirklich ausführlich, aber wenn man seine

Partnerin kennt, kann man auch zwischen den Zeilen lesen. Da muss nicht jedes Detail ausgesprochen werden.« Er hob seine Mundwinkel leicht an. »Oder kennen Sie das etwa nicht?«

»Ich hatte beim Gespräch mit Ihrer Frau den Eindruck, dass sie ihren Ex-Freund weit häufiger gesehen oder gesprochen hat als angegeben«, sagte Jella, ohne auf seine Frage einzugehen.

Friedrichs warf ihr einen entrüsteten Blick zu. »Wollen Sie behaupten, dass meine Frau Sie angelogen hat? Ich bin mir gerade nicht mehr sicher, ob ich das Gespräch mit Ihnen weiterführen soll.«

»Die Entscheidung kann ich Ihnen nicht abnehmen«, sagte Jella.

»Haben Sie denn noch Fragen?«, sagte er nach einer Weile. Er wirkte jetzt verunsichert und schien nicht mit Jellas Reaktion gerechnet zu haben.

»Ja, eine sehr persönliche.« Jella legte eine kurze Pause ein, bevor sie fortfuhr. »Wie steht es um Ihre Ehe?«

Friedrichs lachte kurz auf. »Das ist jetzt nicht Ihr Ernst, oder? Werden wir jetzt etwa verdächtigt, etwas mit dem Tod dieses Mannes zu tun zu haben? Das ist lächerlich.«

»Wir sind leider gehalten, solche Fragen zu stellen. Wenn Sie nicht darauf antworten wollen, sagen Sie es einfach.«

»Es ist alles in bester Ordnung.« Friedrichs sah sie angriffslustig an. »Sind Sie jetzt zufrieden?«

»Die Frage ist beantwortet. Vielen Dank. Sie sind häufiger auf Föhr und auf dem Festland?«

»Notgedrungen. Der Markt auf Föhr ist sehr attraktiv für meine Firma. Natürlich ist die Fährfahrt ein Nachteil, aber ich habe dort eine kleine Wohnung, in der ich übernachten kann, wenn es zu spät wird. Und bevor Sie fragen, als dieser

Mann ermordet wurde – oder was auch immer ihm zugestoßen sein mag –, war ich auf Föhr.«

»Das wäre tatsächlich meine nächste Frage gewesen. Kann jemand bezeugen, dass Sie dort waren? Hatten Sie zum Beispiel nach der letzten Fähre oder vor der ersten Fähre am nächsten Tag einen Termin oder ein privates Treffen auf Föhr?«

»Ihre Frage ist schlichtweg absurd.«

»Können Sie sie mir trotzdem beantworten?«

»Nein, das kann ich nicht. Schlicht und einfach, weil ich es nicht weiß, ohne in meinen Terminkalender zu schauen. Da werden Sie sich etwas gedulden müssen.«

Jella sah zu seinem Schreibtisch. »Ist der nicht hier im Büro?«

Sven Friedrichs schob seinen Stuhl nach hinten, schnaubte verärgert und ging langsam zu seinem Arbeitsplatz. Er öffnete den Laptop, tippte etwas ein und kam zum Besprechungstisch zurück.

»Am Abend hatte ich keine geschäftliche Besprechung. Wenn ich mich richtig erinnere, war ich noch in meiner Stammkneipe.« Er nannte Jella auf Aufforderung den Namen des Lokals.

»Und am nächsten Morgen?«, fragte Jella.

»Gegen acht war ich wie immer joggen, um zehn Uhr hatte ich den ersten Termin. Brauchen Sie den Namen meines Kunden?« Als Jella nickte, ging Friedrichs zum Schreibtisch zurück, öffnete wieder den Laptop und gab ihr die Daten.

»War's das?«, fragte Friedrichs, der mit verschränkten Armen vor dem Tisch stehen geblieben war und keine Anstalten machte, sich wieder zu setzen.

»Waren Sie von Montag auf Dienstag dieser Woche auch auf Föhr?«, fragte Jella.

»Was soll das schon wieder?« Er sah im Terminkalender nach. »Ja, war ich. Noch etwas?«, fragte er mit drohendem Unterton.

»Gibt es Zeugen?«

»Nein, aber auch da war ich sicher kurz in meiner Stammkneipe.«

»Von wann bis wann?«

»Keine Ahnung. Wie gesagt, nicht sehr lange. Ich war müde.«

»Sie erwähnten vorhin, dass Sie Thomas Böhme nie getroffen haben. Ist das richtig?«

»Ich kann nicht ausschließen, dass ich ihm einmal zufällig begegnet bin. So groß ist Amrum ja nun auch nicht. Bewusst habe ich ihn nie getroffen oder mit ihm gesprochen.«

»Wir haben DNA-Spuren an Herrn Böhmes Kleidung sichergestellt und bitten im Moment alle Personen aus seinem Umfeld um eine freiwillige DNA-Probe.« Sie zog das Plastikröhrchen aus der Tasche. »Wären Sie dazu bereit?«

Sven Friedrichs starrte sie wutentbrannt an. »Verlassen Sie sofort mein Büro. Auf der Stelle. Ich habe Ihnen nichts mehr zu sagen.«

32

Bala setzte sich wieder ins Auto. Sie hatte am Wittdüner Hafen vor der Zentrale der Reederei geparkt und soeben erfahren, dass Walter Ludwig, der Busfahrer, erst in einer Stunde eintreffen würde.

Ihr Handy klingelte. Sie erkannte die Nummer auf dem Display. Oliver hatte schon dreimal versucht, sie zu erreichen. Bala drückte die Nummer weg und seufzte schwer. War es ein Fehler gewesen, mit ihm zu schlafen? Ihr Entschluss, ihn in der Strandbar auf dem Weg zur Toilette anzusprechen, war spontan gewesen. Eigentlich hatte sie nur ihre Hände waschen wollen, aber als sich ihre Blicke trafen, war sie zu ihm gegangen und hatte ihn gefragt, wie lange er noch arbeiten müsse. Sie bereute es nicht, es hatte sich gut angefühlt, nackt in seinen Armen zu liegen, vollkommen erschöpft und zum ersten Mal seit Wochen ohne die trüben Gedanken um ihre Zukunft. Hätte sie deutlicher sagen sollen, dass es für sie nur ein One-Night-Stand war? Bala erschrak über die Formulierung. Oliver war nicht der erste Mann, mit dem sie geschlafen hatte, und würde sicher auch nicht der letzte sein. Aber bisher war sie nie selbst auf jemanden zugegangen. Gelegenheiten hatte es ausreichend gegeben, aber ihr hatte der Mut gefehlt, und die Angst vor den Konsequenzen war zu groß gewesen.

Sie griff nach dem Handy und schrieb Oliver eine Nachricht: *Ich habe keine Zeit – bin bei der Arbeit – rufe bitte nicht mehr an – ich melde mich bei dir. Bala*

Kurz darauf schrieb er zurück: *Alles klar. Freu mich. LG Oliver*

Bala stöhnte leise. Er schien tatsächlich nicht verstanden zu haben, dass sie nicht auf eine längerfristige Beziehung aus war.

Sie aktivierte die Tonaufnahme von Tomke Friedrichs' Befragung, die Jella ihr auf ihren Wunsch geschickt hatte. Bala war sich sicher, dass die Frau gelogen hatte. Friedrichs' Stimme erklang.

Sie schon wieder. Was gibt es denn noch?

Tomke Friedrichs schien keine Angst vor Jella zu haben, im Gegenteil, sie trat fast aggressiv auf. Das kam selten bei Zeugen vor. Die meisten waren unsicher, da sie zum ersten Mal in ihrem Leben in einer solchen Situation waren.

Muss ich Sie ins Haus lassen?

Friedrichs ging noch einen Schritt weiter, griff Jella regelrecht an. War sie wirklich kurz davor gewesen, Jella die Tür vor der Nase zuzuschlagen oder handelte es sich hier um ein großes Schauspiel?

Aber wie gesagt, ich habe wenig Zeit.

Friedrichs gab nach. Warum? Hatte sie in dem Moment schon Angst, dass ihr Mann von der erneuten Befragung erfahren würde?

Jetzt klärte Jella sie über den Grund ihres Besuchs auf. Bala hörte das Rascheln von Papier. Jella hatte ihr berichtet, dass Friedrichs in diesem Augenblick leichenblass geworden war.

Muss das jetzt sein?

Friedrichs hatte so leise gesprochen, dass Bala es kaum verstehen konnte. Ihrer Stimme war anzuhören, wie verzweifelt sie war. Für Bala klang sie zum ersten Mal ehrlich.

Tomke Friedrichs weigerte sich, den DNA-Test zu machen. Schließlich stimmte sie zu. Es dauerte einige Zeit, bis Jella fragte, ob Friedrichs die Aussage korrigieren wolle.

Mein Mann darf nichts von dem erfahren, was ich Ihnen jetzt erzähle. Können Sie mir das garantieren?

Bala hörte sich diese Sequenz mehrmals an. Die Stimme hatte sich verändert. Sie klang jetzt fester und selbstsicherer. Hatte Friedrichs sich in diesem Augenblick dazu entschieden, zum Angriff überzugehen?

Mein Mann würde das niemals verstehen. Das wäre das Ende unserer Ehe.

Wollte sie hier Zeit schinden oder wirklich nur Mitleid? Bala spielte die Aufnahme noch einmal von dem Zeitpunkt ab, an dem Jella den Grund ihres Kommens offenbart hatte. Sie stoppte die Zeit und überlegte, ob die wenigen Minuten ausreichend seien, um eine neue Strategie zu entwickeln. War Friedrichs wirklich so abgebrüht, dass sie in dieser Stresssituation rational denken und handeln konnte? Bala ließ die Aufnahme weiterlaufen. Friedrichs beichtete jetzt, dass sie seit einem Jahr mit Böhme eine Affäre habe. Bala fragte sich, warum Friedrichs so viele Details verriet. Wollte sie von etwas anderem ablenken oder war der Damm einfach gebrochen? Was verheimlichte sie? Hatte Böhme sie gedrängt, ihren Mann zu verlassen? Hatte er ihr gedroht, die Affäre auffliegen zu lassen? Wie hätte Tomke Friedrichs darauf reagiert?

Bala schaute auf die Uhr. Der Busfahrer musste jeden Augenblick eintreffen. Sie verstaute ihre Sachen in der Umhängetasche und stieg aus dem Fahrzeug.

»Wann genau war das noch mal?«, fragte Walter Ludwig, ein Mann um die fünfzig, der einen Kopf kleiner als Bala war und einen sichtbaren Bauchansatz hatte.

»Am Montagabend dieser Woche. Mutmaßlich die letzte Tour nach Wittdün.«

»Montag. Ja, das war ein anstrengender Tag. Ich musste noch die halbe Schicht eines Kollegen übernehmen, der sich einen Magen-Darm-Virus eingefangen hatte.« Walter Ludwig stöhnte leise. »Nicht gerade optimal für einen Busfahrer. Abends war ich ganz schön groggy, das können Sie mir glauben.« Er fuhr sich über die Stirn. »Ja, klar, da waren diese lauten Jugendlichen auf der letzten Fahrt. Die sind in Norddorf eingestiegen. Waren wohl bis zur letzten Minute am Strand. Laute Musik und Lärm. Ich musste sie über den Lautsprecher zur Ordnung rufen. Wilde Bande, sage ich Ihnen. Wenn Mädchen dabei sind, ist gleich alles noch verrückter. Aber was soll's. Ich war auch mal jung und habe es reichlich krachen lassen.«

»War außer den Jugendlichen noch jemand im Bus?«

»Sicher. Der füllt sich immer nach und nach«, sagte Walter Ludwig. »Aber ehrlich gesagt habe ich da nicht so drauf geachtet, und ich kenne auch kaum jemand auf der Insel. Ich bin nämlich erst seit einem Jahr auf Amrum. Eigentlich komme ich aus dem Süden. Bayern. Aber nach der Trennung von meiner Frau brauchte ich einen Tapetenwechsel.« Er lachte auf. »Dass es gleich bis ans andere Ende der Republik gehen musste, war eigentlich nicht so vorgesehen. Ich wollte auch nur über den Sommer bleiben, aber dann …«

Bala lächelte. »Sie haben hier jemanden kennengelernt?«

Der Busfahrer strahlte sie an. »Ja, wie haben Sie das erraten? Berta und ich wohnen auch schon zusammen. Sie ist hier geboren und will nicht weg. Da bleibe ich doch. Arbeit gibt es hier genug. Neues Leben, neue Chance.«

»Darf ich noch einmal auf Ihre letzte Fahrt am Montag zurückkommen?«, wechselte Bala das Thema. »Ist in Norddorf noch jemand eingestiegen?«

Walter Ludwig zuckte mit den Schultern. »Gute Frage.

Doch, ich glaube schon. Zwei oder drei Reihen hinter mir saß eine Frau. Ich kannte sie nicht.«

»Wie alt war sie?«

»Puh. Das Alter bei Frauen zu schätzen, ist nicht so leicht. Mit etwas Schminke …«

»So ungefähr«, unterbrach Bala ihn.

»In meinem Alter, würde ich sagen. Sie ist übrigens in Süddorf ausgestiegen. Das weiß ich noch.«

»Sind weitere Personen eingestiegen?«

»Sie meinen, an der ersten Haltestelle?«

»Ja, zum Beispiel.«

Walter Ludwig schloss die Augen und schien einen Moment intensiv nachzudenken. »Ja, da war noch ein Mann. Er ist hinten eingestiegen und hat da auch seinen Fahrschein gelöst.« Er sah auf. »Jetzt fragen Sie mich aber nicht, wie er ausgesehen hat, oder?«

»Können Sie sich an den Mann erinnern?«, fragte Bala ruhig weiter.

»Mal sehen … ganz jung war er nicht, so alt wie ich aber auch nicht. Zwischen dreißig und vierzig, würde ich mal sagen.«

»Haarfarbe?«, fragte Bala weiter, als Walter Ludwig schwieg.

»Nicht dunkel, glaube ich. Aber beschwören könnte ich es nicht. Die Jugendlichen, müssen Sie wissen. Da habe ich nicht so richtig auf den Mann geachtet. Tut mir leid.«

»Sie kannten ihn aber nicht?«

»Nein, also persönlich sowieso nicht. Aber die meisten Stammgäste kennt man ja zumindest vom Sehen. Der Mann war noch nie bei mir im Bus. Ja, vielleicht würde ich ihn wiedererkennen. Käme auf einen Versuch an.«

33

Kim griff nach dem klingelnden Handy. Nach einem Blick aufs Display drückte sie die Nummer weg. Gretas erster Anruf nach dem großen Knall. Sie hatte ihn früher erwartet, wusste aber, dass es nicht Gretas letzter Versuch sein würde. Ihre Nummer wollte sie nicht sperren, aber wenn es gar nicht mehr anders ging, würde ihr nichts anderes übrig bleiben.

Ihre Recherche zu Tötungsdelikten im Zusammenhang mit Elektroschockern hatte nicht viel ergeben. In Schleswig-Holstein hatte sie keinen Fall gefunden, bei dem der Einsatz eines solchen Geräts zum Tode geführt hatte. In Bayern und Hessen hatte es in den letzten zehn Jahren zwei Vorkommnisse gegeben. In Hessen hatten Jugendliche bei einem Überfall auf einen siebzigjährigen Mann einen Elektroschocker eingesetzt. Der Mann war wenige Stunden später in der Klinik gestorben. In Bayern hatte ein Bauer eine Auseinandersetzung mit seinem Nachbarn gehabt, die zu einer Schlägerei ausartete, in der er den Nachbarn mit einem Stromschlag ruhigstellen wollte. Der Mann starb zwei Tage später. Auch bei ihm wurde eine Vorerkrankung gefunden.

Kim klappte den Laptop zu, stand auf und öffnete das Fenster. Ihr war klar, dass sie vor Gretas Anrufen nicht dauerhaft weglaufen konnte. Sie würde über kurz oder lang mit ihr sprechen müssen. Als ihr Handy erneut klingelte, hätte sie den Anruf um ein Haar weggedrückt, sah aber im letzten Moment, dass Bala sie erreichen wollte.

»Hast du deinen Busfahrer gefunden?«, fragte Kim.

»Ja, und ich bin auf dem Weg zurück. Hast du etwas von Jella gehört?«

»Nein, bisher nicht. Warte, da kommt noch ein zweiter Anruf. Ich bin gleich wieder da.« Kim überprüfte zunächst die angezeigte Nummer und nahm dann den Anruf von Jella an. »Ich spreche gerade mit Bala. Sie ist auf dem Weg zurück.«

»Das trifft sich gut. Ich bin auch in zehn Minuten da. Bis gleich.«

Kim holte Bala zurück in die Leitung. »Jella ist auch unterwegs. Ich koche schon mal Kaffee.«

»Brav! Für mich bitte extra stark mit etwas aufgeschäumter Milch.«

»Träum weiter«, sagte Kim lachend und beendete das Gespräch.

»Der passt ja zu seiner Frau«, sagte Bala, nachdem sie Jellas Aufnahme der Befragung von Sven Friedrichs gehört hatte. »Aalglatt und arrogant bis in die Haarspitzen.«

Kim nickte. »Sehe ich auch so. Wieso reagiert er so aggressiv?«

»Das habe ich mich auch gefragt«, sagte Jella. »Ich habe ja nicht einmal direkt erwähnt, dass seine Frau eine Affäre mit Böhme hatte. Oder hättet ihr an seiner Stelle das gleich durchschaut?«

»Zumindest hätte ich nachgefragt«, sagte Bala. »Entweder ist er wenig empathisch oder er hat dir etwas vorgespielt.«

Jella schüttelte den Kopf. »Kollege Möller kennt ihn aus dem Fußballverein und hat mir geschildert, wie emotional er auf die Geburt seines Kindes reagiert hat. Auch hat er ihn als aufgeschlossenen und freundlichen Menschen bezeichnet.«

»Dann bleibt nur noch die zweite Variante«, sagte Bala. »Ich habe mir übrigens im Wagen die Befragung von seiner Frau noch einmal angehört. Ich bin mir sicher, dass sie etwas verschweigt. Das war alles zu glatt. Sie hat sich so schnell auf die neue Situation eingestellt und eine fertige Geschichte präsentiert, das macht mich skeptisch.«

»Vielleicht war es die Wahrheit«, warf Jella ein.

»Hör dir die Aufnahme noch einmal in Ruhe an und versetze dich in Tomke Friedrichs. Nachdem sie von dem DNA-Fund an Böhmes Leiche gehört hatte, brauchte sie einen kurzen Moment, um sich neu zu orientieren. Sie hat das geschickt überspielt und dir dann eine neue Story aufgetischt.«

»Sie hat immerhin die Affäre gestanden«, sagte Kim. »Das nennst du Story?«

Kims Handy klingelte. Sie sah aufs Display. »Eine Amrumer Nummer. Ich gehe da mal kurz ran.« Sie nahm das Gespräch an und nannte ihren Namen.

»Edda Ehrken. Sie waren wegen diesem Gast hier. Sie haben mir doch die Fotos gezeigt.«

»Ja, natürlich.«

»Ich habe jetzt den Anmeldezettel gefunden. Brauchen Sie ihn noch?«

»Auf jeden Fall. Können Sie ein Foto machen und es auf mein Handy schicken?«

»Selbstverständlich. Kommt sofort.«

Kim bedankte sich und beendete das Gespräch.

»Das war Frau Ehrken aus der Pension, in der mutmaßlich Dirk Wolters übernachtet hat. Sie hat den Anmeldezettel gefunden.« Im selben Augenblick vibrierte das Handy. Kim öffnete das Foto und las vor. »Rüdiger Klein aus Kempen am Niederrhein. Lange Straße 43.«

Bala hatte inzwischen ihren Laptop geöffnet und gab die

Daten ein. »Verrückt. Es gibt tatsächlich einen Rüdiger Klein mit dieser Anschrift.«

»Such doch mal nach einem Foto«, schlug Kim vor.

Jellas Handy machte sich bemerkbar. Sie stand auf und verließ den Raum.

»Ich habe hier Aufnahmen von Rüdiger Klein«, sagte Bala und drehte ihren Laptop um. »Wenn mich nicht alles täuscht, sieht er Dirk Wolters verdammt ähnlich.«

Kim nickte und suchte in der Datenbank nach einem Foto von Dirk Wolters. Als sie es aufgerufen hatte, stand Bala bereits hinter ihr und sie verglichen die Aufnahmen.

Kim recherchierte die Telefonnummer von Rüdiger Klein, rief ihn an und fragte ihn nach seinem Aufenthalt auf Amrum.

»Ja, ich war auf der Insel. Warum fragen Sie danach?«

»Wie lange waren Sie auf Amrum?«

»Nur einen Tag. Ich habe in einer Pension übernachtet. Den Namen habe ich aber vergessen.«

»Sie sind im Rahmen einer Recherche der Kriminalpolizei aufgefallen. Wir suchen nach einem Mann, der im gleichen Zeitraum mindestens eine Nacht auf Amrum verbracht hat. Er sieht Ihnen sehr ähnlich.«

»Verstehe. Aber Sie haben doch sicher meine Anmeldedaten bekommen«, sagte Rüdiger Klein. »So werden Sie mich ja wohl gefunden haben.«

»Das ist richtig. Können Sie mir sagen, warum Sie nur einen Tag auf Amrum waren?«

»Das ist meine Privatangelegenheit.«

»Tut mir leid, ich muss darauf bestehen, dass Sie mir auf meine Frage antworten.«

Rüdiger Klein stöhnte. »Also gut. Meine Frau hat eine Woche Urlaub auf der Insel gemacht. Zusammen mit ihrer

Freundin. Ich war mir nicht so sicher, ob … nun ja, Sie wissen schon.«

»Sie dachten, Ihre Frau wäre mit jemand anderem auf der Insel?«

»Ja. Aber das hat sich als Unsinn herausgestellt. Ich würde Sie bitten, das diskret zu behandeln. Meine Frau weiß nichts von meiner kleinen Reise.«

»Ich fertige ein Protokoll an, das Sie dann noch unterschreiben müssen. Ein Kollege vor Ort wird Sie ansprechen.«

»Muss das sein?«, fragte Rüdiger Klein. »Es ist doch alles geklärt.«

»Da führt leider kein Weg daran vorbei. Vielen Dank für Ihre Kooperation, Herr Klein.« Kim verabschiedete sich und beendete das Gespräch.

In diesem Augenblick kam Jella zurück. Kim berichtete von dem Telefonat. »Das war's dann wohl mit der Spur zu den Wolters.«

Jella hob ihr Handy hoch. »Ich habe gerade erfahren, dass Mike Thielens DNA nicht mit der auf Böhmes Kleidung übereinstimmt. Der Haftprüfungstermin ist morgen. Der Staatsanwalt geht davon aus, dass er aus der U-Haft entlassen wird.«

»Und da waren es zwei Verdächtige weniger«, kommentierte Bala trocken.

Kim räusperte sich. »Ich weiß nicht, wie es bei euch so ist, aber ich habe schrecklichen Hunger.« Sie sah aus dem Fenster. »Die Sonne scheint, es ist warm und wir kommen gerade nicht weiter. Ich schlage vor, wir fahren zum Nebeler Strandparkplatz und essen im *Strandpirat* mit Blick auf die Nordsee.« Sie sah zwischen Jella und Bala hin und her. »Abstimmung?« Sie hob ihren Arm. »Ich bin dafür.«

Sie saßen an einem Tisch auf der Terrasse direkt am Windschutz aus Glas. Die große Flasche Mineralwasser stand in einem Flaschenkühler, das Essen war bestellt.

»Matjes nach Hausfrauenart«, sagte Kim grinsend. »Das wollte ich immer schon mal bestellen.«

Bala rollte mit den Augen.

Kim beugte sich vor. »Was denn? Immerhin kommt er aus der Nordsee und nicht aus einer Fischfarm.«

»Träum weiter«, murmelte Bala und fügte laut hinzu: »Frag mal nach, wie viele Fischer es noch auf Amrum gibt.«

»Keine Ahnung«, sagte Kim. »Zwanzig oder dreißig?«

»Nein, einen einzigen letzten Krabbenfischer gibt es noch.«

Kim winkte ab. »Ach, du kannst einem wirklich die letzten romantischen Gefühle vergraulen. Mir wird es trotzdem schmecken.«

»Jetzt hört schon auf«, mischte sich Jella ein. Sie legte ihren Kopf in den Nacken und ließ sich die Sonne ins Gesicht scheinen. »Wir essen schön und machen anschließend noch einen Strandspaziergang. Wer ist dabei?«

Eine junge Frau kam an ihren Tisch und servierte ihnen das Essen.

34

Bala spürte Olivers warme Hand auf ihrer Hüfte und roch sein Aftershave. Vorsichtig öffnete sie die verschlafenen Augen. Hätte sie nur nicht auf seinen späten Anruf reagiert und wäre Richtung Wittdüner Strandbar gegangen. Sie drehte sich zu ihm um.

Oliver lächelte sie an. »Schon wach?«, fragte er leise. »Gut geschlafen?«

»Zu kurz«, sagte Bala, die zwischen Flucht und dem Drang, ihn zärtlich zu küssen, schwankte.

Er schien ihre Zerrissenheit bemerkt zu haben. »So schlimm?«

Sie schwieg, er beugte sich vor und küsste sie sanft auf die Stirn. »Keine Angst, ich halte dich nicht auf. Wenn du gehen willst …« Er ließ den Satz in der Luft hängen.

»Sieht man mir das so deutlich an?«, fragte Bala.

»Ein wenig«, flüsterte er. »Aber da ist noch was, oder?«

»Mag sein.« Sie zog ihn an sich und küsste ihn auf den Mund. »Wir haben noch etwas Zeit, bis es hell wird, oder?«

Er strich ihr über die Schulter und ließ seine Hand langsam nach unten wandern. »Bist du sicher?«

»Für den Moment, ja«, sagte sie und fügte in Gedanken hinzu: Dann ist es eben ein Two-Nights-Stand.

Eine halbe Stunde später stand Bala unter der Dusche und ließ bei geschlossenen Augen das heiße Wasser über ihren Körper laufen. Oliver hatte aufrecht im Bett gesessen und ihr nachgeschaut, als sie nackt zum Bad gelaufen war. Kurz vor der Tür hatte sie sich zu ihm umgedreht, und ihre Blicke hatten sich getroffen.

Sie hätte nicht kommen sollen. Einmal ist keinmal, beim zweiten Mal wird alles schwieriger. Ihr Leben war schon kompliziert genug, da konnte sie keinen Mann wie Oliver gebrauchen. Wie Oliver? Weil er kein Kurde war? Ja und nein. Es war schwierig, verdammt schwierig. Sie wohnte noch zu Hause, ihre Eltern würden aus allen Wolken fallen, ihre Brüder nicht mehr mit ihr sprechen, wenn sie von ihrem Abenteuer wüssten. Auf keinen Fall konnte sie ihnen von Oliver erzählen. Dabei fühlte sie sich zum ersten Mal von einem Mann verstanden. Oliver drängte sie nicht, war vorsichtig und achtsam. Und er schien nicht die geringsten Probleme mit ihrer Herkunft zu haben.

»Wie lange bleibst du noch auf Amrum?«, fragte er, als sie aus der Dusche kam und sich anzog.

»Das weiß ich nicht. Allenfalls noch zwei oder drei Tage.« Würde jetzt die Frage kommen, ob sie sich wiedersehen würden?

»Habe ich eine Chance, zumindest eine kleine?«

Mit der Frage hatte Bala nicht gerechnet. Eine Chance?

»Willst du denn eine?«, fragte sie.

»Ja.« Er lächelte. »Mehr als alles andere.«

Bala zog ihr Sweatshirt über den Kopf und war froh, dass Oliver nicht ihr Gesicht sah. Weder verstand sie ihre eigene Frage noch seine Antwort. Sie zog die Hose an, ging auf ihn zu und strich ihm mit der Hand über die Wange. »Ich weiß nicht, was wird. Lassen wir's einfach auf uns zukommen, okay?«

Als er schweigend nickte, wandte sie sich ab, griff nach ihrer Tasche und ging wortlos aus der Wohnung.

Erst auf der Straße warf sie einen Blick auf ihr Handy. Jemand hatte versucht, sie gestern Abend zu erreichen. Ihr kam die Nummer bekannt vor, aber sie erinnerte sich nicht an den Zusammenhang. Nach kurzem Zögern rief sie zurück.

»Marie Braensch«, meldete sich eine weibliche Stimme.

Bala erinnerte sich an ihren Anruf bei Frau Braensch, die im Kloster nicht erreichbar gewesen war. »Bala Demir, Kriminalpolizei Flensburg. Entschuldigen Sie den frühen Anruf.«

»Kein Problem. Ich bin immer früh auf. Sie hatten mir auf den AB gesprochen. Um was geht es?«

»Sie kennen Thomas Böhme?«

»Ja, wir sind gut befreundet. Ist etwas mit Thomas?«

»Es tut mir leid, Ihnen mitteilen zu müssen, dass er in der letzten Woche tot auf Amrum aufgefunden wurde. Mein herzliches Beileid, Frau Braensch.«

»Tot? Am Strand?« Die Stimme klang entsetzt. »Aber er ist doch Rett…« Sie brach ab.

»Es handelt sich um ein Tötungsdelikt. Meine Kolleginnen und ich untersuchen den Fall. Wir sind auf Sie gestoßen, da Sie häufiger und lange mit Herrn Böhme telefoniert haben.«

»Ermordet? Auf Amrum? Wer …?«

»Das wissen wir noch nicht.« Bala hielt kurz inne. »Kann ich Ihnen ein paar Fragen stellen?«

»Ja, natürlich. Wenn ich helfen kann.«

Bala setzte sich auf eine Bank und schaute sich um. Zu dieser frühen Stunde war niemand unterwegs. »Wir wissen inzwischen, dass Herr Böhme Spielschulden hatte.«

»Ja, mir war immer klar, dass er nicht so einfach von seiner Spielsucht loskommen wird. Aber von seinen Schulden hat er mir nichts erzählt. War es viel?«

»Genau wissen wir es nicht. Aber es wird wohl ein sechsstelliger Betrag sein.«

»Oh, Gott. Und jetzt meinen Sie, dass diese Leute …«

»So weit sind wir noch nicht. Hat Herr Böhme in der letzten Zeit von Problemen gesprochen?«

»Nein, aber ich habe gespürt, dass Thomas es gerade schwer hatte. Ständig diese wechselnden Beziehungen, die man eigentlich gar nicht so nennen konnte. Er ist vor sich selbst weggelaufen. Dabei dachte ich, dass es etwas besser geworden sei.«

»Warum?«, fragte Bala.

»Seine Jugendfreundin. Ich erinnere mich gerade nicht an den Namen, so ein friesischer.«

»Tomke?«

»Ja, genau. Er war wieder mit ihr zusammen. Sie wissen davon?«

»Inzwischen ja. Nach unseren Informationen hatten die beiden seit einem Jahr so etwas wie eine Beziehung«, sagte Bala.

»Nein, schon länger. Aber sie ist ja verheiratet und wollte sich wohl nicht von ihrem Mann trennen. Ein wenig kann ich das verstehen, Thomas ist … er war ein schwieriger Mensch.«

»Er war länger als ein Jahr mit Tomke zusammen?«

»Ja, warum fragen Sie? Das waren sicher … ich muss kurz überlegen. Ja, mir hat Thomas das vor zwei Jahren erzählt. Ich glaube, da lief das schon eine Weile. Aber wie lange, weiß ich auch nicht.«

»Tomke Friedrichs hat eine zweijährige Tochter.«

»Das weiß ich. Thomas hat von ihr gesprochen. Ich wusste aber nicht, dass sie erst zwei Jahre alt ist. Dann sind die beiden ja zusammengekommen, als diese Tomke schwanger war. Oder kurz nach der Geburt?«

»Kann es sein, dass sie schon vor der Schwangerschaft zusammengekommen sind?«, fragte Bala.

»Davor? Sie meinen …« Es entstand eine Pause. »Wenn Sie mich so fragen, ich hatte schon vor drei Jahren den Eindruck, als wenn Thomas eine Frau getroffen hätte, die ihm mehr bedeutete. Er hat so Andeutungen gemacht. Das Kind ist aber nicht …« Erneut sprach Marie Braensch nicht weiter.

»Könnte das denn sein?«

»Da bin ich überfragt. Thomas und ein Kind? Das hätte er mir sicher erzählt. Von der Frau wusste ich ja auch. Warum sollte er mir dann das Kind verschweigen?«

Vielleicht wusste er es selbst nicht, fuhr es Bala durch den Kopf. Ist es ihm erst in diesem Sommer klargeworden? Was könnte das bedeuten?

»Sind Sie noch in der Leitung?«, fragte Marie Braensch.

»Ja, sorry. Sagen Sie, hat Ihr Freund sich denn Hoffnungen gemacht, dass Tomke sich von ihrem Mann trennt?«

»Gesprochen hat er schon davon, aber ich glaube nicht, dass er wirklich daran glaubte. Das war irgendwie eine ganz merkwürdige Beziehung zwischen den beiden. Auch sie wollte was von ihm. Das war nicht nur einseitig.«

»Hat Ihnen das Herr Böhme so gesagt?«

»Nur zum Teil, aber aus dem, was Thomas mir erzählt hat, konnte ich mir den Rest zusammenreimen. Da war sehr viel Leidenschaft im Spiel. Ich habe Thomas gesagt, dass das nicht gutgehen kann. Auf Dauer, meine ich. Ich weiß nicht, was die Frau von ihm wollte. Aber Liebe geht ja häufig merkwürdige Wege.«

Bala sprach noch weitere zehn Minuten mit Marie Braensch und kündigte dann an, dass ein Kollege vor Ort mit dem Protokoll der Befragung auf sie zukommen würde.

Gedankenversunken setzte sie ihren Weg fort und erreichte die Pension. Auf dem Flur begegnete sie Kim.

»Kommst du gerade von ihm?«, fragte sie augenzwinkernd.

»Warum nicht?«, antwortete Bala.

»Etwas Ernstes?«

»Nein, ich glaube nicht.«

Kim zog die Augenbrauen hoch. »Wow! Das hätte ich jetzt wirklich nicht gedacht. Du musst mir später von ihm erzählen. Kommst du gleich zum Frühstück?«

35

Jella parkte vor der Polizeistation. Kim und Bala hatte sie nur kurz in der Pension getroffen. Nach einem Gespräch mit Michael Möller wollte sie sich mit ihnen zusammensetzen und die nächsten Schritte festlegen.

»Moin, Kollege Möller«, begrüßte Jella den Inselpolizisten. »Haben Sie kurz Zeit für mich?«

Im Schnelldurchgang brachte Jella Michael Möller auf den neusten Stand. »Die Gruppe der Verdächtigen wird immer kleiner. Vermutlich werden wir heute wieder Amrum verlassen. Wie es weitergeht, kann ich Ihnen noch nicht sagen. Eventuell wird der Fall von einer neu zusammengestellten SoKo noch einmal neu aufgerollt.«

»Eine große SoKo?«, fragte Möller mit besorgter Miene.

Jella nickte. »Davon gehe ich aus. Zwei Tötungsdelikte, die mit großer Wahrscheinlichkeit zusammenhängen.«

»Das wird reichlich Trubel auf Amrum verursachen«, mutmaßte Möller. »Oder?«

»Darauf müssen Sie sich einstellen. Aber so weit sind wir noch nicht.« Jella sah ihrem Kollegen an, dass er etwas anmerken oder fragen wollte. »Ja?«

»Ich denke gerade über Tomke Friedrichs nach. Sie hat ihren Mann also über längere Zeit betrogen, und er weiß noch nichts davon?«

»Ja, sie hatte eine Affäre mit ihrem Ex. Ich bin mir allerdings nicht sicher, dass Sven Friedrichs wirklich nichts davon mitbekommen hat.«

»Es würde ihn sicher schwer treffen«, warf Michael Möller ein.

»Wie würde er reagieren?«, fragte Jella.

Der Inselpolizist zögerte. »So genau kenne ich ihn natürlich nicht.«

Jella hielt sich zurück und wartete, dass Möller weitersprach.

»Sven ist … wie soll ich das sagen. Beim Spiel ist er sehr verbissen. Wir sind ja nur eine Hobbymannschaft, und wenn wir gegen andere Gruppen antreten, ist das ja quasi ein Freundschaftsspiel. Das Ergebnis ist eigentlich nicht das Entscheidende, sondern der Spaß am Fußball. Sven sieht das manchmal etwas enger. Verlieren kann er nicht gut.«

»Ist er aufbrausend?«, fragte Jella. »Bei der Befragung kam es mir zumindest so vor, als habe er sich nicht immer im Griff.«

»So weit würde ich nicht gehen, aber ich denke, die Affäre seiner Frau würde ihm einen schweren Schlag versetzen. Bei einer Trennung würde das Kind ja sehr wahrscheinlich bei der Mutter bleiben. Sven hat gar nicht die Zeit, sich um seine Tochter zu kümmern.«

»Klingt, als wenn seine ganze Welt zusammenbrechen würde«, sagte Jella. Bevor Möller antworten konnte, kamen Kim und Bala ins Büro und begrüßten den Inselpolizisten. Michael Möller erwiderte den Gruß und verabschiedete sich schnell.

»Bala hat eine Neuigkeit«, preschte Kim vor. »Du wirst staunen.«

Sie setzten sich zu Jella, Bala berichtete ausführlich von dem Telefongespräch mit Marie Braensch und schloss mit dem Satz: »Ich bin mir nicht mehr sicher, wer der Vater von Tomke Friedrichs' Tochter ist.«

»Das wäre eine vollkommen neue Sachlage«, sagte Kim. »Wenn Thomas Böhme Tomke gedroht hat, Sven Friedrichs nicht nur von der Affäre zu erzählen, sondern auch von Böhmes Vaterschaft, hätte Tomke Friedrichs ein zwingendes Motiv.«

»Möglicherweise. Aber Böhme hat Tomke Friedrichs geliebt. Er hat sich über zwei Jahre heimlich mit ihr getroffen, hat nur Marie Braensch davon erzählt, einer Freundin, von der er wusste, dass sie ihn versteht und niemandem etwas verraten würde. Wieso hätte er Tomke Friedrichs jetzt auf einmal unter Druck setzen sollen?«

»Weil er der Vater ihrer Tochter war«, sagte Kim. »Ändert das nicht alles?«

»Tomke hätte sich von ihrem Mann trennen können, wenn sie gewollt hätte. Schon gar, wenn Thomas Böhme der leibliche Vater ihrer Tochter war. Sie hat es aber nicht gemacht und auch nicht vorgehabt.«

»Was ist dann passiert?«, fragte Bala. »Ist Sven Friedrichs seiner Frau auf die Schliche gekommen? Hat er Böhme in der Nacht auf den Bohlenweg gelockt?«

Jella nickte. »Darüber denke ich auch gerade nach. Er könnte ihn über das Handy seiner Frau angeschrieben haben. Vielleicht wollte er ihm drohen, erreichen, dass er seine Frau in Ruhe lässt. In dem Wortgefecht hat Böhme vielleicht offenbart, dass er der Vater von Tomkes Tochter ist. Das war zu viel. Friedrichs hat zugestochen.«

»Und Martin Lange hat das alles beobachtet«, nahm Bala den Faden auf. »Da er kein Geld mehr von Böhme bekommen konnte, hat er Friedrichs erpresst. Das Ergebnis kennen wir. Ich muss dem Busfahrer das Foto von Friedrichs zeigen. Vielleicht erkennt er ihn wieder.«

»Sollte unsere Theorie zutreffen«, sagte Jella, »müssen

wir nach Vorschrift vorgehen. Kein einzelnes Foto, sondern mindestens vier von ähnlichen Typen. Offizielle Vernehmungen hier in der Polizeistation, die immer zu zweit durchgeführt werden. Ich spreche zuvor alles mit dem Staatsanwalt ab. Heute Vormittag geht es mit Tomke Friedrichs los, anschließend holen wir ihren Mann zu uns. Bis dahin müsst ihr auf Föhr sein Alibi überprüfen. Er will angeblich zu beiden Tatzeiten dort gewesen sein. Seine Termine am nächsten Vormittag haben die Kollegen auf Föhr inzwischen überprüft. Sie wurden von den Zeugen bestätigt.«

»Es geht also nur um den Abend?«, fragte Bala.

Jella nickte. »Sollten sich wirklich Zeugen finden, die ihn an beiden Abenden ein Alibi geben, ist er raus. Wenn nicht, kann er durchaus am Morgen nach der Tat die Fähre genommen und seinen Termin wahrgenommen haben.«

»Wer holt Friedrichs hier her?«, fragte Kim.

»Ich werde den Staatsanwalt gleich bitten, einen Beschluss zu beantragen, damit wir die DNA von Sven Friedrichs bekommen. Kollege Möller wird ihn dann aus seinem Büro abholen, während seine Frau noch hier bei uns ist. Dann gibt es den Wechsel.«

»Und das kleine Mädchen? Wer holt sie von der Kinderkrippe ab?«, fragte Bala.

»Das wird Tomke Friedrichs von hier aus organisieren müssen«, sagte Jella. »Sie wird eine Freundin haben oder Verwandte, die das machen. Ihre Eltern zum Beispiel.«

»Das wird den Druck auf die beiden kräftig erhöhen«, warf Kim ein.

Jella nickte. »Wir haben nur diese Chance. Selbst wenn die DNA-Probe von Sven Friedrichs mit der auf Böhmes Kleidung identisch ist, reichen die Beweise nicht aus. Friedrichs weiß inzwischen Bescheid und wird sich eine Ausrede zurechtgelegt haben.«

Sie gingen die Vernehmungsstrategien durch und legten fest, wer Jella unterstützen würde. Anschließend holten sie Michael Möller hinzu und erklärten ihm den neuen Ermittlungsstand und die geplante Vorgehensweise. Jella bat ihn, eines der Büros zu einem Vernehmungszimmer umzuräumen.

»Wie sicher bist du dir?«, fragte Niklas Oehler, nachdem Jella ihm einen ausführlichen Bericht gegeben hatte.

»Im Moment sieht alles danach aus, als wenn die Friedrichs die zentralen Figuren des Falls sind. Er hätte – sollten unsere Annahmen zutreffen – für beide Fälle ein Motiv.«

»Das beantwortet aber noch nicht meine Frage. Wie sicher bist du dir?«

Überhaupt nicht sicher, dachte Jella bei sich. Aber das kann ich dir nicht erklären, weil es mit uns zu tun hat. Die Affäre zwischen Böhme und Friedrichs hatte sie zu sehr an ihre eigene Situation erinnert. War sie zu nachsichtig mit Tomke Friedrichs? Fixierte sie sich jetzt auf den Mann, weil sie sich nicht vorstellen konnte, dass Tomke die Täterin war?

»Sehr sicher«, sagte Jella schließlich. »Ich will nicht mehr Zeit verstreichen lassen und auf weitere Ergebnisse warten. Jetzt stehen beide unter Druck. Das ist eine einmalige Chance, der Wahrheit näher zu kommen. Ich brauche in den nächsten Stunden einen Beschluss für einen DNA-Abstrich bei Sven Friedrichs.«

»Das wird kein Problem sein.«

»Bekommen wir auch einen für die Tochter der beiden?«

Niklas stöhnte. »Das wird verdammt schwierig. Ein zweijähriges Kind und keine Indizien, dass Friedrichs nicht der Vater ist. Ich möchte den Bogen nicht überspannen.«

»Aber einen Durchsuchungsbeschluss für das Haus bekommst du durch?«

»Fürs Privathaus, ja, bei den geschäftlichen Räumen sehe ich schwarz. Ich habe in einer Stunde einen Termin beim Richter. Reicht das?«

»Ja.« Jella verabschiedete sich von Niklas und rief direkt im Anschluss Klaas Mathiesen an. Er sagte ihr zu, sich gleich mit einem Mitarbeiter auf den Weg nach Amrum zu machen.

36

Kim stand neben Bala an der Reling der Fähre nach Föhr. Sie stieß ihr spielerisch in die Seite. »Erfahre ich jetzt mehr über deinen Lover?«

»Lover? Was ist das denn für ein schreckliches Wort?«

»Himmel! Dann nenn ihn anders. Wie war noch sein Vorname?«

»Oliver.«

»Und was macht er außer kellnern? Hat er eine Ehefrau zu Hause, Kinder?«

»Ganz sicher nicht«, murmelte Bala.

»Jetzt erzähl schon«, drängelte Kim. »Es interessiert mich brennend.«

»Das ist mir klar.«

»Also?«, bohrte Kim weiter.

»Er studiert in Flensburg und finanziert sich das Studium mit dem Job auf Amrum.« Bala sah sie direkt an. »Zufrieden?«

»Studiert? Wow. Und auch noch in Flensburg. Das ist doch von Husum gut zu erreichen. Was studiert er denn?«

»Du bist wirklich verdammt neugierig!«

»Ja, ich gestehe, ich brenne vor Neugier«, sagte Kim.

Bala schmunzelte. »Also gut. Medieninformatik. Frag mich nicht, was das genau ist.«

»Weiß ich selbst. Eine Freundin studiert das in Bremen. Wie lange muss Oliver noch studieren?«

»Zwei Semester. Er hat schon mit der Bachelorarbeit angefangen.«

»Klingt doch gut. Triffst du ihn wieder?«

Bala rollte mit den Augen. »Warum fragst du nicht gleich nach dem Hochzeitstermin?«

Kim grinste. »Echt jetzt? Darüber habt ihr schon gesprochen? Das ist ja eine …«

»Hör auf, Kim. Ich weiß nicht, wie es weitergeht. Eigentlich wollte ich Oliver gar nicht ein zweites Mal treffen.«

»Aber es ist passiert. Lass es doch einfach geschehen. Vielleicht wird was daraus, vielleicht nicht. Wo ist das Problem?«

»Meine Eltern, meine Brüder, meine Verwandten, ich«, murmelte Bala nicht hörbar.

»Ich habe dich nicht verstanden«, sagte Kim.

»War auch nicht für dich.«

»Schon kapiert. Du darfst keine Beziehung zu einem Biodeutschen haben.«

»Schon wieder so ein fürchterliches Wort. Ich bin auch Deutsche, schon vergessen?«

»Sorry, das war blöd. Aber im Ernst, deine Eltern sind doch nicht so auf Tradition aus wie manche anderen. Oder habe ich das falsch verstanden?«

»Sie sind Kurden, wir sind alle Kurden. Keine Ahnung, wie viele Generationen noch.«

»Siehst du dich denn so?«, fragte Kim.

»Keine Ahnung. Ich weiß inzwischen selbst nicht mehr, was und wer ich bin. Ich denke auf Deutsch, ich bin wahrscheinlich deutscher als viele andere Deutsche, aber wenn ich in den Spiegel schaue und zu Hause mit meiner Familie zusammensitze, bin ich Kurdin, denke und fühle wie eine.«

»Verrückt. Das zerreißt dich doch auf Dauer, Bala. Du

musst da dringend raus, auf eigenen Füßen stehen.« Kim seufzte. »Jetzt rede ich schon wie meine Mutter. Wahrscheinlich sollte ich dir lieber keine Ratschläge geben. Ich kann mir auch gar nicht vorstellen, was das für dich bedeutet.«

»Ich ziehe auf jeden Fall von zu Hause aus. Zwar weiß ich nicht, wie ich das meinen Eltern beibringen soll, aber es führt kein Weg dran vorbei.«

»Wenn ich irgendwie helfen kann, sag einfach Bescheid.«

Bala lächelte matt. »Du hast in den nächsten Monaten genug um die Ohren. Was ist eigentlich mit Greta? Hat sie sich noch mal gemeldet?«

»Sie hat's versucht, aber ich habe sie jedes Mal weggedrückt. Ich will im Moment nicht mit ihr reden, kann ihre Tränen nicht mehr ertragen. Und ihren Druck.«

»Du bekommst eine Stelle in Flensburg?«

Kim nickte. »Jella hat schon mal vorgetastet. Es sieht ganz gut aus. Wenn wir mit dem Fall durch sind, nehme ich mir erst mal Urlaub und hoffe, dass ich nicht nach Schleswig zurückmuss.«

»Ausziehen wirst du noch müssen.«

Kim stöhnte. »Ich weiß. Daran will ich gar nicht denken. Das wird sicher der Horror.«

»Ich helfe dir auch gerne. Wenn es sein muss, spiele ich sogar deine neue Freundin«, neckte Bala.

»Das lassen wir lieber. Greta würde dich auf der Stelle massakrieren.«

Bala zeigte auf ihre Waffe. »Ich kann mich wehren.«

»Träum weiter«, sagte Kim. »Du kennst Greta nicht.«

Am Fährhafen wartete ein Polizeiauto auf sie. Der Kollege fuhr sie zu der Gaststätte *Klabautermann*, in der bereits der Eigentümer auf sie wartete.

Fiete Brodersen öffnete ihnen die Kneipentür. Bala schätzte ihn auf Anfang fünfzig, er war groß und stämmig mit ausgeprägtem Bauchansatz. Sie stellte sich vor und fragte, ob er Sven Friedrichs kenne.

»Klar doch! Sven ist Stammgast bei mir. Was ist los? Ist ihm was passiert?«

»Nein«, sagte Bala. »Im Zuge einer polizeilichen Ermittlung müssen wir Herrn Friedrichs' Angaben überprüfen.« Sie nannte dem Wirt die zwei Abende, an denen Sven Friedrichs im *Klabautermann* gewesen sein wollte. »Sie waren an diesen Abenden hier?«

»Ich bin fast immer da.« Er sah sich in der Gaststätte um. »So groß ist der *Klabautermann* ja nicht.«

»Können Sie sich an die besagten Abende erinnern?«, fragte Kim.

Der Wirt zuckte mit den Schultern. »Schwierig. Ist das wichtig?«

»Wären wir sonst hier?«, sagte Kim mit leicht gereizter Stimme.

»Nein, sicher nicht.« Er zögerte lange, bevor er fortfuhr. »Es ist also wichtig für Sven?«

Bala räusperte sich. »Herr Brodersen, es wird Folgen für Sie haben, wenn Sie uns nicht die Wahrheit sagen.«

Fiete Brodersen sah zwischen Bala und Kim hin und her. »So genau kann ich das eigentlich gar nicht sagen, wer wann hier war. Schon gar, wenn das mehrere Tage her ist. Herr Friedrichs ist oft hier. Wie soll ich mir da merken, ob er da war?«

»Ich vermute mal, dass am Montagabend die Kneipe nicht so voll ist?«, versuchte Bala eine neue Strategie.

»Es geht so. Diesen Montag waren schon einige Leute da. Mag sein, dass Sven, also Herr Friedrichs, an dem Abend kurz reingeschaut hat. Wenn er länger dagewesen wäre, würde ich mich bestimmt besser erinnern.«

Kim sah den Wirt mit wachsender Ungeduld an. »War Sven Friedrichs jetzt hier oder nicht?«

»Sie bringen mich ganz durcheinander mit Ihren Fragen. Ich weiß es nicht genau. Beschwören kann ich es nicht. Und dieser Sonntag vor fast zwei Wochen – sorry, daran kann ich mich nun wirklich nicht erinnern.«

»Gut, dann fasse ich mal zusammen«, sagte Bala. »Sie können für keinen der genannten Tage bestätigen, dass Sven Friedrichs am Abend – und sei es nur für kurze Zeit – bei Ihnen im *Klabautermann* gewesen ist. Ist das so richtig?«

»Was soll ich sagen.« Er sah auf seine Hände. »Ja, wahrscheinlich könnte man das so formulieren.«

»Können Sie mir die Namen von weiteren Stammgästen geben, die regelmäßig hier verkehren?«

»Namen? Darf ich das denn so einfach?«, fragte Fiete Brodersen. »Ich meine, es gibt doch …«

»Dürfen Sie«, unterbrach ihn Bala. »Also?«

37

Jella ging auf Tomke Friedrichs zu und reichte ihr die Hand. »Vielen Dank, dass Sie noch einmal gekommen sind.«

Tomke Friedrichs ignorierte Jellas Hand. »Hatte ich denn eine Wahl?«

Jella ging nicht auf die Frage ein und bot ihr den Platz am vorbereiteten Tisch an. »Möchten Sie etwas trinken? Kaffee, Tee, Wasser oder etwas anderes?«

Tomke Friedrichs setzte sich und schüttelte nur den Kopf. Jella zog ihren Stuhl vor und nahm Platz. Michael Möller kam herein und setzte sich neben Jella.

»Herrn Möller kennen Sie ja. Er wird mit mir zusammen die Vernehmung durchführen.« Jella startete das Aufnahmegerät, klärte Tomke Friedrichs über ihre Rechte auf und nannte Uhrzeit und Anwesende.

»Möchten Sie einen Anwalt hinzuziehen?«, fragte Jella.

»Wie lange dauert das hier?«, fragte Tomke Friedrichs, ohne auf Jellas Frage zu reagieren. »Ich muss meine Tochter um ein Uhr abholen.«

»Ich werde mich bemühen, dass wir rechtzeitig fertig sind. Versprechen kann ich es Ihnen allerdings nicht.«

»Was soll das? Bis ein Uhr sind es noch drei Stunden. Wollen Sie mich so lange verhören?«

»Fangen wir doch erst mal mit der Vernehmung an, Frau Friedrichs.« Jella hielt kurz inne. »Sie haben bei der letzten Befragung Ihre ursprüngliche Aussage korrigiert und angegeben, dass Sie seit etwa einem Jahr eine Beziehung mit Thomas Böhme hatten.«

»Und? Ist das etwa verboten?«

»Selbstverständlich nicht, Frau Friedrichs. Wir haben jetzt eine glaubhafte Zeugenaussage, die von zwei bis drei Jahren spricht.«

»Unsinn! Ich muss das ja wohl wissen, oder?«

»Frau Friedrichs, jetzt wäre noch Zeit, dass Sie Ihre Aussage ändern. Hatten Sie schon vor Ihrer Schwangerschaft eine Affäre mit Thomas Böhme?«

Tomke Friedrichs sprang auf. Ihr Stuhl kippte mit einem lauten Knall auf den Linoleumboden. »Was wollen Sie damit andeuten?«

»Setzen Sie sich doch wieder«, sagte Jella ruhig.

Michael Möller stand auf und stellte den Stuhl wieder hin. »Bitte, setz dich doch wieder. Wir wollen das doch alles in Ruhe klären, oder?«

Tomke Friedrichs blieb stehen. »Klären? Das sieht aber nicht danach aus. Worauf läuft das hier hinaus?«

Jella zeigte auf den leeren Stuhl. »Bitte!«

Tomke Friedrichs folgte ihrer Aufforderung nur langsam und mit einem aggressiven Blick. »Haben Sie meinem Mann davon erzählt?«

»Nein, Ihre außereheliche Beziehung habe ich mit keinem Wort erwähnt.« Jella sah sie direkt an. »Möchten Sie Ihre Aussage jetzt ändern?«

»Wenn Sie meinen, dass meine Tochter …« Tomke Friedrichs schluckte schwer. »Also, dass Thomas ihr Vater ist, dann sind Sie mächtig auf dem Holzweg.«

Jella war froh, dass Tomke Friedrichs selbst auf das Thema zu sprechen gekommen war und nicht sie die Frage stellen musste.

»Das ließe sich mit einem einfachen DNA-Test feststellen«, sagte Jella. »Wären Sie damit einverstanden?«

»Nein, natürlich nicht. Wie soll ich das meinem Mann erklären?«, fauchte Tomke Friedrichs.

»So, wie die Dinge im Moment stehen, werden Sie ohnehin nicht darum herumkommen, mit Ihrem Mann über Ihre Affäre zu sprechen.«

»Aber Sie haben mir versprochen, dass …« Sie verstummte.

»Sie haben mich angelogen. Im Übrigen habe ich Ihnen nichts versprochen, sondern nur gesagt, dass es im Moment keine Veranlassung dafür gebe, Ihren Mann zu informieren. Die Sachlage hat sich aber geändert.«

Jellas Handy vibrierte. Sie schaute aufs Display. Eine Nachricht von Bala.

Der Wirt kann nicht bestätigen, dass Friedrichs an den beiden Abenden im Klabautermann *gewesen ist. Kim und ich befragen aber noch vier Stammgäste.*

»Sachlage? Was soll das denn heißen?«, fragte Tomke Friedrichs mit schriller Stimme.

»Beruhigen Sie sich bitte«, sagte Jella. »Wir machen jetzt eine kurze Pause.« Sie stand auf, Möller folgte ihr. Auf dem Flur wartete eine Beamtin der Inselpolizei, die zu Tomke Friedrichs in den Vernehmungsraum ging.

»Wie geht es jetzt weiter?«, fragte Möller, als sie auf dem Flur standen. »Bekommen Sie wirklich einen Beschluss, um die Vaterschaft abzuklären?«

Bevor Jella die Frage ihres Kollegen beantworten konnte, machte sich ihr Handy bemerkbar.

Klaas Mathiesen meldete sich. »Wir fahren gleich von der Fähre. Wie ist der Plan?«

»Wonach du suchen sollst, weißt du«, antwortete Jella. »Fahrt zum Haus der Familie Friedrichs und wartet dort.

Entweder kommt ein Inselkollege mit dem Haustürschlüssel oder wir benachrichtigen Sven Friedrichs bei der Arbeit.«

»Okay«, sagte Mathiesen. Als Jella gerade das Gespräch beenden wollte, fügte er hinzu: »Ich habe auf der Fähre einen interessanten Anruf bekommen.« Er legte eine kurze Pause ein, wie immer, wenn er etwas Wichtiges verkünden wollte.

»Und?«, spielte Jella das Spiel mit.

»Wir haben neben der DNA von Martin Lange im Camper noch weitere DNA gefunden. Soweit nicht ungewöhnlich, aber einer der Funde stimmt mit der sichergestellten DNA auf Böhmes Leiche überein.«

Jellas Herz schlug schneller. Endlich hatten sie einen Beweis dafür, dass beide Fälle unmittelbar zusammenhingen und sie es vermutlich mit demselben Täter zu tun hatten. »Welche? Die männliche oder die weibliche?«

»Die vom Mann«, sagte Mathiesen.

Also doch Sven Friedrichs, fuhr es Jella durch den Kopf.

»Eine verdammt wichtige Information. Danke, Klaas. Das kommt genau richtig.«

»Immer gerne. Bis später.«

Jella wandte sich an Michael Möller und berichtete ihm von der Neuigkeit. Sie zeigte auf die Tür der Teeküche. »Ich brauche einen Kaffee und danach geht es mit Tomke Friedrichs weiter. Die Kriminaltechniker sind gleich vor Ort.«

Jella und Michael Möller setzten sich zurück an den Vernehmungstisch. Jella aktivierte die Aufnahme.

Tomke Friedrichs sah auf die Uhr. »Wie lange soll das hier jetzt noch dauern?«

Jella legte ihr den Beschluss vor. »Möchten Sie bei der Durchsuchung anwesend sein?«

Frau Friedrichs starrte auf das Dokument und schüttelte schließlich mit starrer Miene den Kopf.

»Würden Sie mir bitte den Haustürschlüssel übergeben?«

Sie reagierte nicht.

»Frau Friedrichs, ich brauche den Haustürschlüssel, ansonsten müssen wir die Tür aufbrechen. Haben Sie mich verstanden?«

Schließlich nickte sie und griff nach ihrer Handtasche, aus der sie den Schlüssel holte und wortlos auf den Tisch legte.

Michael Möller zog den Schlüssel an sich und verließ den Raum. Als er kurz darauf wieder zurückkam, beugte sich Jella leicht vor. »Frau Friedrichs, ich muss Ihnen mitteilen, dass Sie ab sofort als Verdächtige in den Tötungsdelikten Thomas Böhme und Martin Lange gelten. Möchten Sie einen Anwalt hinzuziehen?«

Friedrichs starrte Jella an und schwieg benommen.

Jella schenkte ihr ein Glas Wasser ein und schob es über den Tisch. »Trinken Sie bitte etwas.«

Wie in Zeitlupe griff sie nach dem Glas, setzte es an, trank einen kleinen Schluck und stellte es zurück.

Jella wandte sich an Möller und flüsterte ihm zu, dass er einen Arzt rufen solle. Er stand auf und verließ schnell den Raum.

»Können wir Frau Friedrichs weiter vernehmen?«, fragte Jella eine halbe Stunde später den herbeigeeilten Arzt.

»Nein, auf keinen Fall. Ich habe ihr ein Beruhigungsmittel gespritzt. Ich würde sie jetzt mit in meine Praxis nehmen und beobachten. Sollte sich ihr Schockzustand verschlechtern, müsste ich sie mit dem Helikopter nach Föhr bringen lassen. Ich denke aber, dass das nicht nötig sein wird.«

Jella bedankte sich beim Arzt und begleitete Tomke

Friedrichs bis zum Rettungswagen, den der Inselarzt geordert hatte.

»Und jetzt?«, fragte Möller, dem Jella ansah, wie betroffen er von der Situation war.

»Ich fahre zum Haus der Friedrichs. Schicken Sie bitte jemanden zu Sven Friedrichs. Der Kollege soll ihn dann zur Arztpraxis begleiten und bei ihm bleiben. Ich melde mich dann.«

38

Kim warf nur einen kurzen Blick auf ihr Handydisplay und stöhnte leise, bevor sie den Anruf wegdrückte.

»Greta?«, fragte Bala.

»Zum gefühlt hundertsten Mal.«

»Warum sperrst du ihre Nummer nicht?«

»Sollte ich wohl machen. Ja, wenn wir wieder auf der Fähre sind, sperre ich sie erst mal.«

»Erst mal?«

»Ja, erst mal«, sagte Kim leicht genervt. Ihr war klar, worauf Bala hinauswollte, aber sie hatte keine Lust, über Greta und alles, was mit ihrer Beziehung zusammenhing, zu sprechen.

»Ich bin ja schon ruhig. War's das jetzt mit den Stammgästen?«

Sie hatten in den letzten eineinhalb Stunden vier Männer befragt, die regelmäßig im *Klabautermann* zu Gast waren. Alle kannten Sven Friedrichs, konnten sich aber nicht erinnern, ihn an den genannten Tagen in der Kneipe gesehen zu haben.

»Wir haben jetzt fünf Zeugen befragt«, sagte Kim. »Der war nicht da, und hätte er sich mit jemandem dort getroffen, hätte er doch längst den Namen preisgegeben.«

»Okay, dann schauen wir noch bei seiner Zweitwohnung vorbei.« Bala sah auf die Uhr. »Wir haben noch zwei Stunden, bevor die Fähre ablegt. Das sollte reichen.« Sie zog ihr Handy aus der Tasche. »Ich schreibe Jella kurz, dass wir niemanden gefunden haben, der Friedrichs' Angaben bestätigen kann.«

Kim drückte auf den Klingelknopf. Sie standen vor der Tür einer Wohnung, die direkt neben der von Sven Friedrichs lag.

Eine alte Dame öffnete. »Guten Tag. Ich kaufe aber nichts an der Tür.«

Kim zeigte ihren Ausweis. »Kim Gerst von der Kriminalpolizei. Frau Nissen?«

»Ja, das bin ich. Polizei? Was ist passiert? Doch nichts mit meiner Tochter …«

»Nein, Frau Nissen. Deshalb sind wir nicht hier. Dürfen wir kurz reinkommen?«

Die alte Dame wirkte erleichtert. »Ja, natürlich. Kommen Sie.«

Sie führte sie ins Wohnzimmer und bot ihnen einen Platz auf dem Sofa an. »Möchten sie etwas trinken?«

»Vielen Dank, aber das wird nicht nötig sein«, sagte Kim. Als sich die Frau zu ihnen gesetzt hatte, fuhr Kim fort. »Sie kennen Ihren Nachbarn Herrn Friedrichs?«

»Aber ja doch. Ein sehr netter Mann. Er ist aber nur selten hier. Eigentlich wohnt er ja auf Amrum.« Sie sah erschrocken auf. »Ist ihm etwas passiert?«

»Nein. Wir überprüfen nur seine Angaben. Sie wohnen ja direkt neben Herrn Friedrichs. Haben Sie vielleicht mitbekommen, ob er Montagabend oder auch in der Nacht in seiner Wohnung war?«

»In dieser Woche, meinen Sie?«, fragte Frau Nissen.

»Ja.«

Die alte Dame stand auf und sah auf einen an der Wand hängenden Kalender, bevor sie sich wieder setzte.

»Sie müssen wissen, ich schlafe nicht mehr so gut, und die Wohnungen sind leider sehr hellhörig. Ich bekomme es immer mit, wenn Herr Friedrichs in seiner Wohnung übernachtet.«

»Ja, das kenne ich«, sagte Kim.

Die alte Dame nickte. »Und jetzt fragen Sie nach Montagabend. Das ist doch richtig?«

»Vermutlich ist er zwischen zweiundzwanzig Uhr und Mitternacht angekommen«, sagte Kim.

»Ich habe nichts gehört. Da bin ich mir ganz sicher. Am Montag habe ich lange in einem Roman gelesen. Es waren die letzten hundert Seiten, müssen Sie wissen. Ich war bestimmt bis zwei Uhr in der Nacht wach.«

»Da sind Sie ganz sicher?«

»Aber natürlich, junge Frau. Sonst würde ich das doch nicht sagen. Sie sind doch immerhin von der Polizei. Es ist sicher wichtig, dass ich da die Wahrheit sage.«

»Ja, das ist es«, sagte Bala lächelnd, die sich bisher zurückgehalten hatte. »Können Sie sich zufällig auch noch an das Wochenende davor erinnern? Es geht da um die Nacht von Sonntag auf Montag.«

Erneut stand die alte Dame auf, um etwas auf ihrem Wandkalender zu kontrollieren. »Da war ich hier. Es ist auch selten geworden, dass ich meine Tochter in Flensburg besuche.« Sie kam zurück und setzte sich. »Und jetzt wollen Sie wissen, ob Herr Friedrichs in seiner Wohnung geschlafen hat?«

»Wenn Sie sich noch erinnern können?«

Die alte Dame schloss die Augen und sah schließlich wieder auf. »Ja, an diesem Sonntag hat mich nachmittags meine Freundin Else besucht. Sie wohnt auch auf Föhr. Sie ist bis zum Abend geblieben. Wir haben noch zusammen einen

Film im Fernsehen angeschaut. Der Herr Friedrichs war da, aber nicht am Abend oder in der Nacht. Erst am nächsten Morgen ist er gekommen.«

»Das wissen Sie so genau?«, fragte Bala nach.

»Ja, wir sind uns auf dem Flur begegnet. Herr Friedrichs hatte seine Reisetasche in der Hand. Die hat er immer mit, wenn er ein oder zwei Tage hier auf Föhr ist. Komisch war aber, dass er dann gar nicht hier übernachtet hat. Darüber habe ich mich sehr gewundert und dachte schon, dass vielleicht etwas mit seiner Frau oder dem Kind ist und er schnell zurück nach Amrum musste.«

39

»Bist du hundertprozentig sicher?«, fragte Jella mit Blick auf Klaas Mathiesen, der ihr soeben einen Männerschuh gezeigt hatte.

Der Kriminaltechniker grinste. »Hundertzwanzig Prozent sicher. Und du weißt, dass ich solche Aussagen nur mache, wenn …«

»Sorry, das war eine blöde Frage«, unterbrach Jella ihn.

Mathiesen drehte den Schuh um. »Schau dir das Profil an. Siehst du die Einkerbungen ganz oben und in der Mitte? Die sind unverwechselbar, weil sie durch Gebrauch entstanden sind.«

»Sven Friedrichs war also definitiv am Böhme-Tatort? Wie genau kann man das zeitlich eingrenzen?«

»Relativ genau. Gegen dreiundzwanzig Uhr dreißig gab es einen kurzen Regenschauer. Alles, was vor dem Regen im Sand eingedrückt wurde, hat eine vollkommen andere Struktur als danach. Gut, er könnte am frühen Morgen dort gewesen und einfach weitergegangen sein. Aber wie wahrscheinlich wäre das?«

»Extrem unwahrscheinlich«, sagte Jella. »Habt ihr sonst noch was gefunden?«

Mathiesen nickte. »Noch nicht gewaschene Herrenkleidung. Die erste Tat liegt bestimmt zu lange zurück, aber für die zweite Tat finden wir ja vielleicht DNA des Opfers oder andere Spuren. Das dauert natürlich.«

Jella nickte. »Laptop, Handy?«

»Einen Laptop haben wir gefunden und eingetütet. Er ist passwortgeschützt, von daher musst du dich auch hier etwas gedulden.«

»Die Schuhabdrücke reichen mir erst mal«, sagte Jella, deren Handy im gleichen Augenblick klingelte.

»Hallo, Bala! Wie sieht es bei euch aus?«

»Sehr gut! Dass keiner der Zeugen bestätigen konnte, dass Friedrichs an den beiden Abenden im *Klabautermann* gewesen ist, weißt du ja schon.«

»Ja.«

»Wir haben gerade die Nachbarin von Sven Friedrichs befragt. Sie ist sich sehr sicher, dass Friedrichs an beiden Abenden beziehungsweise in der Nacht nicht in seiner Wohnung war. Sie ist fünfundsiebzig, allerdings gibt es nicht die geringsten Anzeichen von Vergesslichkeit oder gar Demenz. Sie konnte sehr gut begründen, warum sie sich daran erinnert.«

»Das ist eine gute Nachricht. Hier ist einiges passiert, aber das erfahrt ihr, sobald ihr wieder auf Amrum seid.«

»Wir schreiben hier in der Polizeistation noch die Protokolle, damit sie spätestens morgen von den Zeugen unterschrieben werden können. Anschließend nehmen wir die Fähre.«

»Ich hole euch ab. Bis später.«

Jella drehte noch eine Runde durchs Haus, bevor sie sich auf den Weg zum Fahrzeug machte. Als sie gerade die Autotür aufschloss, hielt eine BMW-Limousine am Straßenrand. Sven Friedrichs sprang aus dem Auto und rannte auf Jella zu.

»Das werden Sie bereuen!«, schrie er sie an. »Meine Frau hatte einen Nervenzusammenbruch, und Sie brechen hier eiskalt in unser Haus ein.«

»Guten Tag, Herr Friedrichs. Bitte beruhigen Sie sich erst mal.«

»Beruhigen?« Er machte einen Schritt auf Jella zu. »Das sind Stasi-Methoden. Ich werde Sie verklagen.«

»Halt! Bleiben Sie stehen«, sagte Jella mit fester Stimme, als Sven Friedrichs sich weiter auf sie zubewegte. Ihr Holster hatte sie inzwischen geöffnet und die rechte Hand lag auf der Waffe.

Friedrichs blieb abrupt stehen. »Wollen Sie mich etwa jetzt auch noch erschießen?«, wütete er.

»Davon kann keine Rede sein. Treten Sie einfach einen Schritt zurück, dann wird nichts passieren.« Als sich Friedrichs immer noch nicht bewegte, schrie sie ihn an: »Sofort!«

Er wich leicht zurück. »War ja klar«, murmelte er und fügte laut hinzu: »Sind das Ihre Argumente!«

»Falls Sie wissen wollen, wo sich Ihre Tochter aufhält: Sie wurde von Ihrer Schwiegermutter von der Kinderkrippe abgeholt und wird von ihr betreut.«

»Das weiß ich längst«, zischte Friedrichs Jella an. Sein Blick fiel auf das Haus. »Sind Sie jetzt fertig?«

»Nein, in etwa einer Stunde werden die Kollegen Ihr Haus freigeben. Dann können Sie …«

Sven Friedrichs wandte sich abrupt ab, lief zu seinem Auto, wendete auf der Straße und fuhr mit hoher Geschwindigkeit davon.

Mathiesen und sein Kollege waren während Friedrichs' Auftritt aus dem Haus gekommen und standen jetzt neben Jella.

»Was bitte war das denn?«, fragte Mathiesen.

»Mein Hauptverdächtiger«, sagte Jella. »Kommt ihr hier alleine zurecht? Ich habe ihm gesagt, dass ihr in etwa einer Stunde fertig seid.«

»Spätestens in einer halben. Sehen wir uns noch?«

»Vermutlich ja. Ich hole später Bala und Kim von der Fähre ab.«

»Bis später«, sagte Mathiesen und ging mit seinem Kollegen zurück ins Haus.

»Es spitzt sich also alles zu auf Tomke und Sven Friedrichs?«, fragte Niklas, nachdem Jella ihm ausführlich berichtet hatte.

»Ob sie es gemeinsam oder nur er alleine geplant und durchgeführt haben, ist eine der offenen Fragen. Uns fehlen auch noch die DNA von Sven Friedrichs und die Auswertung der sichergestellten Gegenstände im Haus. Trotzdem möchte ich nicht warten.«

»So, wie du ihn mir geschildert hast, wird er nicht freiwillig zu einer Vernehmung erscheinen«, warf Niklas ein.

»Davon gehe ich auch aus. Deshalb brauche ich noch heute eine Vorladung, damit wir Friedrichs morgen vernehmen können. Da er sicher mit seinem Anwalt kommt, wäre es gut, wenn wir alles korrekt machen und du als Staatsanwalt auch dabei bist.«

»Augenblick, ich schaue mal eben.« Kurz darauf meldete sich Niklas wieder. »Du hast Glück, ich habe morgen keine Termine, die sich nicht verlegen lassen. Wann planst du die Vernehmung?«

»Ich würde die Kolleginnen um neun Uhr vormittags zu Friedrichs schicken. Wenn du um zehn in der Polizeistation bist, sollte das reichen. Bis Friedrichs einen Anwalt erreicht hat, der dann auch noch nach Amrum kommen muss, kann es schnell Nachmittag sein.«

»Also morgen Showtime?«, fragte Kim und erntete daraufhin von Bala einen strengen Blick.

Jella hatte ihre Kolleginnen vom Fährhafen abgeholt und vorgeschlagen, zunächst etwas zu essen. Anschließend waren sie zur Polizeistation nach Nebel gefahren, wo sie sich gegenseitig auf den letzten Stand brachten.

»Showtime würde ich das nicht nennen«, sagte Jella. »Ich will Sven Friedrichs einfach nicht zu lange Zeit lassen, um sich eine Story zurechtzulegen. Mit Glück haben wir morgen auch schon die Auswertung der Laptopdaten.«

»Er wird keinen Ton sagen«, warf Kim ein.

»Das wird sich zeigen«, sagte Bala. »Wenn der Druck groß genug ist, bricht so mancher das Schweigen.«

»Der Staatsanwalt ist morgen vor Ort. Wer von euch beiden vernimmt mit mir Friedrichs?«

Kim deutete mit dem Kopf auf Bala. »Ich bin immer noch nicht hundertprozentig fit. Bala macht das.«

»Einverstanden?«, fragte Jella mit Blick auf Bala, die sofort nickte. »Gut. Wir haben die Fußspuren am ersten Tatort, wir wissen, dass sie frühestens nach dem Regenschauer am späten Abend dort hingekommen sein können, wir haben identische männliche DNA an beiden Tatorten gefunden, wir haben den Busfahrer, der einen Mann gesehen hat, und …«

»Sollten wir Herrn Ludwig noch die Fotos zeigen?«, unterbrach Kim Jella.

Jella nickte. »Du hast recht. Wir besorgen uns drei weitere Fotos von ähnlichen Typen und legen ihm die Bilder vor. Habt ihr seine Privatadresse?«

»Haben wir«, bestätigte Bala. »Wir fahren da gleich anschließend hin.«

»Gut, wenn Herr Ludwig Friedrichs identifiziert, haben wir alle Trümpfe in der Hand, um ihn ausreichend unter Druck zu setzen.«

»Reicht das für den Haftrichter auch ohne Geständnis?«, fragte Kim.

»Wenn der Busfahrer ihn identifiziert, auf jeden Fall«, sagte Jella.

»Und Tomke Friedrichs?«

»Ich werde aus ihr nicht schlau«, sagte Jella. »Im Moment sieht aber alles danach aus, als wäre ihr Mann in beiden Fällen der Täter. Ob sie davon wusste oder zumindest etwas geahnt hat, ist eine der Fragen, die am Ende vielleicht sogar offenbleiben.«

»Hast du einen Moment für mich?«, fragte Jella, als sich David meldete.

»Ja, natürlich.«

»Morgen ist vermutlich mein letzter Tag auf Amrum. Das wollte ich dir nur sagen.« Jella hielt kurz inne. »Und deine Stimme hören.«

»Ich habe Zeit. Viel Zeit. Wie geht es dir?«

»Ich bin mir nicht sicher. In solch einer Phase der Ermittlung spüre ich mich manchmal selbst nicht mehr. Da zählt nur noch die Tat und die Suche nach dem Täter.«

»Ja, das kann ich mir vorstellen. Dann werde ich morgen noch einmal fragen. Vielleicht weißt du dann eine Antwort.«

Jella schwieg.

»Du fehlst mir«, sagte David in die entstandene Stille. »Sehr sogar. Um ein Haar wäre ich heute nach Dagebüll gefahren.«

»Um die Nordsee zu sehen?«

»Ja, neunzig Minuten lang vom Oberdeck der Fähre.«

»Warum hast du es nicht gemacht?«, fragte Jella leise.

»Du hast mich gebeten, es nicht zu tun. Schon vergessen?«

»Nein, habe ich nicht vergessen … Aber vielleicht wäre es an der Zeit, dass du dich hin und wieder über meine dummen Wünsche hinwegsetzt.«

»War er wirklich dumm?«, fragte David.

»Rational gesehen sicher nicht, aber jetzt gerade, in diesem Moment, denke ich, es war dumm, dich darum zu bitten.«

»Ja, das kenne ich gut. Hat nicht jeder von uns zwei Seiten in sich?«

»Mindestens zwei«, sagte Jella. »Die eine hasse ich gerade.«

»Das glaube ich nicht, und wenn, dann nur für ein paar Stunden. Was hältst du davon, wenn ich dich abhole? Ich habe morgen frei, könnte mit dem Bus nach Dagebüll fahren, dann mit der Fähre nach Amrum und mit dir zurück im Auto.«

»Das wäre eine ziemlich verrückte Aktion, Herr Psychologe.«

»Das wäre es wohl. Ich war schon so viele Wochen vernünftig, da darf ich auch einmal über die Stränge schlagen.«

»Okay! Aber nur, wenn du morgen wirklich deinen verrückten Tag hast und absolut nichts anderes vorhast.«

»Lass dich überraschen.«

»Eigentlich mag ich keine Überraschungen, aber vielleicht brauche ich auch eine kleine Veränderung. Was meinst du?«

»Doch, da stimme ich dir voll und ganz zu. Keine große, aber eine ganz kleine, vorsichtige …«

Jella lachte. »Du bist eine Nudel.«

»So hat mich noch niemand genannt. Aber da liegst du gar nicht so verkehrt.«

»Ich vermisse dich, David«, sagte sie leise. »Viel mehr, als ich es mir hätte vorstellen können. Das macht mir etwas Angst. Aber gleichzeitig auch Hoffnung. Passt das irgendwie zusammen?«

»Ja, sehr gut sogar«, flüsterte David.

»Ich liebe dich. Ich weiß nicht, warum und wieso, aber ich spüre, dass es richtig ist.«

»Mir geht es auch so. Schon eine ganze Weile.«

»Ich weiß.« Sie hielt inne. »Schaffen wir das?«

»Da bin ich mir absolut sicher«, sagte David. »Wann kommst du nach Hause.«

»Bald! Sehr bald.«

40

Jella stand früh auf und joggte eine lange Runde über die Wittdüner Promenade. In der Nacht hatte sie tief und fest geschlafen.

Gegen sieben Uhr ging sie in den Frühstücksraum der Pension und traf dort auf Kim und Bala. Erst als sie in der Polizeistation angekommen waren, gingen sie noch einmal die Strategie durch. Kim würde die Vernehmung über die Handyverbindung zu Bala mitverfolgen und bereit sein, falls sie gebraucht würde.

Kurz nachdem Bala und Kim sich zusammen mit einem uniformierten Kollegen zum Haus von Sven Friedrichs aufgemacht hatten, traf Niklas Oehler ein.

Jella begrüßte ihn mit einem Lächeln. »Wie geht es dir?«

»Sehr gut«, sagte Niklas, schloss kurz die Augen und sah auf. »Antwortet man das nicht immer auf diese Frage?«

»Nur, wenn es stimmt.«

Niklas seufzte. »Ich halte mich so über Wasser. Es ist nicht leicht, das neue Leben, aber ich hoffe, dass ich irgendwann Boden unter den Füßen spüre.«

»Das tut mir leid. Wenn ich dir irgendwie helfen kann, als gute Freundin, meine ich, dann sag es mir.«

Er lächelte matt. »Danke, vielleicht komme ich wirklich einmal darauf zurück. Im Moment … ich habe das Gefühl, als wenn ich mich selbst befreien müsste, ohne Hilfe. Vielleicht ist das ja ein Trugschluss, aber versuchen muss ich es.«

»Das verstehe ich gut.«

Sie schwiegen eine Weile, bevor Jella auf die anstehende Vernehmung zu sprechen kam. Sie gingen den Fall noch einmal kurz durch und vereinbarten, dass Niklas sich weitestgehend zurückhalten würde.

»Wie hat er reagiert?«, fragte Jella, nachdem Bala und Kim Sven Friedrichs ins provisorische Vernehmungszimmer gebracht hatten.

»Es hat eine Weile gedauert, bis Friedrichs eingesehen hat, dass er mitkommen muss«, antwortete Bala. »Er hat zuvor mit seinem Anwalt in Flensburg telefoniert. Der hat sich übrigens gleich auf den Weg gemacht. Wenn ich das richtig verstanden habe, fliegt er nach Föhr und nimmt von da die Fähre nach Amrum.«

Jella ging die Zeiten im Kopf durch. »Er könnte dann in zwei Stunden hier sein? Spätestens in drei. Dann lassen wir mal Herrn Friedrichs noch etwas schmoren. Wie hat übrigens seine Frau reagiert?«

»Sie war so geschockt, dass sie die ganze Zeit geschwiegen hat«, sagte Kim. »Als ihr Mann laut wurde, ist sie mit ihrer Tochter verschwunden. Wohin, weiß ich nicht.«

»Die DNA-Ergebnisse sind übrigens gerade gekommen«, sagte Jella. »Die von den beiden Rettungsschwimmerinnen passen nicht. Die gefundene DNA ist eindeutig von Tomke Friedrichs.«

»So wie wir es erwartet haben«, sagte Bala.

Jella nickte. »Okay, in einer halben Stunde gehen wir rein.«

Jella betrat zuerst den Raum, gefolgt von Bala und Niklas Oehler, der sich Sven Friedrichs vorstellte.

Jella eröffnete die Vernehmung, klärte Friedrichs über

seine Rechte auf und gab an, dass er als Verdächtiger in zwei Tötungsfällen vernommen wurde.

Sven Friedrichs sah angriffslustig in die Runde. »Ich sage kein Wort, bis mein Anwalt hier ist.«

Jella stand auf, Bala und der Staatsanwalt ebenfalls.

»Das ist Ihr gutes Recht. Kann ich Ihnen etwas zu trinken anbieten? Kaffee, Tee, Wasser?«, fragte Jella.

»Wasser, ohne Kohlensäure«, antwortete Friedrichs und bedachte sie mit einem verächtlichen Blick.

Gegen elf Uhr traf Alexander Thomsen in der Polizeistation ein. Niklas Oehler begrüßte ihn, bevor der Anwalt mit seinem Mandanten unter vier Augen sprechen konnte. Eine halbe Stunde später wurde die Vernehmung fortgesetzt. Jella legte als Erstes den DNA-Beschluss vor, Friedrichs besprach sich leise mit seinem Anwalt und ließ anschließend den Abstrich machen.

»Mein Mandant wird sich vorerst nicht zu den Vorwürfen äußern«, stellte Thomsen nach Jellas erster Frage klar. »Er hat bereits in der vorherigen Befragung deutlich zum Ausdruck gebracht, dass er mit den ihm vorgeworfenen Taten nicht das Geringste zu tun hat.«

Jella ignorierte den Einwand des Anwalts und stellte die nächste Frage. »Seit wann ist Ihnen bekannt, dass Ihre Frau ein langjähriges Verhältnis mit Thomas Böhme hatte?«

Sven Friedrichs funkelte sie wutentbrannt an, schwieg aber.

»Mein Mandant hat keine Kenntnis von einem solchen Verhältnis und geht auch davon aus, dass es in der geschilderten Weise nie stattgefunden hat.«

»Sondern?«, fragte Jella mit Blick auf Friedrichs. »Wie hat es dann stattgefunden?« Das letzte Wort betonte sie besonders.

»Wie gesagt, mein Mandant ist sich sicher, dass es kein Verhältnis zwischen seiner Frau und diesem Mann gegeben hat. Schon gar nicht ein langjähriges.«

»Frau Friedrichs hat angegeben, dass sie seit Langem eine Beziehung zu Thomas Böhme hatte. Sie haben sich nicht nur auf Amrum, sondern auch in Flensburg getroffen. Eine zuverlässige Zeugin und gute Freundin von Herrn Böhme hat das bestätigt.«

»Hörensagen«, sagte der Anwalt mit einem süffisanten Lächeln. »Und somit irrelevant. Das sollte Ihnen doch klar sein. Die angebliche Zeugin wird wohl kaum dabei gewesen sein.«

»Ist sie tatsächlich nicht. Aber wir haben DNA-Spuren von Frau Friedrichs gefunden, die auf einen sexuellen Kontakt mit Herrn Böhme kurz vor seinem Tod hindeuten.« Jella hielt kurz inne und schaute Sven Friedrichs direkt an. »Die Zeugin hat außerdem angedeutet, dass Tomke Friedrichs' Tochter nicht das Kind Ihres Mandanten sei, sondern Thomas Böhmes.«

Sven Friedrichs sprang auf. »Hören Sie auf, Lügen über meine Tochter zu verbreiten!«, schrie er. »Daran ist nichts, aber auch gar nichts wahr!«

Alexander Thomsen versuchte, seinen Mandanten zu beruhigen. Friedrichs schüttelte den Arm ab, den Thomsen um ihn gelegt hatte. Schließlich setzte er sich mit wütender Miene zurück auf seinen Stuhl.

»Es gibt eine einfache und schnelle Methode, den Verdacht aus dem Weg zu räumen«, sagte Niklas Oehler. »Sind Sie zu einem Vaterschaftstest bereit?«

»Das ist lächerlich«, antwortete Alexander Thomsen für seinen Mandanten. »Geht es hier um eine Vaterschaftsfeststellung? Habe ich da etwas verpasst? Ich würde doch bitten, dass wir wieder zum eigentlichen Thema zurückkommen. Mein Mandant hat schon unnötig viel Wartezeit hier verbracht und würde gerne zurück nach Hause zu seiner Familie gehen.«

Bala räusperte sich. »Herr Friedrichs. Was haben Sie Montagabend dieser Woche in Norddorf gemacht? Sie sind gegen zweiundzwanzig Uhr fünfzehn in den Bus nach Wittdün eingestiegen und beim ersten Stopp in Wittdün wieder ausgestiegen.«

Friedrichs' Anwalt schüttelte mit übertrieben fassungsloser Miene den Kopf. »Mein Mandant war zu diesem Zeitpunkt auf Föhr und kann somit nicht gleichzeitig mit einem Bus auf Amrum gefahren sein.«

»Der Busfahrer hat Sie, Herr Friedrichs, eindeutig identifiziert«, fuhr Bala unbeeindruckt fort.

»Dann hat sich Ihr Busfahrer getäuscht. Ich glaube kaum, dass er vor Gericht die Aussage wiederholen wird. Wie weit war er von dem Mann entfernt, der angeblich mein Mandant gewesen sein soll? Wie gut kann er überhaupt sehen?«

»An beiden Tatorten wurde die DNA ein und derselben Person sichergestellt«, sagte Bala ruhig und deutete mit dem Kopf auf das inzwischen von Jella beschriftete Plastikröhrchen. »Wäre es nicht besser, Ihr Mandant würde kooperieren, bevor …«

»Junge Dame, warten wir doch einfach den DNA-Abgleich ab«, fiel der Anwalt ihr ins Wort. »Wir sehen dem gelassen entgegen.«

»Dann fasse ich noch mal zusammen«, sagte Jella und ging die Indizien und Beweise einen nach dem anderen durch. Sven Friedrichs starrte während ihrer Ausführungen durch sie hindurch und schien mit jedem weiteren Punkt unruhiger zu werden.

Zuletzt legte sie zwei Fotos vor. Das eine zeigte den Schuhabdruck im Sand, das andere die Sohle von Friedrichs' Schuh.

»Wenn Sie genau hinsehen, bemerken Sie verschiedene Einkerbungen, die durch die Nutzung der Schuhe entstanden sind. Sie sind so einmalig wie Fingerabdrücke. Aufgrund des Umstandes, dass es am späten Abend auf Amrum kurz, aber heftig geregnet hat, können wir sehr genau eingrenzen, wann der Fußabdruck entstanden ist. Jedes Gericht wird das als unumstößlichen Beweis gelten lassen, dass Sie am Tatort waren, wo Böhme starb, und nicht auf Föhr. Sollte der DNA-Abgleich positiv ausfallen, sehe ich Sie, Herr Friedrichs – auch aufgrund der weiteren Indizien und Beweise – eindeutig als Täter in beiden Tötungsdelikten.«

Alexander Thomsen beugte sich vor. »Das ist lächerlich, und das wissen Sie auch.«

»Keinesfalls«, mischte sich Niklas Oehler ein. »Aus staatsanwaltlicher Sicht unterstütze ich die Kolleginnen der Kriminalpolizei voll und ganz.«

»Ich gehe davon aus«, fuhr Jella fort, »dass Sie Thomas Böhme zum Strand von Wittdün gelockt haben, um ihn zur Rede zu stellen. In der folgenden Auseinandersetzung kam es zum Streit, als Herr Böhme Ihnen offenbarte, dass Sie nicht der leibliche Vater Ihrer Tochter sind und er dafür Beweise hat.«

»Beweise?«, schrie Friedrichs. »Es kann keine Beweise geben, weil es nicht zutrifft.«

Jella zog ein Blatt aus ihrer Mappe. »Auf dem Laptop, den vor allem Ihre Frau benutzt hat, konnten wir eine gelöschte Datei wiederherstellen. Dies ist das Dokument.« Sie schob den Ausdruck über den Tisch. »Herr Böhme hat sich eine DNA-Probe Ihrer Tochter besorgt und sie zusammen mit seiner eigenen Probe testen lassen. Das Ergebnis«, Jella tippte mehrfach auf das Blatt, »ist eindeutig. Thomas Böhme ist der leibliche Vater Ihrer Tochter.«

Sven Friedrichs starrte auf das Schreiben, bis sein Anwalt es zu sich zog und es ebenfalls las. Jella ließ Friedrichs währenddessen nicht aus den Augen. Er atmete schwer, saß wie versteinert auf dem Stuhl, Tränen flossen über beide Wangen.

Jella beugte sich leicht vor. »Sven Friedrichs, ich nehme Sie vorläufig fest wegen des Verdachts der Tötung von Thomas Böhme und Martin Lange. Sie werden mit der nächsten Fähre aufs Festland gebracht und in spätestens vierundzwanzig Stunden dem Haftrichter vorgeführt.«

Jella, Bala und Niklas Oehler erhoben sich. Bala verließ als Erste den Raum, um zwei uniformierte Beamte zu holen, die Friedrichs daraufhin abführten.

Alexander Thomsen packte schweigend seine Mappe ein, nickte dem Staatsanwalt zu und verließ den Raum.

»Das war's wohl fürs Erste«, sagte Jella. »Wann ist der Haftprüfungstermin?«

»Ich habe einen Termin für morgen Vormittag angekündigt. Elf Uhr in Flensburg. Friedrichs wird mit hoher Wahrscheinlichkeit in U-Haft kommen. Sollte der DNA-Abgleich positiv ausfallen, bereite ich direkt die Anklage vor. Selbst für einen Indizienprozess haben wir ausreichend Material.«

»Dann sehen wir uns Montag in deinem Büro, um alles Weitere zu besprechen?«

»Zehn Uhr?«, fragte Niklas.

»Okay. Ich bringe meine Kolleginnen mit. Du nimmst die nächste Fähre?«

Niklas nickte. »Ja, dieselbe, die Sven Friedrichs nehmen muss.«

Jella machte einen Schritt auf Niklas zu und umarmte ihn freundschaftlich. »Danke.«

Jella winkte David zu, der auf der Wittdüner Promenade auf sie wartete. Sie liefen aufeinander zu und umarmten sich lange.

»Müssen wir gleich los?«, fragte David.

»Nein, lass uns mit der letzten Fähre fahren.«

»Hast du Hunger?«

Jella schüttelte den Kopf und zeigte die Promenade entlang. »Lass uns einfach ein paar Meter gehen. Ich muss meinen Kopf freikriegen.«

Sie spazierten eine Weile schweigend nebeneinanderher. Jella genoss die Sonne und den leichten Wind, atmete seit Tagen zum ersten Mal tief durch und ließ den Blick über den Strand und den Ort wandern.

»Schön hier«, sagte sie.

David nickte. »Fast so schön wie auf Föhr. Wollen wir das Wochenende nicht in meinem Haus auf Föhr verbringen? Es ist alles vorbereitet.«

Jella lächelte. Insgeheim hatte sie gehofft, nicht sofort nach Flensburg zurückzumüssen. Sie blieb stehen und küsste David zärtlich. »Das ist eine wunderbare Idee.«

41

Der Haftrichter ordnete am nächsten Tag Untersuchungshaft für Sven Friedrichs an. Der DNA-Abgleich kam vier Tage später und war positiv. Auf der beschlagnahmten Kleidung von Sven Friedrichs konnte weitere zwei Tage später die DNA von Martin Lange nachgewiesen werden. Sven Friedrichs stritt zunächst weiter ab, Thomas Böhme und Martin Lange getötet zu haben, knickte aber Anfang der dritten Woche in U-Haft ein und gestand auf Anraten seines Anwalts beide Taten.

Jella hatte mit ihrer Vermutung recht gehabt, dass Friedrichs die Affäre seiner Frau entdeckt hatte und Böhme mit einer WhatsApp-Nachricht von Tomkes Handy zum Strand gelockt hatte. Hier kam es zum tödlichen Streit, den Martin Lange unentdeckt beobachtet hatte. Friedrich übernachtete in seinem Büro und nahm die erste Fähre um sechs Uhr morgens nach Föhr, um seinen Termin mit dem Kunden wahrzunehmen. Lange hatte daraufhin Friedrichs erpresst, der sich schließlich zu einem Treffen bereit erklärt hatte. Auch hier war es zu Handgreiflichkeiten gekommen, die mit dem Einsatz des Elektroschockers endeten. Anschließend hatte Sven Friedrichs das Wohnmobil ins Naturschutzgebiet gefahren, in der Hoffnung, dass es erst Wochen später entdeckt werden würde. Friedrichs übernachtete wieder in seinem Büro, um am frühen Morgen mit der ersten Fähre nach Föhr zu fahren.

Ralf Wolters konnte der Betrug beim Hauskauf nachgewiesen werden. Er wurde zu einer hohen Geldstrafe verurteilt und das Verfahren wegen Organisation und Durchführung von illegalem Glücksspiel brachte ihm ein Jahr Haft ein. Mike Thielen erhielt im gleichen Verfahren eine Bewährungsstrafe von einem Jahr. Bei den Vernehmungen im Vorfeld des Prozesses bestätigte er, dass er sich am Abend vor Thomas Böhmes Tod kurz mit diesem in der Strandbar getroffen und ihm dabei eine letzte Frist zur Zahlung seiner Spielschulden eingeräumt hatte.

42

Bala klopfte an und schaute durch die halb geöffnete Tür in Jellas Büro.

»Bala! Du in Flensburg?«, rief Kim, die zusammen mit Jella an ihrem kleinen Besprechungstisch saß, jede einen Becher Kaffee vor sich.

»Ich habe ein paar Tage frei und dachte, ich schau mal in Flensburg vorbei.«

Kim stand auf und umarmte sie. »Das war eine sehr gute Idee. Wie lange bleibst du? Willst du bei mir übernachten?«

»Du hast endlich eine Wohnung gefunden?«

Jella ging auf Bala zu und begrüßte sie ebenfalls mit einer Umarmung. »Möchtest du auch einen Kaffee? Ich kann schnell einen holen.«

»Keine Umstände. Ich …«

»Alles gut«, sagte Jella und war im nächsten Moment schon auf dem Weg zur Teeküche.

»Wie lange bleibst du?«, wiederholte Kim ihre Frage.

»Habe ich noch nicht entschieden, aber wenn du mich für heute Nacht aufnimmst, sage ich nicht Nein.«

»Super! Ich habe sogar eine Schlafcouch. Ganz neu. Du bist die Erste, die darauf die Nacht verbringt.«

»Wann bist du eingezogen?«

»Vor drei Tagen. Es ging alles rasend schnell. Die Freundin einer Bekannten suchte eine Nachmieterin, weil sie eine neue Stelle in Frankfurt hat. Die Vermieterin war einverstanden, also bin ich gleich eingezogen.«

»Klasse! Und die Stelle in Flensburg hast du auch?«

»Sozusagen. Ich muss zwar noch vier Wochen Dienst in Schleswig schieben, aber dann bekomme ich hier eine Stelle.«

Jella kam mit dem Kaffeebecher zurück. Sie setzten sich an den Tisch.

»Jetzt fehlst nur noch du«, sagte Kim mit Blick auf Bala. »Dann wären wir alle vereint in Flensburg.«

»Das baucht noch etwas Zeit. In zwei Wochen ziehe ich erst mal von zu Hause aus. Ich habe gestern einen Mietvertrag für eine kleine Wohnung unterschrieben.«

»Wow! Nicht schlecht«, sagte Kim. »Dann kann ich dich ja mal besuchen kommen. Oder ist Oliver ständig bei dir?«

Bala lachte. »Ich bin doch noch gar nicht eingezogen.«

»Also seid ihr noch zusammen?«

Bala zuckte mit den Schultern. »Wir nähern uns langsam an.«

»Rede keinen Blödsinn. Der Typ ist doch über beide Ohren in dich verknallt. Und du nicht weniger in ihn, oder?«

»Wir werden sehen. Erzählt mir lieber, wie es bei dem Prozess um Sven Friedrichs aussieht. In Husum hört man da nicht viel von.«

»Es läuft alles auf eine Verurteilung hinaus«, sagte Jella. »Ich habe schon ausgesagt. Der Staatsanwalt meinte, dass noch vier Verhandlungstage angesetzt sind.«

»Und Tomke Friedrichs?«, fragte Bala.

»Sie wohnt noch auf Amrum. Wie lange, weiß ich allerdings nicht.«

»Du hast mit ihr gesprochen?«

»Ja, ich war letzte Woche privat auf der Insel. Da habe ich bei ihr vorbeigeschaut.«

»Verrückt, dass sie dich reingelassen und mit dir geredet hat.«

»Erst nur zögerlich. Später schien es mir so, als wenn sie froh war, das eine oder andere loszuwerden.«

Bala schaute Jella fragend an. »Jetzt bin ich aber gespannt.«

»Sie behauptet – und ich glaube es ihr auch –, sie habe nichts davon gewusst, dass ihr Mann Thomas Böhme getötet hat. Und dass er von Martin Lange erpresst wurde, war ihr schon gar nicht bekannt. Sie fühlt sich natürlich schuldig. Wegen der Affäre mit Böhme, wegen ihrer Tochter, die gleich zwei Väter verloren hat, und weil sie sich auf das alles eingelassen hat.«

»So ganz unschuldig war sie allerdings nicht an der ganzen Situation«, sagte Kim. »Warum hat sie mit Böhme auch etwas angefangen?«

»Ihre Ehe war an einem Tiefpunkt, hat sie mir erzählt. Und sie hat ihre erste große Liebe nie wirklich vergessen können. Ich denke, es war auch ein Spiel mit dem Feuer. Ihr war mehr oder weniger klar, welche Probleme Böhme hatte und dass er niemand war, mit dem sie auf Dauer zusammenleben konnte. Die beiden kommen mir im Nachhinein wie zwei verlorene Kinder vor, die nicht mehr den Weg nach Hause gefunden haben und in der Wildnis umherirrten.«

»Weiß nicht«, sagte Kim. »Auf mich wirkte Tomke Friedrichs immer sehr durchtrieben.«

»Es ist nicht immer alles so, wie es vordergründig aussieht«, warf Bala ein. »Ich möchte nicht in ihrer Lage sein.« Sie sah Jella an. »Und sie verlässt Amrum?«

»Zumindest habe ich das so zwischen den Zeilen herausgehört. Die Scheidung hat sie eingereicht. Das Sorgerecht für ihre Tochter hat sie beantragt. Ich habe ihr auch empfohlen, irgendwo ein komplett neues Leben anzufangen.«

»Ja, das ist sicher das Beste«, sagte Bala. »Mit ihrer Schuld wird sie trotzdem fertig werden müssen.«

»Leute! Genug davon«, rief Kim. »Bala schläft heute Nacht bei mir. Und wir machen zu dritt eine Tour durchs Flensburger Nachtleben. Was haltet ihr davon?«

Jella lachte. »Anordnung von ganz oben?«

»Genau! Ich will keine Widerrede hören.«

»Na dann müssen wir uns wohl fügen«, sagte Bala lachend.